小沧桑

小沧桑

李成散文集

新 华 出 版 社

图书在版编目（CIP）数据

小沧桑：李成散文集/李成著
北京：新华出版社，2017.12
ISBN 978－7－5166－3700－5
Ⅰ.①小…　Ⅱ.①李…　Ⅲ.①散文集—中国—当代　Ⅳ.①I267
中国版本图书馆 CIP 数据核字（2017）第 294314 号

小沧桑：李成散文集
作　　者：李　成

选题策划：要力石　**责任编辑：**张永杰
责任校对：刘保利　**封面设计：**李尘工作室
责任印制：廖成华

出版发行：新华出版社
地　　址：北京石景山区京原路 8 号　**邮　　编：**100040
网　　址：http：//www.xinhuapub.com
经　　销：新华书店　新华出版社天猫旗舰店、京东旗舰店及各大网店
购书热线：010－63077122　**中国新闻书店购书热线：**010－63072012

印　　刷：河北鑫兆源印务有限公司
成品尺寸：155mm×225mm　1/16
印　　张：16　**字　　数：**200 千字
版　　次：2017 年 12 月第一版　**印　　次：**2017 年 12 月第一次印刷

书　　号：ISBN 978－7－5166－3700－5
定　　价：32.00 元

自　序

毋庸置疑，我们是处在一个急速变化和发展的时代；生活在这样的时代，人们是觉得幸福多一些抑或痛苦多一些呢？这当然要看每个人的具体遭际。但我想，更多人的心情正如这个时代一样，常常是欢乐、幸福、忧惧、担心、痛苦丛集骈至，而也是变化不定的吧。

但是我还是为生在这样的时代而感到自豪，那就是随着科技的进步，推动时代发展的脚步加快，我们比其他任何时代的人都身经目睹了因变化而带来的更多更新的事物。“人事有代谢，往来成古今。”在过去，可能是循序渐进，到了我所经历的二十世纪后半叶以至今天，我们简直可以说是把社会发展的好几个阶段、好几个型态浓缩于短短的几十年一下子度过，其现象的五彩斑斓与瞬息万变，恐怕是历史上任何一个时代都无与伦比的，在世界上其他地方好像也没有先例，真的令人目眩神迷，应接不暇。

生于此际，我们的目光可以长长地延伸，似乎能够更真切地感受到过去几百年人类特别是本民族的生活风貌，也可以较为明晰地展望人类未来。蓦然回首，对于我们这些生长在乡村的人来说，前后稍作对比大约就会有“隔世之感”。正是在我们这一代，农村告别了几千年来的古朴、原始状态。比如当年在我们那个村庄，甚至连一部半导体收音机都没有，一开始更是连电也没有架通，人们日出而作、日落而息，这与几百年前甚至一两千年前的中国农村会有多少不同？曾几何时，电器的普及、通讯技术的发达，人工智能的应用（这当然是来到城市后），已把我们带到现代化的门槛边上，人类的未来似乎已伸手可触。有这些背景映衬，我们的记忆自然是特别丰富，自然觉得不虚此生。

其实中国古人对于世事的变化也很敏感，不然王羲之所谓“向之所欣，俯仰之间，已为陈迹”，怎么会获得那么多的共鸣。但是，相对于我们这个时代，他们感受的还只是一些“量”的变化，而我们常常体会到“质”的不同。进入开放年代，沧海横流，每一个人都得在社会大潮中沉浮，似乎更加不能把握自己的命运。就连一些有胆略的“弄潮儿”，一些“显赫”之辈，也不免如此。君不见，昨日为先锋，今天已落伍；君不见，许多光鲜之物，转眼已成“明日黄花”？多少欢笑、多少悲啼、多少感慨由此而来，不正是在情理之中吗？因此，生在这样的时代，不论其成其败，不论得毁得誉，大约每隔几年就会有一种很强的沧桑意识植入内心，而且会挥之不去。“人生何处不沧桑”，我们自然有了这样的感喟。

这使我想起智利诗人聂鲁达的一本回忆录，中文翻译过来，书名就叫作《我承认，我历尽沧桑》。虽然我认识的一位翻译过此书的翻译家，坚决不同意用这样的书名，但我觉得这个书名很好，好就好在“我承认”三字既有一种无奈感，又有一种自豪感。我觉得，这样的语句，恰恰能够表达我们这代人的真实心情吧。同样，中国“赋到沧桑句便工”的说法也是有道理的。从文学艺术的角度来说，这样的时代，有那么多戏剧性的“故事”可供我们采撷，有那么多跌宕起伏的人生可供我们描述，我们正可以大显身手。我们也多么需要有大手笔来给这个时代做“全景式”的、真实的而非虚拟的记录。可是，我感觉遗憾的是，这样的作品、艺术品似乎并不多见，严格意义上讲，还几乎没有，这是为什么呢？令人百思不得其解。这是文艺家多多少少应当感到抱愧的地方。

我深知并没有资格说这样的话，我也深知我们的作家、艺术家曾做出了许多努力，已经有许多优秀的成果，伟大的著作或许将呼之欲出。作为一个业余作者，我并没有写出传世之作的野心，但我觉得生活在一个急遽变动的年代，的确需要一份心灵的记录。自己所身经目击的一切，自己所经历的沧桑剧变，也常常涌现在脑际、心中，迫使我自觉不觉地拿起笔来，有写一点什么的冲动。但限于才力或其他的因素，我所能写的仅是自己所经历的生活中一些“不能忘却”的影子和一些个人的感怀，不足以为我们这个时代留下巨幅影像，对于他人或许也无多大意义，但对于我几乎是我人生履迹的全部——我几乎把所有我所记得的稍有意义的琐事，都写进了文字。毫无疑问，社会正在经历的是一种前所未有的沧桑之变，而这一切烙印在个人身上的不过是“小沧桑”而已，但我仍然希望这些文字能够成为反映这个广阔的时代的一颗两颗露珠。

二〇一七年十一月二十日李成于京西鲁谷

目　录

第一辑

第二辑

第三辑

第四辑

第一辑

可是当我再次离开，走了一段路，回望，仍看见东山坡真的像一只小花狗，跟在我后边撵了很远、很远。我多么希望它能送我一程又一程，就这样一直送下去啊。

荞麦花开

如果不是读到崛内幸枝（当代日本女诗人）的一首诗，我几乎都要忘记这个世界上还有荞麦花了。

无论走到哪里
荞麦花都会映入眼帘。

很惭愧，我不是这样。荞麦花对于我就像是一堆残雪，零零落落地堆砌在记忆的荒原上。如果不是明显地被触动，这样的记忆很难唤醒。

左侧
流淌着蓝色的河川；
右手
横卧着缓缓的山峦。

故乡的荞麦田也是在一片缓缓的丘原上，似乎并不大，只是像一小块花手帕系在丘原的颈项旁。这里有一条小道，我每天都要从这里经过。最初我并没有注意到它，直到有一天，常常跟我一道来去的同窗告诉我：这就是荞麦。

啊，荞麦！只闻其名未见其实。我是吃过荞麦面饼的——我们那里是叫它荞麦粑，赭黄而近绿色的荞麦粑，闻起来很香，而吃起来却有一种淡淡的苦味，似乎苦味过后，又有一丝微甜。这样的滋味真是少见。而在不免饥馑的年月，一枚巴掌大的荞麦粑下肚，身体内顿时感到充实、欢快起来。

因此，我们对荞麦实有一种感激之情。在青黄不接的季节，荞麦救济了我们。

而现在它们就生长在这里，那样卑微，那样朴实。它们跟一般的麦子——大麦、小麦是那样不同。大麦、小麦像是高秆儿植物，而荞麦是矮小的，几乎贴着地面，而且丛生着枝叶，更像是一株株野生的灌木。

从此，我们每经过这片荞麦田，就总是要有意无意地多看它几眼。有一天，我们发现，荞麦竟然开花了。这又使我们大大地惊讶起来。在我们的印象里，麦子是不开花的，而荞麦竟然开花！最初只是星星点点的白花，像寥落的晨星，接着开得满田皆是，像初冬的第一场雪，仔细看去，花芯里还带着一点紫，一点粉红，仿佛以此来突显它们的存在。在寒意渐临的季节，开花的植物是那么少，然而荞麦竟然开花了。

我们感到欢乐，并发了嗬嗬嗬的欢呼。我的同窗——这个大眼睛、圆脸庞的女孩尤其是一脸灿烂的笑容。她还蹲下来，把手伸向荞麦，想摘一朵戴在她的鬓边，但是她在左看右看，竟然拿不定主意选择哪一朵花好，我知道她其实是舍不得哩。一朵花或许能结一串籽实哩。

我后来还注意看了看收获后的荞麦籽，它们的形状也跟大麦小麦大大不同。它们是近似三角形，有一个硬壳包裹着，竟像是灌木丛里的带壳的野果粒，虽然它是那么微小。

就是这样的颗粒，磨成粉做成了一枚枚瓷实的、微带清香而渗透着淡淡的苦味的荞麦粑，填补着我少年时代饥馑的时光。

黄昏已经落下帷幕
无论高山还是河川
无一不被薄暮吞咽。
只有那荞麦花
白色
一片

我的少年时代早已落幕，我的那个同窗也早在初中没有毕业的时候，就远嫁他乡。当年她还是个很喜欢读书的孩子，我们在一起传阅过好多的文学期刊。可是她就这么嫁人了，过早地走向生活，我的心里多少有些失落。不过据说她家生活还能过得去，男人是个木匠，虽然小学都没有念完，但有门手艺，总是多得一点收入。和乡村里绝大多数的少女一样，我那位女同学早已是两三个孩子的母亲了，每天都要辛劳地操持家务。偶尔闲暇下来，她会不会想起上学时必须经过的那一片荞麦田，会不会想起那开得那么朴实而又卑微的一片雪白的荞麦花？

那片荞麦田也早已不在了吧——在我的记忆中似乎就是这样。

一道小径
足下显现。
荞麦田中的自己
此刻已忘返流连。
……
无论走出多远

到处都是
荞麦花欢快的笑脸。

那些笑脸现在在哪里呢?

纸风车

我们村庄周边只有一些缓缓的丘岗，而没有什么高山。但是，只要朝西一望，就可以看见一座座隐隐的青山从天际奔来，又向远方展开，像一道深色的屏风，遥遥地把天空与地平线隔断。

我多么希望我们村边也有大山，但是没有；我曾经问过我的父亲，山那边有什么，他的回答是：还是山。这令我十分惊讶。我不能想象，那些住在深山老林里的人怎样生活——我只经常看见他们挑着一担担的木柴或者焦炭，沿着那条土路到那小镇上去出售，卖完了就扛着扁担、绳子——绳子上有时还吊着些东西，匆匆地赶回去。他们的腰背常常是微微地佝偻着的，脸上的皱纹也刻得很深，面无表情，一看就知道他们都是老实本分极为憨厚的。

我们村里不少人家有亲戚在山里。从这些人家的孩子那里，我零星地得知山里的一些事情，比如他们不种水稻，只种些玉米；他们封山育林，有时也出售一点木材；出产各种栗子，有一种黄栗还可以磨成粉，做豆腐。当然偶尔也可以打到野味……我还知道我家对门黄家的山里亲戚在当地多少是有些“头脸”的，主要是这个亲戚曾经当过兵，退伍回来在大队里当民兵营长。而这大小也是个官，何况很能干，在大队上说话是算数的，就是支书也都要听他的。他一回乡就主张出售一批木材，然后利用这点资金，给队里开了几孔石灰窑，又办了一家笔墨厂，专做毛笔与石墨，所以村上的经济有了些改善，他本人在当地就更有了威信。黄家的奶奶还告诉我，这位营长有一个跟我差不多大小的儿子，长得可是白净漂亮，也很聪明，可以说是很讨人喜欢。怎么聪明呢？据说一岁就叫得出星星、月亮、太阳的名字，两岁就能辨认出许多野花，平时也很乖，大人出门做事，他就待在家里和陪伴他的猫儿狗儿玩，一点没有给大人添麻烦。五六岁就能帮大人做点事，如看守茶园、掘竹笋、采蘑菇等等。听了老奶奶的讲述，我不知道是否应该佩服——因为我不知道自己是不是也能做到她说的那些，但是，一个清秀而伶俐的男孩的形象也就活现在我的脑海。我甚至有了见到他的愿望。

我没有把握是否能见到他。但是，有一天，我母亲忽然告诉我，黄家奶奶的山里亲戚来了。我丢下饭碗就跑，跑去一看，果然看到她家比较热闹，几个人正围着饭桌吃饭，其中有一位国字脸的中年汉子，估计就是那位营长，而一边木榻旁正有一位少年也坐在那里吃着饭。我的目光自然就被吸引在这少年身上，见他果然跟我差不多大，皮肤很白，一双眼睛像两汪纯净的清潭，两颗瞳仁就像小小的蝌蚪在那潭水里灵活地游动，一个人坐着却很安静，用小小的手握着竹筷，在一下一下地往嘴里拨饭。

我在他面前的一只木板凳上坐下来，一眼不眨地盯着他看，他并没有太多的反应，更没有恼，只抬起头，看了看我，忽然嘴角一咧，笑容在他的脸上漾开，还隐隐地露出两颗虎牙。

他的笑大大地增加了我的好感。我便一连串地问他："你从山里来吗？你今年几岁了？你上学了吗？山里好玩不？"

他又绽开了笑容，眼睛闪亮着，点点头，又摇摇头。我更有些不明白了，便急切地拉着他的衣角，说："你来，我带你一起玩。"

他真的跟我走了。我带他到一道沟渠边，从作业本上撕下一片纸页，我们折叠了一只纸船，然后放到了水里漂流。可惜，小纸船没漂流多远就倾侧了。他忽然告诉我：

“我爸爸说将来带我去看大海。大海，你知道吗，好大好大的一片水，看不到边，蓝色的。如果刮起大风，波浪会涨起那么高，可吓人了。我爸爸当过海军，我将来也要当海军，我每天都要看到大海……”

我没有料到他会说出这番话。或许，我那时的头脑里还没有大海的概念。最多从小伙伴们那里听说，小河的水是流向长江的，而长江的水是流向大海的，至于大海有多大，大海是什么样，我却似乎没有想过，也想象不出。

“你们那里有什么呢?”

“有大山啊！我们出门就看见大山。我们家也在山腰上。我们村庄没有你们的村庄大，但所有的房屋都靠得很近。在村子里玩，下雨天不需要打伞，从廊檐下走到哪一家都不会淋湿……”

“你们的山大吗?”

“大！站在山上望，到处都是山。爸爸说，就跟海一样看不到边……”

“有野兽吃人吗?”

“有啊。我们村子里就有小孩被老虎叼走了。”

“那你不怕吗?”

“不怕。我们晚上不出门。白天老虎也不敢来。我们那里有好多好多的树，村子当中的一棵树老大老大，大得三四个小孩都抱不拢。我们经常在树下做游戏哩!”

“……还有好多好多的鸟儿。有的鸟儿很小，有的鸟儿很大，像公鸡一样大。对了，还有雉鸡，它们身上的毛可漂亮了，各种颜色都有：红的、白的、绿的、灰的，可好看了。有时鸟儿啊、雉鸡呀，都飞来，落满了树丫和篱笆，它们的叫声可好听了。对了，我们村对面的山梁上还有一座塔，就叫雉鸡塔。塔你知道吗？听我奶奶说，老早这塔下压着一只雉鸡精哩！还有许多竹园，竹园里有竹鸡，还有鹁鸪鸟，你听，鹁鸪鸟是这么叫的，‘鹁咕—咕，鹁咕—咕’，爸爸说，它叫雨又叫晴哩！还有獾……”

啊，我不禁有些吃惊，我没有想到，这个小小的孩子竟然知道得这么多，我只知道有麻雀、八哥，最多只知道乌鸦、喜鹊哩，山里却有这么多好玩的，我不禁羡慕起来。

对人总有一份好奇或许就是我从来的本性。我竟然又问起他会做些什么，他告诉我，他会做弹弓——这我也会呀，但他接着说他还会做弹夹，好几种弹夹哩——用来夹黄鼠狼的、夹老鼠的，甚至有夹刺猬和獾的，他父亲会的更多。我不知道他说的是否是真的，但他说，他会用竹篾编龙、虾和蝈蝈笼，一边说，一边扯来几片长叶草，三五下就编了一个简单的笼子，不由我不相信他的话。

那天下午，我们在打谷场上推铁环。参加的自然还有别的小伙伴，大家玩在一起，并不感到陌生。

夏天的天气说变就变。很快天上就涌上了乌云，风向也变了，而且风力也越来越大。正当我们要跑回家去时，却见这个来自山里的新伙伴用撕下的纸条随意地一折叠、对穿，一眨眼就做成了一只斗笠状的螺旋，然后找来一截小竹棍朝那小窝窝一戳，举起来迎着风，它就呜呜地旋转起来，就像一架小小的电扇，看得我目瞪口呆，仿佛觉得他是在变戏法似的。他说这是一架风车，并把它递给了我，自己也很快又做了一架，我们就迎着风一直跑到了东山坡。站在坡顶上，手里的风车飞快地旋转，呼呼作响；我们又往坡下奔去，那风车像飞机的引擎就要将我们带到空中，让我们迎风飞翔。我们一边跑着，一边还不停地喊叫：“呵呵，呵呵，我们飞起来了，我们飞起来了，我们要飞到大海上去！……”那一天，我们玩得多么快乐！

虽然我们彼此都有些不舍，他第二天还是回到山里去了。我于是日日盼望他重来我们村。我相信，他会把更多新鲜、有趣的故事和玩法带来，给我们展示无尽的新奇。可是，第二年，我却等来了他的噩耗。原来，他得了一种什么怪病，很难医的，据说曾在县城住过一段时间却没有治愈（县城距我们村倒是不远，可是当时我没有听说），我家对过的黄老奶奶说，他临终时很痛苦，连声喊着“招架不住了呀!”我听了非常难过，又疑心这不是他的口吻，但想到他总是比他同龄的孩子显得大些，便有些相信了。然而我究竟没有再问下去，我的心里是排遣不出的痛楚与怅然。

我后来再也没有玩纸风车，因为我总觉得我的这个山里来的小伙伴正是乘着那纸风车飞走了，不知飞向何方……偶或这纸风车还出现在我的梦里，我多么希望看到一个山里来的孩子举着这样的纸风车奔跑在海滨啊。

营 盘

我老家的村庄背后有一道缓缓的丘岗。那里有几座山包，就像从田野的绿色海洋里凸出来的岛屿，然而凸出得并不太明显，就像是“海水”——那些绿色植被再茂盛一些，就有将其淹没的趋势。但靠近村庄的地方却有一道比较高的山梁，一条村路就是从中切开，通往山地与平畈。这就多少有点像关隘了。“关外”的丘原上也有许多平地，种满了庄稼，而更多的是坟冢，周围点缀着疏疏的树林。

这里是我们童年的乐园之一。我们这些半大孩子总喜欢带着村子里的黄狗、黑狗沿着丘岗下的沟渠一路奔跑，往岗上去撵野兔。还曾在某一处断崖下点燃篝火，烤从田地里掘来的山芋和从家偷来的“毛栗”、蚕豆；牧童在青草地上放牛，牛就散放在那里，而我们自己则找个山窝在一起玩扑克，或掼“三角”赌输赢。而更多时候，我们会缘树而上——那树是桐树，树干粗壮、枝丫遒劲，正好适合我们攀爬——在枝丫上荡秋千或飞快地行走，像猴子一样从一棵树跳跃到另一棵树，甚至在上面打闹，尽“炫技”玩些危险动作。特别是当桐树结出一颗颗青青的桐子时，我们就摘下这桐子，打起仗来，互相投掷、攻击，丝毫不觉得这样浪废了桐子有多可惜。而桐子成熟后，我们也帮大人们把它摘下，堆在地上成一座小山，然后和妇女们一起，将桐子剥开，取出里面橘瓣似的内核，以便拿到县城里去换桐油。我们有多少时光是在这里度过的，常常是夜色降临，炊烟四起，村子里响起呼喊我们的声音，才恋恋不舍地离去。

夜晚我们是不敢在这里多逗留的，因为传说这里有鬼。听大人们讲，不久前还有人们遇见过鬼哩。附近某村有一个人生病，从医院里看病回来，坐在平板车上，被拉到这里的时候天色已晚，他忽然看见车后面追上来一个黑物，像一团云又像一头狗熊，而且追着追着就变得越来越大，乃至它的腿也有一人高了，吓得他差点从车上滚下。还听说，我们本村有人早起打柴，天光朦胧，仅能辨别出一点物体的影子，他走到这里却见一女子披头散发坐在路当中哭泣，他有心上去询问，却不料被那女子一把扯住，他就不自觉地跟她往坟堆里面飘去。大约他还有些意识，便大喊，拼命地大喊，幸亏他家靠得较近，还幸亏他的父亲早上起来方便。老头儿一听不对，就提着一把铁锨赶来了，结果哪里能找见什么女子，只有他儿子在一丛荆棘中慌乱地挣扎……诸如此类的传说也无人考证，但似乎也是一种教训，我们当然就不敢出来冒险了，虽然我们也有一探“鬼”为何物的欲望。

我们更多是在村庄入口的“关隘”即那道山梁上玩耍。它有一面断崖，像是村里人为取土而挖成的，我们可以在这里抢上抢下比赛速度，就像城里孩子玩滑梯一样，向下出溜；雨天，我们则在崖下的溪流上筑“拦水坝”，用瓦片做放水闸，等水积多了，就开闸“泄洪”。晴天就上山寻松果或摘各种浆果。有时还看见猎人在这里转悠，看他们追着野兔惶急地跑。不知为什么，我们都有点讨厌那些猎人，都巴不得兔子跑得更快些。而当兔子跑不过猎人被打中、被捕获，我们一方面惋惜那兔子，一方面又有点羡慕那猎人。我第一次在这里发现青藤可以蔓延到那么长，几乎可以说是从梁上曲曲折折、时隐时现地伸展到梁下面。这青藤可以用来打草鞋、扎筢子。我们偶尔也来这里筢松针，回去可以当柴火。没有菜吃的时候，我和家人还曾到这里来铲过地皮菇——一场春雨后，黑色的地皮菇子到处都是，用油盐和辣椒炒了，还很有滋味。

梁上也有许多坟冢，有的还立有一块块墓碑。我们起初都不去那坟冢集中的地方，更不看那墓碑。但有一天，我们忽然去看了，还念着上面刻的字。我们忽然感觉到，躺在这些土堆里的也曾经是活生生的人，也和我们一样，在这片土地，在这天空下生活过，然而，他们却消失了，再也看不见他们了，我们心里忽忽起了一阵惆怅。

这里还曾经来过一支勘探队，一行人扛着机械器具在这丘岗上到处走走、停停，一连几天都忙活着。这是因为他们怀疑这片丘岗下有一脉金矿，他们是来勘察是否有开采的价值。村里人当然都希望能在这里开出一座金矿来，可是答案是否定的，金矿是有的，但是贫矿，不值得开采。村里人都很失望，这片丘岗也就仍然处于沉睡状态，没有人来打搅，也就没有被唤醒。

村子周围大凡大一点的地方都有名称，我们都把这块地方叫作营盘。村里人从来都习惯说“山后子营盘”这块地怎样，那块田又怎样——主要是嫌它缺水，长不出庄稼。有一年天旱得厉害，营盘上的水田几乎都龟裂了。生产队组织人员抗旱，在东头筑起了那么高的水坝（这可不是我们小孩子玩耍筑的水坝），像一座突兀的桥头堡，然后把圆圆的、长长的管道架上，从下面的一条沟渠里向上抽水。当水抽上来的时候，我们都曾沿着丘岗上的水道欢呼拍手。但风调雨顺的年头，这里却也是“禾黍离离”的景象，尤其是丘岗边缘，乡亲们用篱笆围起一块块菜园，盛夏时节瓜果满架，菜花飘香，这片荒凉的土地经过这一番点染，也变得颇有家园的味道。

营盘、营盘，我们从来听得习惯了，甚至都没有问这两个“读音”是什么字，但忽然有一天，我的内心不知是哪根弦被叩醒了，我问起母亲：为什么把这里叫作营盘？母亲告诉我：这里曾经屯过兵，打过仗。我又问：是八路军还是解放军？这时我的脑海里闪烁的是电影里常常见到的打鬼子、攻碉堡的画面。母亲回答：“不！是长毛！”

啊，长毛！我的心里起了大大的惊叹！我那时已经知道“长毛”就是洪秀全、太平天国的部队！例如我读过的故事书《英王陈玉成》就曾提到这个名词，还有我喜爱的鲁迅先生也在他的《朝花夕拾》里提到过。但我怎么也没有想到，长毛还来过我的家乡，在我脚下的这片土地驻扎过。我在想象，那是一支什么样的队伍，他们是怎样驻扎的，他们搭帐篷吗？他们挖战壕吗？他们怎样埋伏，怎样出击呢？他们与敌人真的在我们这里打过一仗吗？他们打胜了吗？他们死伤多少，死者埋在了这片土地，伤者由我们村里人（当然是我们的祖先）救护过吗？一连串问题在我头脑里奔涌，没有人回答我，妈妈也似乎不知道。我只有望望苍天，苍天还跟任何时候一样，是广阔的、白中间蓝的、飘着云絮的苍天，而我从那里根本找不到任何答案，仿佛答案是在云絮后面或是在天外，但我却明显感觉到脚下的这块土地似乎一下子厚重起来，也“不平凡”起来。同时也想起来，怪不得在那“关隘”似的山梁上，我们这些孩子偶尔还能拾到一根根锈蚀的铁条，一块块同样锈蚀的铁疙瘩。这些是不是当年太平天国的战士遗落的刀剑（折断的刀剑）被一百多年的风吹雨淋之后的一点残留呢？同样不得而知。

从此，我倒是对我们这片土地“刮目相看”了。我才知道，就在我们玩游戏、玩打仗的地方真的发生过战争——以许多人牺牲性命为代价的真实的战争。也许，那还真是惊天动地、血肉横飞的惨烈的一幕哩，然而，现在一点也看不出这一迹象了，只有微风吹来掀起的一波波推向远去的稻浪、麦浪，只有高粱垂下的一束束殷红的穗子，只有沉默的绿树与无声地在草丛间蔓延的青藤。

后来，我稍稍长大后，关注过一些太平天国在我们家乡的历史，才知从咸丰三年（1853）到同治二年（1863），太平军在我们家乡差不多有长达10年的活动历史，多次发生激烈的战斗。如咸丰三年九月十四日，太平军抵达县城，击毙守军一千余人，占领县城，翌日清晨，又与城外清军交战，双方连同百姓死亡三千余人。咸丰四年十一月，太平军在县城南门外与清军交锋，打死清军二百余人。六年十一月，县城外围有乌石岗（这是我读过书的地方）之战，持续一个多月，双方伤亡惨重。“天京事变”后，太平军还在桐城东乡枞阳召开军事会议，咸丰七年二月，太平军再有乌石岗大捷。翌年九月，太平军在浦口歼灭清军近两万，缓解天京之围，十月二十四日，再占县城。随后，太平军为解安庆之围与清军在我们那里展开了拉锯战。县志载：“咸丰十年初，清军十万余人进驻桐城老林铺、龙河、麻子岭、青草等地，准备进攻安庆。同年七月，太平军陈玉成、捻军张乐行部号称三十万大军进抵桐城，设营于范家岗、老梅树街、庙家岗、棋盘岭，后移营天林庄、香铺……双方交战月余……”县志上还提到，太平军干王一部曾在本县新安渡一带驻扎。啊，“干王”，这是多么了不起的人物！我简直要为之激动了。

我的家乡正是上面提到的“龙河”，但也靠近“范家岗”（现在已划归范岗镇），我所以有了疑惑：不知在我们村后扎营的究竟是太平军还是清军了，也不知究竟有无战事在我们村的后山上发生，但两军曾在此对垒应是毫无疑问的了。我只希望不要真的出现尸横遍野的惨象，更不希望出现鲁迅先生在《阿长与山海经》一文中曾经描写的一幕：“长毛”把人头割下，抓住小辫子，像西瓜一样向人掷了过来……

“九里山前作战场，牧童拾得旧刀枪”。以往的历史总是不断重复战争与和平轮番上演的故事。幸好到我来到这个人世间的时候，战争早已远去；我所见到的乡野是安静的，万物正自在地生长着。我们在营盘上玩耍，很长时间都不知这里曾是血雨腥风古战场。当我反复问母亲在这个营盘上还有什么故事发生时，我记得她正在一片草坡上钉刚刚洗刷晾干的被子——这片草坡向阳，太阳好的时候，总是东一片西一片地晾晒着被单，到傍晚，大娘大婶们便来收被子或钉被子。她们在夕阳下俯身忙碌，周围有几只白蝴蝶、黄蝴蝶在绕着她们翩翩而飞，我看到的是一派祥和的景象，仿佛自古如斯，从来没有血腥的战争在这里发生。长大后的我，通过阅读书籍和看影视作品，更加懂得战争的残酷与和平的可贵——“一将功成万骨枯”（小时候就听父亲念过这句诗），而任何一个人生命的失去对于他的家人是一种多么大的打击！所以我私心祷祝永远不会再有战事在家乡发生，也不在任何一个地方发生，不要惊吓那些在我的家乡以及任何一个地方的草地上翩翩而飞的蝴蝶。

童心启示录

人一生下来，大概就在寻找光明，寻找他的世界。

我大约还记得我睡在摇篮里醒来，眼睛四处张望的情景；似乎不久后，我就能够走出家门，一个人来到村路上玩要，不免惴惴不安，因为一切还都那么陌生，这时村头果然响起激烈的爆竹声——原来有人家在办喜事，我惊慌失措地拍打院门，要躲回家去。但我在一天天成长，我终于小心翼翼、步履蹒跚地试探着走向外面的世界。

接下来的记忆却是不知过了多久，一年抑或两年，我竟然跑到村头打谷场的门楼下，这座门楼没有存在几年就拆除了，以致我后来很长时间都想不起来这里曾经有座门楼——那大约是简陋地搭盖起来的两层建筑，上面一层不高，但下面一层还是有些高度，我不知怎么就能攀爬上去了，而且还带去了一坨泥巴。后来还来了个差不多大的伙伴，我们把泥巴搓成长长的线条，从这头牵到那头粘贴在壁子上，再用泥巴捏成了两部电话机，然后便与伙伴在两端装模作样地打起了“电话”：“喂，喂，你听见了吗？”这样地一阵乱喊。真不知道此前我是从哪儿知道电话这么个物什的，那时那么小，爬上门楼的二层都那么费力。然而这人生最初的记忆是多么珍贵。

自从一个乞丐来到我们村，给我们捏出了几只泥鸟，我们大受启发，也玩起了泥塑。贫穷的乡野几乎一无所有，但泥巴到处都是；几乎每一个乡野的孩子都是伴随着泥巴长大的。先是模仿着捏些小动物来玩：小鸟、小鸡、小鸭、小猪、小牛等，不消说，捏得都不太像，但是风干了，散置在屋角，歪歪扭扭的一排，其实也蛮稚拙可爱。当然，也有几次我们捏塑了几个人，但那是恶作剧，把它取了小伙伴的名字，捉弄小泥人也就达到捉弄真人的目的。正是在这样的场合，大一点的孩子给我们讲起了人类的"起源"：人都是女娲娘娘用泥巴造的，一开始，女娲娘娘还蛮有兴致，做了些像模像样的人，后来，大约是累了，就有些随意，甚至用绳子抽打泥浆，溅起的泥点也是人，所以，这个世界上有人长得俊美，而有人就不免丑陋乃至有些残缺了。我们听了都骇然，在心里都希望自己属于被女娲娘娘认真捏制的那一类。

此后几年差不多整天在泥土里滚打，自觉不自觉地用泥巴满足自己渴望欢乐的心。现在想来，这很难说不是用泥巴来表达自己对这个世界的想象。我们做得最多的当然是各种"武器"——驳壳枪、刀剑乃至长枪，这些都是我们玩打仗少不了的"家伙什"。这应该是从电影和连环画上获得的灵感，那时候的电影讲述的大多是战争故事，以致让我们认为战争是一种生活常态。我们的驳壳枪做得惟妙惟肖。先是准备好泥，东山坡上有的是黏性极强的黄泥，再做成坯，用刀子切削成枪的形状，然后风干，再用小刀一点一点地修理、雕刻，从准星、扳机到枪柄，都精雕细刻，最后还要用墨汁把它涂黑，这样一把极为逼真的手枪（当然是在我们看来）拿在手里，我们顿时就觉得自己真的成了一名战士了。有时还在枪柄上系上红绸，玩起打仗来，用手一扬，高呼"前进"，也就气足胆壮，别提多威风了。机枪，我们是先做转盘，再做枪管、枪托，有时枪托和支架就以木棒代替，这样一把机枪，在伙伴们中间转售要好几角钱哩。有那么三四年，我一直沉迷于此，做起这些泥巴枪来总是兴致勃勃，把家里搞得到处都可见到泥坯、半成品和成品，仿佛就是个做陶器的拉坯车间。手忙脚乱起来，甚至动用厨房里的菜刀来切割泥团。有一次在切削时，刀子不小心碰到对面的一个小伙伴的上嘴唇，划出了一个口子，好在不曾流什么血，他连一声呻吟都没发——大家都到了忘我的境地。

就这样，几乎整天在野地里玩呀玩呀，简直不知道天地间会有什么烦心的事，会有压力和忧愁，真可谓乐此不疲。但说来也怪，一过十岁，我们就再也不玩这些了，像是一下子懂了事似的，跟泥巴什么的说声再见，甚至对其他玩具也没了多大兴趣，仿佛大家一下子都告别了童年，告别了泥巴时代，长大了。

但七八岁到十一二岁的孩子，到底还是沉浸在自己世界的时候多，然而母亲不管这些，她常常把一柄小铲和一只圆篮塞到我的手里，说：去，去挖点野菜来。

这野菜并不是挖来给人吃的，而是作为猪的饲料。那时候，田地里生产的粮食虽能勉强让人果腹，但没有多少可以剩给家禽家畜，所以需要挖点野菜作为补充。这挖野菜的传统叫法也就是“打猪草”——我们家乡一部很有名的黄梅戏正是以此为名。我的母亲年轻的时候还曾在乡间表演过，可惜到我长大懂事，她早就不唱了（倒是听她哼过几句），所以我并不知道这出戏讲的是什么，直到写作本文前不久忽然有了兴趣查“百度”，才知它说的是乡间少女为打猪草，损坏了一少年家的竹笋，发生了口角，后来两人情归于好的故事。它还有一段有名的唱词：“郎对花，姐对花，一对对到田埂下……”表现了乡村儿女的质朴、自然的个性和天真浪漫的情怀。

但我挖野菜的时候，一点儿不觉得有多浪漫，只认为是个苦差事，我连什么菜可以挖、什么菜不可挖都弄不太清楚——虽然母亲拿她挖的野菜给我看过。我不太情愿地挎着竹篮来到野外，在田埂上寻觅起来，找到形状差不多如母亲讲的野菜便将其连根铲下放进竹篮里，同时看见，田埂上还有几个跟我差不多大的女孩子也在那里挖，而她们手法熟练，动作敏捷，一棵棵野菜接连地扔进箩筐，没有犹豫与间歇，我颇有点自惭。时间一久，我渐渐对野菜也有所识别，动作也就快了点。但是，没有正儿八经挖几天，又出现了另外的情况：我发现，村里我们这拨小男孩都被派来挖野菜，这下好了，我们就凑在一起玩吧。从此，常常没有挖到多少野菜，却把自己给挖“野”了——到处东游西荡，到了天快黑的时候，就胡乱挖点野菜，然后再偷点生产队里的紫云英、红薯叶及人家菜园里的青菜什么的，勉强填满竹篮就回家交差，即便落两句骂，忍忍也就过去了。

随之而来的是我们的“视野”在扩大，在外面待的时间也越来越长，不消说，总是有三五个伙伴一道行动。我们攀着葛藤爬上陡坡去寻野果，也翻过篱笆跑到人家的菜园里去摘黄瓜，路边的野桃、梨子更是逃不出我们的手掌。如果错过季节，没有这些东西可吃，我们偶尔也架起篝火，烤一两根从家里拿来的红薯吃。那刚烤熟的红薯，掰开来冒着热气，烫得我们龇牙咧嘴且直跺脚，心里却特别快活。但我们最感有趣的还是躲到某座建筑物的院墙一角去打牌，“争上游”、“升级”兼“推牌九”，把身上所有的几枚硬币和小物件都押上，一赌输赢，大呼小叫，紧张而又投入。这样一玩，很快天就黑了，大半天的时光就不翼而飞，最后是不情愿地拖着沉沉的脚步怏怏而回。

如果人数不够打牌的，我们就在机关（公社、生产大队）、场院、供销社附近东张西望，看厂子里的工人锻铁、碾米、车轴承、制笔墨、做买卖，到处都有看头，都可流连。而那年头，乡间还有另一件热闹的事，就是常有“文娱队”进村表演。几个女孩子穿红着绿，举着红旗，几个大男孩穿着军装，扛着红缨枪，每到一个村子就排成队，演唱几段节目。我们这些挖野菜的孩子一遇上，哪里还顾得上手里的活计，早就挎着竹篮，跟着这“文娱队”到处乱窜，把小铲子、小鞋子跑丢了，把竹篮子挤瘪了的事时有发生，但怎么也挡不住那份热闹带给我们的诱惑。有一次，我随众多的人跑了好几里地到另一个比较远的大队去看表演，而这个大队我还从没去过，心下不免踌躇，生怕自己迷了路回不了家。这次“文娱队”后来进了一所小学校，而学校周围挤满了人，根本挤不进去看看表演的内容，我只得扒上后门附近的窗台听了一会儿，也听不出什么名堂就退回了。后来，我的父亲调动到这一带任教，我一直在想，我当初跑去看表演的那所小学是否就是父亲任教的学校呢，然而实在无从确认。

另一次，我在野外挖野菜，忽然听见村落间起了骚动，有许多人（主要是妇女）踏上村路往西边山地跑去。我问一位大婶去做什么，她告诉我，听说西山脚下某某村庄有个生产队长吊死在树林里，这事非常蹊跷，所以大家都要跑去看个究竟。我也起了好奇心，把小铲子放入竹篮往西山跑去，但跑到一条大河边，别人都在卷裤管过河，我却忽然感到无趣，望望太阳已经西斜，又想到山那边路太远，担心迷路，就折返回来了。

挖野菜，虽然我一直都没有挖到多少，甚至简直把自己也挖成了一株“野菜”，但是，我却借此把自己村庄周围三五里地方转了个遍。我第一次看到好几座只有三五户人家聚居在一起的村庄，第一次看见那么多的池塘塥堰，第一次看到河湾里那么一大片竹林——风儿吹来，林涛阵阵，阳雀子群飞，甚至到了大山脚下，看到悬崖上的人家……这些都是待在我的村庄所想象不到的。我第一次看到外面的世界可真大。

我们村前的大路是连接西边山地与东方平畈的一条通道，所以从来就是人来人往。那时候，汽车自是少见，人们出行一般都是徒步，偶有汽车、拖拉机经过则差不多轰动全村。大约汽车、拖拉机总是跟远方联系在一起，而远方对于谁都是一种永恒的诱惑。孩子们老远听到拖拉机声响，就会奔出门来迎接，还要跟在后面一路“欢送”。车前车后奔跑、叫嚷，跃跃欲试往上爬，土路不平，颠颠簸簸，拖拉机手要竭力掌控车辆，还生怕把哪个孩子捎带到轮下，所以常常左支右绌，十分紧张，就不免要呵斥我们，甚至停下拖拉机，手握摇把，把我们撵走。但我们简直就像一群苍蝇，哪里就容易被撵走，即便撵走了，又复纠结上去，弄得拖拉机手十分狼狈，都将经过我们村的一段路视为“畏途”。我们虽然也知道撵车子、扒车子是一件危险的事，但渴望冒险，尤其是冒并非十分要命的危险，是人的天性，所以我们从来也不放过一次机会；上学时，更愿意扒上拖拉机，让它带我们一段路，觉得既省了力气，又是一种享受，一坐上拖拉机，迎面被风吹着，畅快极了。久而久之，果然还是有事故发生。有一次，逢到下坡，扒车的人也多，开拖拉机的是一个新手，性子又不耐烦，一边骂骂咧咧，一边左右摆动拖拉机的扶手，道路又窄又滑（雨后不久），结果一头扎入沟渠，再也动弹不得，幸好拖拉机手和我们只是跌倒了，除两三个人碰破了点皮外，其他倒也无大碍。这辆拖拉机一两个星期后才被拖走。另有一次，就在村口，拖拉机一颠簸，把刚扒上车的一个孩子颠掉下来了，来不及躲避，还是让拖拉机的后轮从身上碾轧过去了，吓得我们大喊大叫，拖拉机手也慌忙跳下车，脸色唰地变白，一个健步冲过去，就把那个孩子抱在怀里不停抖动，还上下搓揉，那孩子竟安然无恙，很快又在地上跑动起来，真是万幸。

但这也不能阻止我们扒车。每逢有拖拉机来，我也欢呼雀跃，特别起劲地跟在后面撵，跟在后面追，总想找到合适角度跃上去，享受一下坐车的快乐。有一次大约是中午，一辆手扶拖拉机从东开来，扒车的孩子不多，三四个而已。我和另一个孩子很容易就爬上去了，坐在拖拉机的车沿上，很快就出了村子，驶上了村西的丘岗。村落、竹园、山隘口、桐树林一闪而过，我们仿佛在检阅家乡的园田哩，心里美滋滋的，但是一高兴就忘了下去，而过了丘岗又是下坡路，拖拉机速度很快，我们又不敢下车了，心想到了前面的村子，拖拉机总会停的，就安坐在车上不动。没想到拖拉机并不停，过了一个村落又一个村落，到了一片茂密的大树林旁，拖拉机才终于停下来。拖拉机手走到我们跟前，对我们说：我是要进山拉石灰的，明天才回来，你们也要跟我们一起去吗？我们一听，想起还有那么多的山路，想起家里人找不见我们会有多么着急，回去肯定是要挨骂的，便急急忙忙跳下车，一边说不去、不去，一边就慌慌张张地往回走。好在是大路，我们知道回家。但一路走哇走，上坡下坡，累得气喘吁吁，加上同伴比我还小，一会儿嚷渴，一会儿喊困，我只得带他找一条溪流去喝水，又找一棵树，让他靠一会儿休息；很快，夕阳西下，我们离家还很远，路上行人稀少，旷野寂静无声，我想到了丛林里或许会有的野兽，心里焦急得不得了，便一个劲地催促小伙伴，乃至推他、拽他，但越是这样，他越是磨磨蹭蹭，不肯往前，我真的有些后悔这次扒车了——多少年后，我来到北京上学，有一次跟一个同学到颐和园去玩，返回时天色已晚，已经赶不上公交车，大约那时候通往西郊的公交车也少，我们便决定步行回校。走着走着，两人感到又饥又渴又累，我的那位同学直想打退堂鼓，要找个地方歇一晚，又一再提议在路边休息一下，我的思绪一下子回到了小时候这次扒车的经历，顿时身上增添了力量，我给这位同学打气，给他讲故事、说好话、聊闲天，终于没有怎么停顿就回到了校园。

还有一次扒车，我至今都觉得颇为蹊跷，甚至有点“百思不得其解”。那是在上小学五年级的时候了，平时扒惯了车，即使到了柏油路（国道）上，一旦没有老师看管，有机会还是“技痒”。那一次见有一辆大型拖拉机正因爬坡而减速，我和同学们便不由分说冲上去，奋勇地扒上了后面的车帮，眼看把身子往上蹭蹭，就能翻身而入。正在这时，忽然从前面的车厢里翻飞出无数的钞票，就像被狂风吹落的树叶一样，起初以为是纸片儿，乃至看出是纸币，自然都松开扒车的手，跳到地上捡拾那纸币，我三下两下抢得了好几张毛票，大都是一角两角的，还有几张一元的纸币，其他同学也捡到了一些，多少不一，我的大约是三元二角。一下子得了这么多钱，我们都高兴极了，也很惊讶，怎么会有这等好事？我在心里盘算，拿这些钱做什么用呢？当然首选是买书，供销店的玻璃柜里早就有两三本书让我徘徊很久，难以割舍，我这下可以略偿所愿了。于是，我在第二天就拿着这飞来的钱去供销社买了一本《红岩》，大约花了两元多一点儿。消息却不胫而走，我有了一本书的事竟然连公社植保主任都知道了。当我路过公社碰见他，他便提出借去看，我真很奇怪他怎么知道的，问他，他只莞尔一笑。我借书给他，一个月后才拿回，而这时学校的老师也知道了这事，便告诫我：要拾金不昧，把《红岩》交公，否则不给评年终的三好学生。我是年年都得三好学生的，缺了还真觉得失落得很，便一口答应交书。书交上去后，从此再也没有见过它的踪影，不知至今还在天壤间否。

这也是小时候有点意思的经历，只是至今我都不明白，拖拉机的车头厢里怎么会飞出那么多钞票呢？总不会是开拖拉机的师傅见我们扒车而有意撒钱，好让我们去捡钱而不去做扒车这么危险的事吧？不过，从此以后，我还真的再也没有扒过车，倒不是知道这样做的危险性，而是因为很快我就真的“长大”了，可以“名正言顺”地从家里拿上一点钱去搭车了，从此乘坐各种交通工具去小镇，去县城，去往更远更远的地方。

村子里的枪

男孩子大约都是有些喜欢枪的。不然，城里的商店里为什么从来都有各式各样的玩具枪出售呢？但当年我们这些喜欢枪的乡下孩子可买不起那些正规制作的玩具枪。怎么办呢？当然只有自己动手，用泥巴、竹棍、木板、钢丝、铁条做出一杆杆盒子炮和长枪，有的还能打火柴、打火药呢……

但某一天，村子里忽然涌进来许多真枪，据有点这方面知识的人说，什么三八大盖、冲锋枪、卡宾枪、机关枪……都有，它们都被我们熟悉的本村和外村的青壮年农民或背或扛在肩上。他们来干什么呢？当然是来演习的，他们都是队上的民兵。那时候，上面发出指示“要准备打仗”，要“备战备荒”，所以必须全民皆兵——真正的全民皆兵当然是不可能的，但青壮年农民却不能不武装起来，农闲时还要训练、演习。于是他们就到野外河湾里去打靶，其情形我并没有见到，听到消息正想什么时候找个机会去“观战”呢，他们就呼啦啦涌进我们村来，在打谷场上列队，练站姿，趴在打谷场中间的一个大草坡上练匍匐、瞄准、射击——当然不是实弹，练了一会儿便就地休息。这一下子让我们这些十来岁的孩子一个个神经兴奋起来，也不管允许不允许，就都悄悄地走近他们，掺进他们群里，变着法儿找他们说话，摸他们的枪，反正原先差不多都认识，他们也不好意思多干涉。很快我们就拿过他们的枪，也趴在草丛里“练”射击——拉开枪栓，扣动扳机，听见一声轻轻的撞击声。更多的是入迷一般看着民兵战士把机枪上的转盘、冲锋枪的弹夹卸下来、装上去，或用长钢丝条裹着布条捅枪管擦拭零件。总之是处处都想掺和一下，只要有可能便饶有兴致、恋恋不舍地将各种型号的枪都把玩一遍。虽然偶尔也得到这些大哥哥、大叔们的警告，说是空枪也可能打死人的，它有撞针啊——据说它们实际上都是战争年代淘汰下来的旧枪，但是我们并没有把他们的话当回事。这一天，我们简直回到了电影里曾经描绘的情景：打鬼子、打反动派的子弟兵来到了乡亲们中间。

这样的情景我好像也只见过三四次，大约一年一次，也就是说这只是在三四年间发生的事，后来，再也没有见过这样的阵势这么多的枪。我平生都没有再见过。

虽然不再有民兵演习了，但民兵手里的枪支一时并没有都收走。我听说还有两杆半自动步枪留在我们村（生产队）。一杆在大刘手里，一杆在小陈家。小陈家跟我家隔了一段路，我不知虚实，但大刘家有枪似乎可以感知得到。为什么呢？因为我感觉到大刘似乎变了一个人。他过去特别爱争利，队里评工分，他总在会场上嚷嚷他为什么不能评第一；他家的自留地也必须是最好的一块，连水源也要近，据我所知，他还把自家菜园的堤坝挖开，另筑到别人家的地里，为此还引发了一场“战争”，双方吵得一塌糊涂，连祖宗都骂上了。可他现在一改这凡事都削尖了脑袋往前钻的做派，目光似乎也坦然正大起来，不像过去，总像盯在前方的某个物件上，别人看他，他目光又有些躲闪。不过，现在的目光看起人来，似乎也有一点不对劲，就是喜欢微微向下，像是在藐视别人，更不用说说话声音也洪大起来，队里开会时，他无论如何也要发表一通“高见”的……这些变化，没有别的可以解释，只有一样：他是受到上面信任的民兵，他手里有枪，他底气足！

这当然还只是我和几个小朋友的猜测和判断。他到底有没有枪呢？这仍然是一个悬念。是悬念，总要把它解开为好。于是，我和小伙伴找了个借口，跑到他家里，告诉他，村西头的丘岗上不知从哪里跑来了两匹狼，正跟队上新买的小水牯牛对峙，要他赶快拿枪去打狼。他一听，似乎看出了我们是在编个谎言来诓他呢。他不动声色地摇了摇头，坐在他那里屋的八仙桌前抽烟，但他的眼睛却不自觉地瞥了瞥他那座大花床上挂着的蚊帐，瞥了两次，我们知道了，他的枪就挂在他的床帐后头。我们一边跟他"蘑菇"，一边使了个眼色让人贴近他的花床，我也迅速地朝后扭过头去，我们果然看见一杆擦得锃亮的半自动步枪就倒挂在那蚊帐的横杆上。我们心中的谜团解开了，而大刘似乎也知道我们的用意，并没有阻止我们，只是半眯着眼在那里抽烟，嘴角还露出一丝嘲讽式的微笑。

没想到，过了几天，村子里的两杆枪就公开地露面了。大队上要开批斗地主大会，叫各个生产队把地主押解到会场。我们队的地主就是我的一位本家奶奶：李王氏，一个六十多岁的孤老婆子。大刘和小陈端着枪，押着她，从村口走出，一步一踬地走上了通往大队部的田塍。奶奶花白的头发在风中凌乱地飘着，身后是黑黝黝的枪管和枣红色的枪杆、枪托。我正好放学回来看见了，多少有些吃惊，心里一紧，说不出话来。我才知道，那枪不是像我过去所想象的，充满着战斗的豪情、理想的浪漫，乃至有一种革命的诗意的，而是黑洞洞的枪口，说一不二的准星、隐忍待发的扳机，甚至还有能够无情地穿透一切包括肉体的枪弹，甚至还有截然分开的阵线与阵线后的不同世界。我的心头竟无端地有了一丝战栗。

开了两次批斗会后，那枪又告隐退。但大刘在村子里说话的声音似乎更大了，甚至在开会时主动分派任务给社员，很快连生产队长也大多要听从他的意见，社员们更无二话。大刘走在村道上的脚步也更响了，头似乎也比过去更高地昂起来。

但村子里并没有别的什么需要斗争，虽然日子不太好过，到青黄不接之际，许多家都有断炊之虞，但并没有真正断炊，挖点蘑菇、野菜，再东借西借一点儿，总可以把日子度过。村子里也相当安静。我从大刘的脸上却看到了一点点烦躁不安。果然不久，他把我们十来个正上小学的学生召集到了一起，给我们讲了一通话，讲了什么，三十多年过去了，我大多忘记了。模糊的印象是说，小学生是接班人，要提高警惕，要敢于与坏人坏事作斗争……这些道理也没有什么问题，我们甚至连"腹诽"也没有，但他接着说，你们红小兵上学要统一行动，每天吃过饭要集中在一起，排成一队，整齐划一地齐步走着去上学，放学回家也得如此。我们都静静地听着，虽然我们在听着的时候，心里有点不以为然，但眼前浮现出的仍是他家蚊帐后面的那杆枪。

但大刘对我们的"军事化"要求到底是失败了，最多只坚持了一个星期。头两天大家虽然嫌麻烦，也还觉得有点新鲜，都争取列队而往，后来谁受得了这个约束啊，再说谁能保证每家吃饭都能按同一时间，所以逐渐地都回到"自由散漫"的状态，每人吃了饭就仍然自己去上学，最多招呼一两个伙伴同行。

再后来，不用说了，农村的政策也变了，田地都包产到户了，那杆枪早就上缴给公家了。此后大刘也很少在村子里抛头露面，又恢复了过去不声不响做事的习性，偶尔在村道上遇见他，他却是微微地低着头，匆忙地走，目光还像看着前方某个东西似的，不怎么看人。有时，人们还发现他有夜间出去的习惯，村里偶尔会传来无端的骂声，有人骂自家的包心菜怎么少了，稻捆麦秸怎么少了。这样的情况到底并不多，骂得也不激烈，更没有人捅破就是这位前民兵队长干的，毕竟乡里乡亲，大家还是要为彼此留些脸皮才好，村子基本如一潭静水，因为谁都要安静地过日子不是？

鸽子与少年

我一直觉得很奇怪，在我生长的那样一个贫穷偏僻的村庄，就在我家隔壁的那个人家的一堵白色粉墙接近屋檐的地方，怎么会有一幅画酷似毕加索的和平鸽——那几乎全世界都熟悉的一只鸽子与一个少女的面庞叠合在一起的图像，让人一见难忘。当初我见到它的时候，当然不知道它与毕加索的作品很像，只觉得它很新奇而被吸引，从此牢牢地印在头脑里，直到上了中学，才判断很可能是仿自毕加索的那幅经典之作。

这真是一个谜。我曾问过我的父亲——他是一位乡村教师，可是他也摇摇头。我只得猜测，或许这是在哪个年月，由某位流落到我们村里的读书人偶然留下的手笔。

但是，我从此期待有鸽子出现在我这个荒凉的村庄。我那时似乎已经知道，鸽子虽然是禽鸟，但性格十分温驯，跟人非常亲近，是可以家养的；当然也曾听说，也有把鸽子杀了用作菜肴的。我之渴望见到鸽子，是想看到它们飞翔的姿影，感受人鸟相亲的动人一幕，但期待中是不是也多少含有一点尝尝鸽子汤的潜在欲望呢？那毕竟是在很少有肉食甚至要经常与饥馑打交道的年月呀，这样想来真应该叫声惭愧。

忽然有一天，村子里还真是有了鸽子。我在村子东北头的池塘边担水的时候，发现有几只鸽子在池塘一角盘旋，然后飞入池塘边的一户人家。这是村子里最贫穷的一户人家，三四间土坯瓦房，经多年风雨侵袭，墙壁已经到处斑斑驳驳，甚至坑坑洼洼，屋内更是到处被炊烟熏得乌黑。除了两张吱吱响的木床和一张同样吱吱响的桌子外，就只有土砌的锅灶，屋子显得空荡荡的，真可以用“家徒四壁”来形容。但是鸽子飞来了，而且安详地栖止在这里，这真是一件意想不到的事。记得确认这几只鸽子真的为这家所养的之后，我还有点不敢相信，便和几个大孩子都跑去看，果见有几只鸽子在屋外的檐梁上栖飞，而且发现这家的主人已经用竹篾、硬纸盒和废铁片在那里搭起了一个窠，有两只鸽子正站立在小窠门口，又有两只在屋檐上不停地扑弄翅膀。所有的鸽子都发出了咕咕、咕咕的声响。

当然会问到鸽子是怎么来的。事隔多年，我已经记不得主人是怎么回答我的了。或许是这家的主人在山间打柴火时从灌木丛拾得的吧？或许是用几升黄豆与别的村庄里的人换来的？或者干脆就是自个儿飞来的也未可知。这户人家是由女主人当家，女主人是从山里嫁过来的，按辈分自然是我的婶娘。她皮肤虽然白皙，但头发稀疏，近乎光秃，脸上还有些雀斑，并谈不上漂亮，但为人极和善，从来没有见她与人发生过什么冲突，说话都是细声细气的，而我的那位堂叔哩，倒是一位铁塔似的壮实的汉子，全身黝黑，每天只知道埋头干活，老实得要命。他们有五个孩子，在实行计划生育后女方本已做了结扎手术，不想几年后却还是怀孕生了一个女儿，一时还在当地传为“笑谈”。这样他们就有了三男三女了，家境更加穷困，穿的着的全是破衣烂衫，吃的更是粗糙不堪。但是鸽子就是投到他们家来。因此，人们有理由猜测，过不久这窝鸽子如果不填了他们的肚腹，也会被他们拿去卖了吧。

然而并不是这样，一个星期、两个星期，一个月、两个月……鸽子仍然在这户人家屋檐下旋飞栖落。而且，这人家的大孩子——年长我两岁的四清还在屋檐下打了一个孔洞，这样，鸽子可以在任何情况下自由地进出他家，也就不怕人偷袭了。

四清和他的大弟弟小告儿都是我们的玩伴，从来村子里孩子们扎堆儿玩耍时都少不了他俩；有时遇到犯难或危险的事情，还需要他们出头先闯。他们都身材瘦小，但走起路来，动作极快，那腰还如水蛇一扭一扭。爬树登高更是好手，如猿猱一般，轻轻一蹿，再高的枝头眨眼就到。多年后，当我看电视剧《水浒传》时，总觉得他和鼓上蚤时迁有那么一点相像。因为他们的家靠近水边，他们兄弟俩都极善游泳，一个夏天的大部分日子都泡在水中，他们无论是侧游、仰游还是扎猛子，谁都比不过。有时候人们有意想看看他们的“表演”，便把一块瓷片或者是一枚硬币抛入水中。他俩一个猛子扎下去，半天不见动静；正当人们为他们担心的时候，只听咕咚一声，浪花翻起，他们的黑头也就露出水面，接着见到他们咧开嘴粲然一笑，再一细看，他们的牙齿间竟衔着那枚瓷片或硬币……有一次，村里的一位壮汉与人打赌要横渡池塘，不想踩水到了中间就无声无息地沉没下去了，当人们还不知道怎么回事，四清儿就第一个从堤岸上箭一般射入水中，与另外两个水性好的小伙子把这个壮汉摸索上来，放到地上，压肚控水，避免了一场溺水死亡事件的发生。

这些事不过发生在鸽子来前一两年。鸽子飞来了，四清脸上的笑容更多了。我们偶尔到他的门前屋场上玩，那鸽子也会飞来，在我们的头顶盘旋，我想这当然是冲四清来的。但四清一家还得在贫困的生活中挣扎。四清兄弟俩虽然都上了学，但实际上，那是三天打鱼两天晒网。他俩，尤其是四清，常常形影不离地跟在村子最顽皮的几个大孩子后头，整天到晚四处游荡。他们在村里粮仓的房梁上追逐、打闹，在自家或别人家的菜园和庭院里摘瓜偷桃，在沟渠、池塘里摸鱼捉蟹，在屋檐下掏麻雀捕蛇；凡是村子里闹得鸡飞狗跳的地方，一准能看到他们的身影。最要命的是，他们那么喜欢玩蛇，常常捉一条水蛇在手里颠来倒去，甚至把蛇偷偷地放进同学的书包，尤其是放进女同学的书包，吓得她们哇哇大叫。他们还敢将大一点的蛇缠在脖子上——夏天那光赤裸裸的脖子上，甚至拿蛇当腰带，让人看着不寒而栗。但是，他们偏偏非常珍爱那几对鸽子，不高兴人们打它们的主意，更不允许人们对鸽子弹射石子。但还是有人惦记上这几只鸽子，当有人跑到四清家说想从他家买一对鸽子，四清想都没有想，便一口回绝。有一次，那两个顽皮的孩子头儿提出要拿东西跟他换一对鸽子，四清的回答仍然是一个字：不！他们之间差点为此事闹翻。

事情就是这么怪。而鸽子似乎也通人性，当陌生人靠近，鸽子总是警惕地发出急促的咕咕、咕咕声。然而，只要四清兄弟打一声呼哨，鸽子就会从屋梁上飞下，停在不远处啄食。在我现在的印象里，似乎四清兄弟俩走到哪里都有一群鸽子在他们身后翻飞，也不知这是不是出自我的幻念。我有时还看见鸽子飞到四清的手掌心，再不就停落在他肩膀上，四清则用脸庞与鸽子轻轻地摩挲着，那种亲近与信任劲儿着实让人嫉妒，也让人感动。

一年一年过去，我们都长大了，我上了中学，而四清兄弟上了三四年学就都退学了，这样我和他们就接触少了，我不知道他们家的那窝鸽子后来繁衍了几代，印象里却总是有更多鸽子在那里飞来飞去。

有一段时间，我没有看见四清，一问才知道他去了江南，在他的一位本家堂兄那儿学修理汽车，那位堂兄也是因为小时候家境艰难而随父流落异乡的。可是不久，我见四清又出现在村头，而且比过去更显得面黄肌瘦，原来他是不适应江南的水土而染上了肺病的，当人们劝他杀两只鸽子炖汤补补身子时，他的回答照旧是一个字：“不!”

后来，我就移居北方，至今已经好多年。前年母亲来我这里，我们不知为什么谈起了四清兄弟，母亲说他们的日子总算比过去好过些了，分别盖了房子，也都娶妻生子了，我听了，轻轻地舒了一口气。

可是我忘了问鸽子的事。我不知道他们家还养不养鸽子，其实又何必问，一个乡下少年手捧着鸽子、用脸庞轻轻地摩挲鸽子的情景也早已成为一幅画，定格在我心里。就是现在在我看来，如果把这样的情景画下来，不会比毕加索的那幅名画逊色。

果园的黄昏

那天下午，我们相约一起去果园。果园其实就是桃园，我们其实就是姚强和我。早在几天前，姚强就神神秘秘地告诉我：你不是想好好地吃一次水果吗？现在机会来了。合心大队的果园对外开放，只要交两元钱就可以进去把那里的桃子吃一个饱。我一听，不由心动：只要两元，桃子就可以随意吃，这不是很划算吗？我的眼前出现一片茂密的桃林，葱郁的枝叶间闪烁着一只只硕大的、鲜红的桃子，简直就像电影里看到的西王母的仙桃，个个都羞红着脸对我说：你来吃吧！你来吃我吧！

我们只上了两节课就溜出了校园。那是六月上旬一个晴朗的日子，阳光灿烂，又不燠热，我们都穿着单衣，露出许多肌肤，接受和风的吹拂。我们的衣服都有些破旧，姚强的更甚，整个屁股上是一大块补丁，这使他看起来像一只猴子。他的确长得有些像猴子，手脚仿佛总是勾着的，腰也伸不直。但他的一头乱发又有点像狮子或鬣毛狗。只是眼睛贼亮，嘴角总是挂着笑，仿佛任何时候都笑嘻嘻的，还常常露出一颗又大又白的虎牙。我们一开始走得很快，仿佛两个被俘的士兵逃出集中营，必须迅速逃离，否则有被抓回之虞。穿过几条很细的田埂，跨过几条小溪，我们就像女孩子在跳皮筋。那一刻，我也觉得自己是只回到大自然的猴子。

田野里正青黄相间。青的是麦苗、菜畦，黄的是正在走向成熟的稻禾。溪水在沟渠里流得很响亮，可是我们都没有怎么在意这些。我正想尽快跑到果园里去饱餐一顿桃子，必须赶在日落前，然后还要趁天黑得不太久回到家里。姚强似乎不太急，我觉得这也很正常，因为果园就在他们大队，离他家近。这个大队在我所在村庄的西边，再往西就是一匹一匹大山，相应的，这个大队就有许多丘冈，我曾路过几次，也曾眺望山岗上那一片片绿云似的树林，只是没有想到，还有一片果园。

一条大河横在我们面前，这条大河正是从西边山地流来，从我们学校所在的山坡下经过，河里翻腾着浪花，河水显示出一直往前的激情。如果从这里渡河，一直往西就是姚强家所在的村子，我曾随姚强去过的。我随他去那里只有一个目的，就是去砍一两根竹子回来做钓鱼竿。姚强说他村子周围山岗上都是竹园，一根根竹子有的已有碗口粗，他夸口说送一两根细点的给我是一点问题也没有。没想到满不是这么回事，竹子都是生产队的，要拿，只能是偷。我俩悄悄地靠近竹林，正准备进去砍，就听见有人过来，我们只好赶快卧倒，趴在一道草坡上不动；没想到，总是不停地有人来往，甚至还有人停下来谈话，姚强劝我换一个林子试试，我却一点兴趣也没有了。

也是在这一次，我在姚强的家里稍有停留。他家的贫困一眼就看得出来，让我非常吃惊。我以前隐约听同学们说过，姚强的父亲其实是个“下放学生”，而且来自上海，然后入赘本地的姚家，姚强就姓姚，据说，他本应该随父姓“黄”的。我好像也没有在姚强那儿求证过。只是有一次听他谈起，他某个暑假曾去过一次上海，在舞厅里见到许多男女互相搂抱在一起跳舞。我们正值青春萌动的时期，对这兴趣很大，但要他进一步地描述，他似乎也说不出什么。这是七十年代末，舞厅、跳舞什么的，对于全社会都是诱人而又敏感的话题，何况对于我们这些中学生。我不知道姚强是否真的去过上海，但他是第一个谈论大城市，给我们那穷乡僻壤吹了一阵都市风，这让我多少觉得有点不同一般。我总觉得既有这样的来历，他们家也应该是殷实的，像我们自己村子里从上海下放的人家，到底还有几件像样的家具和物件。我没想到，姚强的家比村子里最穷的人家还要穷，真的是几间低矮的草房子，里面几乎什么家具也没有，连床也是土坯砌的，只有他奶奶有一只摇摇晃晃木板做的床，床上挂着一顶小到不能再小，被油烟熏得乌黑的床帐。那次我也见到了他的父亲，一个比猴子高不了多少的老人，憨厚得无法形容，见到我这个中学生也激动得直搓手，说不出完整的话。说真话，他家那间黑洞洞的屋子，我一刻也不想多待。我也开始理解，姚强为什么喜欢跟所有的同学交朋友，喜欢尽可能在外逗留，不愿回家。

我们认识完全是因为书。他其实比我要高一个年级，因为传阅图书，我们走到了一起。但我借给他书也往往不很保险，我的几本书就是被他传丢了，再也不能追回。有一次，他还把我借给他的《人民文学》上的丁玲小说《杜晚香》给撕走了，显然他也很喜欢这篇小说，但我还是逼着他把那几页小说找来还给了我，我把它重新粘到杂志上。

这会子，他正和我一起走在小河边，踢踢踏踏地走着，一会儿拾起一块卵石砸到河里，一会儿在河边的菜畦里捉一只大蝴蝶，一会儿停下来在书包里寻摸着什么，其实什么也没有摸到，总之，他是不着急赶路。我很恼火，踢了他一脚，他就嘻嘻笑，向我露出那颗大而白的虎牙。我不知他为什么这样磨蹭，我便径直往前走。走了一截，落在后面的他又追上来，要攀住我的肩，我拨开他的手，他又用手抓住我的书包，这时，他终于嗫嚅着说："要不我们不去桃园吃桃子了吧，我们去镇上买两本连环画，尽可以看一阵子了……"

"什么?"我简直不相信自己的耳朵。我不惜逃学跟他去果园，他竟然要中途变卦，要知道，我还从来没有进过果园哩，更没有放开肚皮吃过某种水果哩！虽然我自己的村庄里也有一两株野桃树，春天里，我也曾与小伙伴们去偷摘，但那果子还是青的，一点儿也不甜；而一只只真正的桃子，我只从电影里和画册上见过，那么大，青中透红，多么诱人；我的母亲也曾给我打过一个谜语：什么“……一口咬下血歪歪”，那是什么样的滋味啊，“不，我一定要去尝尝桃子的滋味！”我这样回答姚强。

他只得继续尾随我前行。走了不久，就到了一个村庄。这个村庄在河湾里，周边长满了绿树、翠竹。太阳已下到竹树的顶上，那光芒仍然夺目刺眼，竹树的一部分也被太阳照得金灿灿的，小河和池塘里也泛着粼粼的波光。这地方其实跟姚强的家已经很近了，只要过河、上山，走一截山路就可以了。我特别担心他扔下我一个人跑回家，但他似乎一点这方面的迹象都没有。不过，他在我身边显得有点沮丧，再一次吞吞吐吐地说：“小镇上的饭店里，那么大的肉包子也很便宜，一毛五就一个……”我斜睨了他一眼，想骂他一声馋虫，一想自己一心想吃桃子，不也是只馋虫么？便咽下了那句话，不声不响地往前走。

走过哪个村庄，再往前怎么走，我却不知道了，因为我从未去过。我只得让姚强上前领路；这时候他倒是变乖了，再没有玩什么花招，就一路把我领到了果园边。或许正因为没啥“变故”，这一段路怎么走的，看到了哪些景致，我竟一点儿也记不起来了。

到了果园门口，只见果园用篱笆和铁丝网围起了一道墙。边上应该有一间小房子供值守果园的人居住（事隔多年，我同样记不清了）。我们一靠近，就有一阵猛烈的狗叫声传来，接着，便有一个中年汉子冲出屋子向我们走过来，问我们干什么，我连忙掏出放在贴胸衣兜里的那两元纸币，举起来对他说：我们是来吃桃子的。那个汉子接过纸币，仔细看了看，又冲太阳照了照，阳光晃了他的眼，他赶忙低下头，随即挥了挥手，说：进去吧。我们俩准备进去，没想到，姚强却被拦住了，那个汉子说：两块钱，只能进去一个。我们便说我们俩是一起来的，不能分开，但无论我们如何央求，甚至威胁，那个汉子都不松口。姚强给我使了个眼色，说：你进去吧，我在这里等你。我想掉头而去，又想费了这么大劲才到果园，不去尝尝桃子怎么甘心哪，另外还猜他给的眼色是不是……便向他点点头，大步跨进了果园。

一入果园，却觉世界顿时阴暗下来，也清凉了许多。刚才在果园门口，我并没有看到多少桃树，以为果园并没有多大，进去以后才知并非如此，那果园望不到尽头。一棵棵两人来高的桃树仿佛是从泥土里涌出的各种姿态的老人，他们都伸手伸脚，仿佛在玩什么杂技，只是动作被固定了，就那么擎着一树的枝叶等待人们检阅；枝叶间露出一枚枚大大小小的桃子，颜色却大多是青的，红的很少。我先跃上一棵树，伸手摘了一枚桃子，在衣服上擦了擦，就啃了起来。味道果然还不错。我又跳下树，在果园里走动着，有的桃树枝丫很低，我必须绕开才行。我在选一枚最诱人的桃子，这时却有一阵阴风吹来，让我打了个寒战，仿佛在提醒我：不准挑三拣四，所有的果实都是尊贵的，值得珍惜！我再看那一株株奇形怪状的桃树，觉得眼前出现的是一群地仙。

果园里非常安静，只偶尔听见风吹树叶的响声和虫鸣。在我前面不远，还有一泓浅浅的溪水在流动，还见有一两只白色的蝴蝶不知从什么地方飞来，在溪边草丛间的野花上停下一会儿又飞去。我坐在一棵树上，准备不管三七二十一，好好地饱餐一顿，没想到，当我把第三枚桃子吃下去的时候，我的肚子就差不多快饱了，更要命的是，我的牙齿开始感到发酸，牙缝里咝咝地抽酸风，我这才知道，这两元钱花得并不值当，一个人进桃园放开了吃，又能吃得多少？便在心里咒骂这园子狡猾的主人。

这时，果园里又阴暗了些。风过去，偶尔有几缕阳光透过叶隙，落进园子，也是浑黄一片。我知道夕阳正在西下。我感觉整个园子仿佛成了一只装红蓝相混的墨水的瓶子，不由得开始想象园子外的世界，那是一个多么光明、暖和的世界！

“阿成，阿成!”我忽然在园子里听到熟悉的呼唤声，是姚强，我的心头竟然一热，连忙答应：我在这里。不一会儿，姚强就笑嘻嘻地出现在我眼前。我问他怎么来了，他诡秘地一笑，并不作答，就像猴子一样蹿上一棵桃树，猛啖起来。我看到他那贪婪的样子，不禁感到好笑，心想你吃吧、吃吧，看你能吃几颗!

最后一缕从树隙射进来的阳光在我眼前变得淡薄，消失，从此再也没有光线投进果园。这时，树的气息，叶子的气息，桃子的气息开始浓重起来，终于弥漫成一片，果园也从阴暗变得朦胧起来，影影绰绰……黄昏降临不久，黑夜便笼罩着这片果园，眼前的桃树黑魆魆的影子，有点怕人。我催姚强赶忙离开，他却又拖拖拉拉，迟延了好一会儿……

那一天，我们是怎么离开的，又怎么分手的，我一点也想不起来了。我想当我们离开，回望那果园，它一定已是黑漆漆的一片。

时间如流水，冲淡了多少记忆。不仅如此，时间的流水还带走了多少事物！比如那座果园，就在我那次去吃桃子之后，没有几年就一棵也不剩地消失了，后来，我的妹妹嫁到了果园边上的一个村子，我曾多次经过那里，我看到的只是一大片漠漠的丘岗，上面这里那里点缀青青麦苗，如青色的火焰在摇曳。我根本想不起来，这里还曾有一片果园，我还曾在某个傍晚在这里把桃子吃得牙齿发酸。

还有那个姚强，这件事以后，我们接触得并不多，不过一年，他初中毕业没有考上高中，当然就回家当了农民。我最后一次见他是在我与同学一起去学校填高考志愿的路上，他从一条田埂那头走来，他欢喜地喊着我的名字，我因为有“要事”去办，只匆匆地跟他打了个招呼，就撵上同学走了。而再过了两三年，我便听到了他的噩耗，是在城里打工，从建筑工地的脚手架上滑落，摔死的。这样的结局听起来简直有点“假”，写进文字里也似乎显得“俗套”，然而，这却是真的。那一年，他可能只有二十岁，还没有娶妻生子。现在，他早已被人忘却，我也快将他忘却，如果不是那天下午，我们一起赶往一座果园，并在那里度过一个黄昏，他几乎唤不起我的记忆了。

这是我唯一一次跑到果园里吃桃子的经历。我也想不明白怎么会有这样的经历。后来，我读到美国诗人佛洛斯特的《雪夜林边》（江枫译），便一下子喜欢了这首诗，并常常咏诵：

这是谁的树林我想我清楚，
他家就在那边村子里边住。
他不会看见我在这里停下来，
观赏白雪覆盖住他的林木。

我的小马，一定觉得奇怪，
在这一年最黑的一个黑夜，
在树林和封冻的湖泊之间，
停在近处不见农舍的野外。

他抖了一抖挽具上的铃串，
问是否有什么差错出现，
仅有的音响，只是轻风一阵，
和白絮般飘飘落下的雪片。

这树林可爱，阴暗，幽深。
但是我有约定的事要完成。
睡前，还要再赶几里路程。
睡前，还要再赶几里路程。

读着读着，我便鼻子发酸，眼里涌出泪水……

伞下的记忆

来北地后，雨伞几乎用不着。这里一年四季很少下雨，夏季即使偶尔有雨，也是一霎即收，撑伞的机会几乎没有。看着买来的和单位上发放的那么漂亮的雨伞搁在阳台上生尘，心里反而有一丝落寞。

确实，在豪雨如注或细雨蒙蒙的当顷，撑一柄细花阳伞在雨地里走，未尝不是一件惬心惬意的事；这时候不需那么忙忙碌碌，更不需火急火燎，把一切都暂时放下，任凉风携着雨点雨丝在天地间吹拂飘洒，落到脸上凉意顿生，心中的狂躁顿时平静。你甚至不需要伙伴，雨伞就是你的伙伴，你走着，走在密密的、簌簌的雨声中，觉得天地不再那么空旷寥廓得吓人，反而得到一种被包裹、被围拥甚至被关注的温馨。

雨伞撑开来，撑开来，撑开就是你头顶的一片晴空。飘移的晴空，在云天雨地里，让你在不自由中获得了一种自由，让你的心思在雨丝中溶化，让你在时间的河流里自由地畅泳。

记忆也总是像雨伞一样被打开。记忆也总是像雨伞一样在你心中升起一片暖暖的晴空；在云天雨地，在各种各样的鸿洞风尘中，像花一样绽放。

你在雨中，你在伞下，从那么小的一个人儿，从拿不住伞到拿得动伞，一天天长大。你在最初甚至还看到过旧时的红油纸伞，撑在一个老人手里，寂寂地行走在田塍上、在旷野里，不知为什么，竟也感到特别温暖，你仿佛觉得正是那一点红，为你接通了岁月与岁月之间的断裂。但是，那红油纸伞毕竟只在你眼前晃动了一次两次，就从此消失了，永远消失了。你所用的都是骨节粗大的黄布桐油伞，竹子做的柄很粗，你撑着它去野地里戏水——把水凼里的水踩得四处飞溅，或者将奔流的水拦起筑坝。撑持不动的伞倾侧了，你的衣衫被雨打得透湿，你仍然忘情地投入游戏之中。

上了学，你当然要时常带把雨伞。走在泥泞的村路上，雨点噼噼啪啪地敲打着雨伞，仿佛本来是要来砸你、抢你的气势，你觉得好笑。有时风很大，会把你的伞吹翻过来，伞盖朝反方向伸展，更像是一朵荷花；你只得把它顺过来，一而再、再而三地顺过来。到了教室，你常发现你已迟到，同学们都坐在那里等待上课了，教室后半部的空地上已摆满了雨伞和其他雨具。那伞有黄的、黑的，大多是破的、旧的，撑在那里晾干，而其他雨具主要就是斗笠，斜靠在伞边上。毫无疑问，在这样的风雨天，一只斗笠是遮挡不了多少雨的。而且，就你所知，这斗笠都是几位女同学的，她们走进教室时，衣裳大半都是湿的。

不知为什么，就是这样的雨天，你的玩兴仍然不减。你跟几个调皮的孩子追逐玩闹，一次不小心，你竟把人家的雨伞和斗笠踩坏了。那几个女同学自然不依，可你仍然嘴硬，说怪不到你，是别人搡你的。她们更加恼火，一个个嚷着要上你家找你妈妈赔。她们果然是去了，在放学后。你也跟在她们身后，你在伞下是那么局促不安，你的脚步是那么沉重，那一刻，落在伞面上的雨是什么样的声响，你一点也没有听见。

你当然受到了妈妈的呵斥责骂，也赔了人家一点钱。自此，你老实多了，最起码不敢再去踩人家的雨伞和其他雨具，做游戏尽量躲着点……可惜这些女同学都没有念完小学，便回家参加生产劳动，没有几年，又一个个嫁到别的乡村为人妇为人母去了。你真的有一点点难过，你至今还记得她们的名字，有时与母亲闲谈还会问到她们的境况。我一直在想象她们的孩子在雨天打伞上学的情景，她们会不会告诉孩子当年她们只能戴一顶斗笠？

记忆如黄梅时节的雨，一来就淅淅沥沥，连绵不绝。你又想起与伞有关的故事。你想起当你忘记带伞的时候，你与同学共撑一把伞回家，在伞下，你总是高谈阔论，滔滔不绝或者说唠叨个没完，也不管别人对你的话题是否感兴趣。你还想起来，有一次你又忘记带伞，你的母亲竟打发你的妹妹给你送伞。她踩着泥泞走到教室边上，你仍在上课，老师仍在课堂上讲解，你妹妹不敢上前敲教室的门，就撑着伞站在雨地里，一站半天，直到下课铃响。你的妹妹也只读了两三年小学，和你同在一所小学，唯一一次开全校大会时，你上台发言，看见妹妹正瞪着一双大眼睛看着你，兄妹同学的经历就这么一点点，你格外珍视，今世今生都铭刻在心。

说出这样的话，你心中会有另一个你出来反驳或发出嗤笑，认为你说的是假话，不然，你何以不把你那把天蓝色的伞送给你妹妹呢？——她在出嫁的前夕向你提出带走这把伞，你却没有给她。不错，这是一把非常漂亮的阳伞，撑开来，像海水像一片雨后的天空一般蓝，上面还点缀着小花；走在伞下，直觉得十分亮堂，呼吸也觉畅快起来，仿佛置身蓝天白云之间。你平生都没有比这更喜欢的伞。何况它是你上大学后第一次拿到稿费后买的。你在江城的商场里第一眼看到它就喜欢上了，就爱不释手。但是，再好的理由也不能拒绝你的妹妹呀！何况她就要到一个陌生的人家做新娘子了。你一直后悔这件事，所以多年后当你的妹妹来京城看你，临行前，你坚持在她的行李箱里装上了两把雨伞，但即使是两把新的也很漂亮的雨伞，也抵不上当年欠妹妹的那把已经用了两年的天蓝色雨伞呀！

“撑着油纸伞，独自/彷徨在悠长，悠长/又寂寥的雨巷，/我希望逢着/一个丁香一样地/结着愁怨的姑娘。”诗人的想象是那么绮丽、浪漫而又有一点淡淡的惆怅，你也是一位诗人，不管是自诩还是别人这么称呼，你总是写作了一些诗。你有过望舒先生这般浪漫的绮思么？或许有，或许自己也明白那是一种奢望。与美人共持一把伞，走在绵绵的细雨下，听着她那如兰一样芬芳的呼吸，看着她那么黑亮光滑的鬓发，那么圆润的脸庞，你的心肯定也会怦然跳动，那浏亮的雨点一定也会在你心里敲响悠长的诗韵，你会企盼就这样两个人一直走下去，走下去，一直走到地老天荒。

可惜你太怯懦，虽然你也曾有过这样的美的邂逅，可是你不敢把那美少女邀到伞下，事后却又满心生出无尽的惆怅。那一年你大约十四五岁，正是情窦初开的年岁，有一天你在细雨中撑着一把伞独自彳亍，却在村道上遇见了邻村的一位姑娘。她出身书香之家却沦谪乡间，出水芙蓉般清纯而又美丽，还和你一样都喜欢读书（平时你们就互相交换书刊），一有了好书，兴奋异常。那天，雨点仍在明晃晃地飘落，但她并没有伞，你心里却总在踌躇是否要把她招呼到伞下。可是你为什么就是不敢，你是怕你们共持一把伞显得太亲昵反而破坏了美感，你会兀臬不安，你会惊慌失措，乃至于语言不畅？总之，你没有把她邀请到伞下，也没有把伞给她。虽然你很想，但你就是不敢有太亲近的表示，你们缓缓地同行在陌上，可是细雨早打湿了姑娘的鬓发、衣裳……没等到你下定决心，村口已经到啦……

古来有多少浪漫的事发生在伞下，共伞、借伞、还伞，本身就可能是一段情缘佳话（白娘子和许仙不就是这样创造了一个美的传奇吗?），可是这跟你无关。你还想起你读大学的时候，你跟一位学音乐的女孩有过一段交往。那位女孩赴外地考试归来，你去看她。那天傍晚正好也是下雨，你撑着一把伞走到她租住的一间平房外，你知道她已经回来，因为里面已经响起了音乐声，可是你不敢去叩门（你多么想邀她一起去雨中的大街徜徉）；你只是撑着伞站在阶下，听着雨珠儿在你的伞沿上滴滴答答；夜色与水汽浓浓地包围着你，你在伞下，勉强不被风吹雨打，心儿却似一只在风雨中的乌篷船，不知何处可以系缆……

几十年的岁月有多少是在伞下，有多少时光就像那细雨一样，纷纷地扑落到伞上（青春也像那雨点，翻飞如花）。你始终是一个人在雨里来去，内心深处不免有一份落寞、孤单。伞终究代替不了朋友，你的心时时在伞下呼唤……直到来到北地，干脆没有了雨——没有南方那样缠绵的雨，天空总是那么一望无尽地晴朗。你也告别了你的青春，投入了看不见硝烟的人生斗场，再也没有在伞下品尝孤单或渴望邂逅的心境，许多诗情画意也像那一把把收拢的雨伞，因为没有雨水而像一朵凋萎的花。

村边的风景

竹　林

村子的北边有一片竹林，并不大，看上去面积也就是大约三四亩的样子吧。从我记事时起，它就在那里了。它应该有些年头了，也不知道最初是属于谁家的，最后归生产队所有，可是也没有听大人们说起过那些竹子做什么用，好像也从没有人砍过那里的竹子。

它们就那样生长着。春天里，竹子都葱绿了，一竿竿笔直地向上生长。竹子的绿仿佛是绿漆凝成的。枝叶在头顶展开一片绿云。你走进去，人也变绿了。我忽然觉得这一竿竿竹子都挺直着身子——有的虽然挺拔，但似乎有点微微的倾斜，它们生长似乎都只为做一件事。它们在竖着自己的耳朵，用自己的全部听觉神经向着天空谛听着什么。它们在谛听什么呢？是天机吗？是时序的律动抑或自身的命运吗？不得而知。

我偶尔也到竹林里玩。和小伙伴们在里面躲迷藏、荡秋千，做各种游戏。最喜欢的是就地取材，用竹枝做成小小的弓箭，在林中乱射，似乎并不为射什么，只是听它擦过竹叶的悦耳的声音。夏日来临，就在里面寻昆虫、找蝉蜕。我记得曾从地下的一个小洞穴边上挑起一件蛇衣——蛇蜕下的皮，怔忡了半天，不禁要想象蜕了皮的蛇它现在在哪里，它是否会怀念它蜕下的皮呢？我又听小伙伴们讲蛇的故事，说一种蛇就叫作竹叶青，颜色与竹叶一个样，可是却剧毒，咬了人，人走不了几步就会死去。我很害怕，不敢往竹林深处走了。有一个大点的孩子还讲起，蛇在竹林里会站起来，像人一样行走，而且迅疾如风……哎呀，这是多么可怕的事，我不敢再在这竹林里待下去了。所以，就这么一片小小的竹林，我都从来没有把它走遍。

冬天来了，竹子的叶子都枯黄了，落了一地，却有许多阳雀像我们一样在这里聚会、追逐、打闹。大雪下来之前，我看见村里的老婆婆在竹林里踯躅，她在找合适的竹叶收藏起来，用它做鞋底，抑或与稻草、葛藤一起织成草鞋。而暖和的冬日，会有一群村妇在竹林边一边晒太阳，一边做针线活，一阵大风刮来，竹林上空起了一阵呼啸，那些阳雀子哗的一声从竹林里飞出来。不知道为什么，这一刻我的心里感到分外的宁静与温暖。

春天里，我还和一个小女孩把小小的竹笋掘出来，把竹箨掀开，这样就做成了一把小巧玲珑的竹伞。我们举着它，在林中奔跑。我还曾与伙伴们在竹林里掘过竹根，想用它来做一根烟杆。到底做成了没有，我记不得了。做这些事的时候，我们照例是要说些闲话。有一次一个大点的孩子说：知道吗？竹子从不开花的，一开花，竹子就死了。我觉得有几分奇怪：这是为什么？于是在心里期待着竹子开一次花，看看那花是什么样的，可是又生怕它真的开了花就死了……

后来离家上学，我就很少回家，回家也很少再来竹林边。偶尔在春节回来，总见竹林边摆上了两张牌桌，村里人在那里打牌、打麻将，人头攒动，欢叫声一阵阵响起，我最初感觉这多少有点“煞风景”，后来却觉得也可以理解，辛苦一年了嘛，难得这么放松一会儿。而竹林却仍然静静的，一竿竿竹子虽然没有多少竹叶顶在头上，仍在向远方，向天空谛听着什么……沉静而安详。

菜　园

村庄的周围总是点缀着菜畦。这是必然的，因为这是一家家的饭食所系——菜畦里的菜蔬长势如何，直接关系到人们餐桌上的丰俭。

我家的菜园在村子外的西北一隅。那是一片小小的丘岗，依着山坡，散落着好几户人家的菜地。有的扎着篱笆，有的筑着土坝，有的却什么围栏也没有，敞开着与其他人家的菜地连在一起。远远看去，一小块一小块的园圃，地垄横七竖八，高高下下，但都种上了蔬菜，有黄瓜、丝瓜、白菜、芥菜、南瓜、辣椒、韭菜、茄子……数不胜数。有的正在坐花，有的已经结果，有的即将抽苗、牵藤……一切都是静静的，但一切静中却蕴蓄着生机：有蝴蝶在扇动大翅膀翩翩地飞，有露珠在悄悄地滴落，溪水在淙淙地流淌，叶子在轻轻地摇曳……

因为菜畦连着菜畦，却不记得这家与那家是否起过矛盾，如果有过，那也都是轻微的。我倒记得，与我家菜园毗邻的是柏连叔叔家的菜地，逢到旱天而我们又无暇给菜畦浇水的时候，他总要替我们浇好多次粪水，并一再告诉我们：缺什么就到他家的菜园里去摘。我真的在他家菜园割过几回韭菜。至于菜种，妈妈与婶娘们更是互通有无。她们每年都要在一起商量这里那里该点种些什么。甚至莴笋、白菜快要老的时候，如果一家适逢有事，那另一家也会代铲代收，并如数送到门上。

因为是依靠着丘岗，东边是开敞的田野，一望无际，可以在菜园里眺望远方的公路、地平线上的人家，这时看到的行人都变得很小很小。每回眺望，我的心却顿时变得很大，我想跑过去看看公路那边的世界，这是从小就有的心思；我总觉得虽然脚下的土地生意盎然，却只能是我的出发点。可是我暂时还飞不出去，还得在周边几个村庄之间盘桓；我的一首首诗歌却像一只只雏燕，扑棱着稚嫩的翅膀，飞到了外面的世界。和诗兴一道醒来的是心中的“爱情”。那时，我已经悄悄发生了“初恋”，我喜欢上了一个比我大几岁的高年级女生，可是我怯懦得连一句话也不敢跟她说。有一天，我似乎下定了决心，便手持几首发表的诗歌，跑到了菜园边上的高粱地里，等待她放学从这里路过。我远远看见她走来，心跳动得快要蹦出来，但她越是走近，我越是失去了勇气，直到走到离我不远的地方，也不敢轻轻地喊出她的名字，最后只得眼睁睁看着她消失在小路的尽头，心里充满着懊丧、失落，但最终却又感到一阵轻松……

其实，村子的南边也有菜园，但那是邻村的。邻村与我们村本是一个村子，院落相连，檐宇对望，只是被人为地分为两个生产队而已。但是，既然分开了，就不是一家，就有许多不一样，彼此就陌生多了。我几乎没有到过那边的菜园，只偶从边上走过，匆匆地眺望一下。那片菜地建在池塘边上，有绿树和灌木扎成高高的结实的篱笆，篱笆那边的菜畦是平坦的连成一片，不像我们这边分成一块块且参差错落；我也不知邻村的菜园分成了多少家，各家都种植着什么，只见一些高高的植物在绽放零星的白花，其中还有突出来的一株孤零零的向日葵，擎着大花盘，微微地弯着腰，就像一位老人在低头寻觅和沉思着什么。

我实在不明白为什么那片菜园里只有一株向日葵，而没有两株、三株或者更多……我也没有问过邻村的人，所以我至今仍然不明白这是为什么。

东山坡

我喜欢艾特玛托夫的小说《花狗崖》，它讲的是海边渔村里一个小男孩的故事，他第一次出海就遭遇到生死磨难。身边的亲人一个个死去后，他独自在海上漂泊多日，最后奄奄一息，在朦朦胧胧中仿佛看见海平面上出现了一只花狗，正在向他奔来——这只花狗就是他家乡村边的一座像花狗形状的山崖，是他童年和小伙伴们无数次在上面打闹嬉戏的地方……每次读到这里，我都会想起我家乡的东山坡。这面山坡在村子的东边，形状也有点像花狗，有卧伏的身子和昂起的头。再往东就是像大海一样一马平川的平原沃野，这只花狗也据守在这里不知多少年了。每次我从外面回乡也都能远远地望见它向我奔来，欢喜地迎接我。

这里也是童年的乐园，大约我学会走路不久，就在上面跌跌撞撞地攀爬。我正是在这里和村子里的小伙伴一个接一个地认识，并结伴游戏，在草地上找到可以抽出嫩芯来吃的小草，在灌木丛中摘那红颜色的浆果，扑捉蝴蝶、蜻蜓乃至流萤；膝盖磕破了，也在大一点孩子的指点下去采来一片车前子贴上。稍大，就与大家一起从坡顶上往下滚往下飞驰……那时我觉得这山坡是那么高，那么陡峻。

这东山坡还是夏夜里全村人集中纳凉的地方。天刚刚擦黑，那么多竹榻就预先抢占了地盘。天色黑定，星星钻出了天幕，大人们便一个个挥着扇子走来，找到自家的竹榻坐下，便开始聊天、吸烟、喝水。一个个三国故事是那么扣人心弦，让我们迈不动脚步走开；我们真的像后来读到的书上说的那样，每当听到刘备打败了仗就会忧愁揪心，每当听到曹操打败了，就特别欢喜。可是当我们问大人，我们这里那时是蜀国、魏国还是吴国统治呢，得知是魏国时，各个心里的那种失落无法形容……现在想来，这东山坡还是我最初接受历史的正义观念的地方呢。

不仅如此，听完了故事，我和小伙伴也不愿回家去睡觉，总喜欢抱着凉席和被单来到山坡草丛间，铺展开来，就卧倒在上面，叽叽喳喳地说笑，聚精会神地看星星，讲天上的神仙故事，互相捉弄对方，直到山坡上大人们都走光，我们还尽量流连在那里，甚至一直到天亮……这一切又多么像莎士比亚在他的戏剧《仲夏夜之梦》里写到的情景啊，是的，这里就是我们的仲夏夜之梦展开的地方。

村里谁家有亲戚的孩子来了，也喜欢在这里和我们一起玩耍。我在王奶奶家结识了她的小外孙女三毛，便带她在山坡上摘花、追蝴蝶。奶奶见我们很要好，便问我：愿意让三毛当你的媳妇儿吗？我听了竟也是满心欢喜，重重地点了点头，这时我觉得三毛比自己的妹妹还亲呢。可是好像正是从那一次以后，我却再也没有见到过她。她的家在离此约十里的山里，其实也不算远，可是为什么就再也没见过了呢？我长大后都不能明白，为什么许多事情在自己的生命中只是一闪即逝，即便相隔咫尺，却也如在两个世界。另有邻居的亲戚家一个孩子，我无数次听邻居家的嬷嬷谈到他，熟悉得就像自己的一个小伙伴，可是我也只跟他见过一次，在一起玩了一天，他带我在东山坡上朝下奔驰，手里举着一架他折叠的纸风车，可是不久，他却得病死了。我听到这消息，是那么的悲痛，直到前几年，还以此为题材写了一篇《纸风车》……

我每次回乡，见到家乡有许多变化，但东山坡还在那里，心里便感到一丝宽慰。只是觉得变得有些矮小了，就像村子里的一些老人，当年是那么高大，现在却弯下了腰。可是当我再次离开，走了一段路，回望，仍看见东山坡真的像一只小花狗，跟在我后边撵了很远、很远。我多么希望它能送我一程又一程，就这样一直送下去啊。

乡土情深

父亲晚年的性情似乎有了比较大的改变，待人接物变得随和起来，过去常常是不苟言笑。他很年轻的时候就失去了父母，又是独子，且长年在外地念书和工作，跟本村人交往甚少，几乎从不串门，但晚年也偶尔到他的堂兄弟们家里坐一坐，拉拉家常，说说闲话，脸上带着温和亲切的笑容。

他当初何止是不太喜欢与人交往，甚至在言语中也明显地表示过对乡土的不恭，尤其是在训导我念书的时候。一生气，他就会说：这片黄土地有什么好，你这么恋恋不舍，要这几亩破地干啥？或者说：甘家老屋（我们村）这几间破屋就可以把你扽住啦！要是我到村子里去玩，他会把我硬拽到书桌前，疾言厉色地嚷道：难道甘家老屋人的话都是甜蜜做的，甘家老屋人放的屁都是香的？——说这样的“粗话”，也不怕引起别人反感。

他这样做，当然是为了激励我跳出“农门”：在当年，这可是乡村孩子唯一的出路。

我上了大学以后，他年纪大了，心情比较放松，与村里人谈笑渐多，跟我也讲起家族往事，言谈间，流露对逝去的亲人深深的怀念。他对他的三位姑母都早早弃世尤其嗟叹不已。说二姑奶不仅人长得好看，性情也温顺，对他尤其好。而二姑爹也很能干，曾经在我家的染坊做过大师傅。土匪即将破门而入的顷刻，他还能临危不惧，将一匹匹白布捺入染缸，这样湿淋淋的就不会被盗走。可惜二姑奶去世后，他带着女儿入赘他乡，年深月久便断了音问——听说是在某某地方，估计也早已过世；只不知女儿小钢后来怎样，什么时候要去访问一下。

我以为他不过这样说说而已，没想到，某个暑假的一天，他骑车出门几乎一整天不见人影，傍晚才兴冲冲地回来，急切地跟妈妈说："他妈妈，你猜我今天见到谁了?"妈妈问："见到谁了?""小钢，我找到小钢门上了，她就在白马乡!"然后就跟我们叙述经过。

原来，他也不知从什么地方打听到小钢表姑长大后就嫁到了本县的白马乡，离我家也不过十来里路，而父亲在与这个乡一河之隔的一所小学还任过教，不过这时已经调离。他这天骑车到了小钢表姑村上，又打听到她住处，就装作不经意间来此歇息一下，与小钢拉话。父亲说要向她打听一个人，"谁?""小钢!""你打听她干什么?""我有一位同事，说他和小钢是表亲!"这时小钢就承认自己就是小钢，而父亲却并没有表明自己的真实身份。小钢对他说："我是听说我有一位表兄在河那边教书。""他现在已经不在那啦，调走了!"然后，各自介绍了家庭情况，而父亲仍然是以自己同事的身份代为介绍自己的。最后，父亲塞给小钢身边的小孩子十元钱，说是替同事给孩子买点糖吃，而分别时，小钢也依依不舍地对父亲说："叫我的老表来做客呀!"我和母亲分析，大约小钢表姑也隐约猜到了父亲的身份。

听了这番叙述，我既为父亲隐瞒身份去看望自己的表妹觉得新奇有趣，也多少感到有些不解：为什么就不公开身份呢？是怕多少年没见面，不知道如何面对这份浓厚的亲情，还是怕过于打搅人家了呢？抑或是因为一开始是空手摸上门来的觉得有些失礼呢？或许兼而有之吧。可是我总认为他们这是一次有意思的会面，因此多少也有点遗憾。不过，我还是为父亲把一份亲情能深深地埋藏几十年，而且总想表达出来而深深感动。而小钢表姑也知道表兄在河那边教书，说明她也是挂念过父亲和我们家，而她随父到异地生活时，才不过五六岁而已！可见亲情是割不断的，是深深地镌刻于心灵的！

父亲的性格就是这么有点“怪”。这在他对待我家所分得的几亩田地上也有所体现。一方面，他既要教书，又要种地，当然会觉得苦不堪言，所以会常常诅咒这该死的田地，累死个人；一方面，他又舍不得放弃，每个暑假都会带领我们下地，迎难而上，抢种抢收。有一次起得太早，我跟他在地里干了一阵活，天还迟迟不亮，我困得实在睁不开眼，就倒在田埂上睡了一觉，直到黎明到来，而他仍在奋力地干着。他干活像他写字一样，工工整整地栽插每一株秧，仔细收割下每一株稻谷。当稻谷和麦子收到打谷场上，脱粒晒干，堆成一座座小小的金字塔时，他看着那黄澄澄的谷子，眼里放出喜悦的光，嘴上一个劲地说：“真好，真好！”那目光不亚于看到自己最疼爱的孩子，看那架势，他恨不得把每一束稻穗都揽在怀抱，把每一粒谷子都搁在掌心捻捻，闻闻那特有的清香味儿……看到这情景，我心想父亲骨子里还是农民，他对农作物和收获的粮食有发自内心的喜悦和珍爱！

父亲晚年也更多地与母亲一道侍弄家里的菜园。他陪母亲栽插瓜菜秧苗，帮她担水浇园，当然也帮她收获。有一年暑假结束我离家返校前，约我同行的一位女同学和我谈到喜爱吃剁碎后腌制的辣椒，他自告奋勇地说他帮我去摘。他带我到菜园，很熟练地摘来一大堆红辣椒，动作之快，令我都不敢相信这是我那素来对这些琐事不耐烦也不屑去做的父亲。而经过父亲、母亲经之营之，那些年，我家的菜园总是喜获丰收，连菜园边缘的高粱和黄豆都结得繁盛，可以想见这里的每一寸土地都洒遍了父亲、母亲的汗水。但我不知道父亲对这片土地的感情还不止于此。这片菜园在村子西北边的丘岗脚下，背靠冈岭，而面向无尽的沃野平畴，地势开阔，风景颇佳。我知道父亲在劳作之余，也喜欢站在坡上眺望四方，口中连赞“好地方、好地方”，但我没有想到他会有更多的想法或者想象。后来我母亲在回忆他时才透露，有一次，他担水灌园之后，也许是累了，便找了一座长满青草的坟冢，斜躺在边上，一边望着远方，沉思良久，一边对母亲说："他妈妈，这里不错，我以后就葬在这里吧，风光很美啊！"母亲听了，也没有太往心里去，只嗔怪一声："就你想得那么多！"

没想到还真是一语成谶，大约一两年后，父亲便溘然长逝，这时他还不到退休年龄。据说，当他得知自己生了病，即将去县医院就诊，似乎就有了一去不返的预感。他并没有怎么惊慌，反而是一直比较平静。但他临行前，却沿着村庄周边好好地走了一遍，把近处远处的田园山丘都仔细看了看，没漏过一条小溪，一行小树，也没有忽略一块田地，一口池塘，他用目光把家乡的山山水水、庄稼草木都抚摸了一遍，然后和母亲拎起必需的物品，一步一步离开了村子，走到公路上去等汽车——其时，我正在两千多里外的城市读书。

我不知道父亲最后一次走到村落周边去看这片生于斯、长于斯、生活了几十年的土地时，到底是什么样的心情：是痛苦，是遗憾，是悲怆，是感激，还是……但是我想，总会是有一种恋恋不舍吧！

我记得《渴望生活》中讲到梵高之死时曾说：他是一块极速还原的泥土，我觉得父亲也是，父亲最后又还原为故乡的一抔泥土。但我又想，虽然"哪块黄土不埋人"云云有种英雄的豪气，一个人一辈子不离本土，就像一株植物，生长于此，开花于此，最后叶落于此，未尝不也是一种幸福。

夜晚的故事

马塞尔·普鲁斯特的巨著《追忆似水年华》第一句话就说："长久以来，我总是睡得很早。"与之相反，我几乎从幼年起到现在都睡得很晚。我的母亲告诉我，我三岁的时候，社会上流行做宝书台——就是用纸板做成一个半圆形的底座，再在上面做一个方形框，以陈设"红宝书"，父亲在灯下制作，我也坐在桌子上，瞪着大眼睛看着，到了子夜以后也不肯去睡，而且毫无倦意。母亲的话唤起我模糊的记忆，眼前呈现一堆杂乱的纸片。

正是读了普鲁斯特的这句话，我想写这篇文章。这个题目倒是孙犁先生用过的，他那一代人经历丰富，求学、谋生、战争、奔波、运动，遇到过一些惊心动魄的事，要写"夜晚的故事"太容易了，可谓手到擒来，俯拾皆是。我要困难得多，因为我所经历的夜晚没有多少有意思的故事发生，有那么一点点也都已经被我写进其他文章里了，比如小时候在打谷场上的游戏，老虎（也许实际上是豺狼）夜里跳进我家的小院，除夕之夜和小伙伴打着灯笼在村巷中游行，月夜在田野丛林间奔跑、"打仗"……还有什么可说的呢？如果硬要说有，那也只剩零碎的片段了。

但我要说，一开始我并不喜欢夜晚，甚至非常憎厌它。为什么呢？因为我晚上总睡不着。半夜睡来，睁着眼睛，望着黑漆漆的屋子，真是五心烦躁，百无聊赖，搅得身边的大人也睡不好。我甚至有一种无名的恐惧，感觉自己是被一头叫“夜”或者叫“黑暗”的巨兽控制住了，它在窥伺着我，不知会对我做出什么，而且它长到没有尽头。我常常想，要是没有夜晚多好，那么我就可以一直在外面那个有阳光、绿树的天地里尽情地玩耍。有一次，父亲带我去舅爹爹（舅爷）家做客，白天他们舅甥俩谈得很开心，舅爹爹给父亲讲古，许多民间故事真是稀奇古怪，可惜我无心听也害怕听，只记得他讲过一个人脑袋被劈开后里面长出树开出花来的——现在想起来倒觉这故事很有意思，很像荒诞派小说的情节。那一晚，我和舅爹爹一起睡在他家的侧屋里，一夜无眠。想想看，白天听了那么离奇、恐怖的故事（虽然只零零星星），晚上睡在那么陌生的地方，而且和那么苍老的一位老人同睡在一张床上，我怎么能睡得着！那真是一种十分痛苦的煎熬，我要与无穷无尽的恐惧和黑暗搏斗，我的心跳得厉害，我只得把目光投向室内唯一的光亮处——纸窗。大约那晚有点月亮，纸窗外面是田野，田野中间有一条公路，公路上汽车不时地呼啸而来，呼啸而去，那车轮摩擦着地面的声音传到了纸窗上，也震动着纸窗，仿佛正是冲着纸窗而来，多令人害怕！想想看，那一夜我过得多么艰难。这一年我大约六七岁吧。但是，待我稍稍长大，情况似乎并无多大改变。还是在舅爹爹家，我十一二岁左右还独自去做过一回客，那时舅爹爹已去世，表叔已娶了表婶，好像还新婚不久。我还是睡在那间侧屋里，夜里仍然辗转反侧，又起来小解，折腾了几次，终于惊醒了表叔表婶。表叔把我叫到他们床前，问怎么睡不着，是不是不舒服，并让我跟他们一起睡。我当时已开始懂事，哪好意思和年轻的夫妇一起睡呢，虽然他们是我的长辈。但这件事让我深深地感动并记忆到现在，毕竟我们是有血缘关系的亲戚！

不知从什么时候开始，我对夜晚也没有那么讨厌了，那原因就是可以在灯下读书。当年也读不到什么正经名著，读的大多是连环画、历史故事、文学杂志，但我的心灵仍一点点被文字唤醒，它甚至长出了翅膀，有了飞翔的愿望。那些夜晚天寒如水，只要有一灯相伴，仍然迟迟不肯去睡。此时，万籁俱寂，村子里的任何一点响动都会直入耳鼓。寡妇的哭泣令我揪心；村路上狗吠如豹，我也竖起耳朵听一会儿动静；夜猫子的叫声如怨如求如怒，令人讨厌。但我喜欢的还是打破常规的一些事情，比如为了防震，上面让村民们都不要在家里睡觉，于是家家都把床铺拆下来，安设到空旷的场地，还搬来一些箱子、木柜、坛罐、桌椅等家什，十几户人家攒集在一起，地面几乎找不到走路的缝隙，但这多么有意思啊！何况正是夏天，我们正好可以乘凉、游荡。大人们坐在床铺上聊天，小孩们到处找乐子。那天快到后半夜，我玩累了，刚钻进蚊帐躺下没过一会儿，却见蚊帐里伸进来一个“陌生”的头颅，我仔细一看原来是父亲的好友，在另一所小学当校长的发林伯伯，他不放心我们家是怎么安顿的，走了好几里山路赶来看看，只坐在板凳上与父亲谈了一会儿又走了，多好的人！没想到，四年之后，他就因从拖拉机上跌下被碾而不幸辞世，时年不过四十五六岁，撇下了四个未成年女儿和他的妻子！长大后，我多么想去他家看看，也没多远，可就是没能做到，唉！但那一晚他把头伸进蚊帐来探看我的情景，我一辈子不会忘记。

父亲在家的时候，住我家对门的堂二姑父偶或也来坐坐，跟父亲在灯下聊天。二姑父上过几年私塾，有一定的文化知识，大军过江的时候，部队要招他入伍，但他的父亲阻拦下了他，认为世事如棋，江山未定，谁能放心一个独苗外出闯荡，于是就此在乡间务农，而且身体长年不好，家道幸赖有二姑和几个表姐艰辛地维持。二姑父肚里有那么多民间传说（也不知他是从什么地方听来的），他在灯下不用催也不用请，就会娓娓道来，念叨得最多的就是目连到地狱里寻母如何如何，那时我根本不知目连何许人也。也许由于自己因父干涉未能成为公职人员，学到的文化未得以施展，他总感叹人都是命中注定，比如谁谁，就是如此……这些我都过“耳”不忘，写成的文章起码有四篇。有一天，他还带来了他的一个山里的亲戚，矮小的中年人，穿着肥肥的黑衣棉裤。这个山里客来我家，是想请父亲看看他“状子”写的是否妥当。他复述了一遍他与邻居——有势力的邻居为宅基地打官司的经过，并拿出他的“状子”。那是一个小卷轴，展开来，却是用毛笔抄写得很工整的一首五言古风体长诗。父亲看了后，摇摇头，说没有打赢的希望，我站在一旁看到那展开的诗卷，也心想：哪有用诗写“状子”去打官司的呢？我当然没做声，但我看见那山里客微微地低下头来，脸上的光亮暗淡下来，我心中也一片黯然。

最让人兴奋的还是小学校里的夜晚。时在一九七七年的春天，头年北京刚擒拿了四个“害人精”，接着发行《毛泽东选集》第五卷，上面布置搞庆祝活动，而且要轰轰烈烈，我所就读的小学全体动员，紧急排练节目，准备去参加全县会演。白天没有时间，那就把要表演的学生集中在夜晚来校排练。我们从没有在夜里也到学校来过，这给我们带来了新鲜感，看着灯火辉煌的办公室、教室，我们兴奋极了，到处东窜西窜，像一群被惊的夜鸟。老师把教室里的桌椅搬开，清出场地，我们便在那里发扬蹈厉地又舞又唱。现在当然记不得都唱了些什么，只记得有一个少数民族的舞蹈，大概就是所谓的“锅庄”，手牵手，围成圈，踢着脚，圈子扩展开来又拉紧，还有一个扬手叉腰弯腿再伸腿的动作，最后一句是“巴扎嘿!”直闹到半夜，然后由老师把我们一个个送回家。我们走在清风徐来的春夜里，走在秧苗拔节、水光点点的田野，走过丛林、丘岗、池塘、村落，又感觉是多么心旷神怡！一边还听到老师之间有趣的对话。有一个老师说，他前天在某地见到了某老师，而某老师说：不可能！那个老师又说：听说如果见到某个人的灵魂现身，那么这个人就将不久于人世……当然只是打趣，这些简单的笑话，都逗得我们哈哈大笑。我多么希望每个夜晚都像这样！但是，半年抑或一年过去，其中的两位女老师一个嫁到了他乡，另一个随夫调到了外县。调到外县的女老师我从此再也没有见过，我只记得那些夜晚，我们送她回到她所在的村庄的情景，那一栋栋黑黑的房屋向着一个池塘围拢过来，万籁无声，一切都那么神秘而又有一点森严……

自从我喜欢上了读诗、写诗，似乎就更不嫌夜长，甚至只怨其短。孜孜矻矻地在灯下忙碌，忙了半天，也整不出一首稍稍满意的诗来，这多叫人沮丧。夏天炎热，头顶上有白炽灯炙烤，身边有蚊子飞舞、唱着得意的小曲，让人烦不胜烦！为防止蚊子的叮咬，我只得把双脚放进盛着水的木桶里，这效果也很有限。我将写出的“诗”改了又改。但是，正是在某一个春夜，我总算把诗歌那神圣而坚固的大门推开了一条缝。那一晚，我家似乎吃完饭不久，桌上还堆着凌乱的碗筷，我坐在桌前又拿出了一本杂志阅读，忽然，我听见寂静的田野上一声清脆的鸟鸣破空而来，且由远及近，声音由微弱到清晰，长一声短一声甚至有些急迫。我知道这是布谷鸟飞来了，它在催耕，它在宣告人间繁华而又繁忙的季节来临。我的心被这一声裂帛似的啼鸣撕开，一泓清澈的泉流从心底汩汩地涌现，并漫溢到我的全身。我抖颤起来，连忙推开眼前的碗碟，急切地铺开一张白纸，在纸上写下了“布谷鸟叫了”几个字，接着，一行一行的诗句便如瀑流一般潺潺而至。这首诗便成为我发表的处女作。这个夜晚便成为我生命中里程碑式的一夜。

我不记得我此后在那偏僻的乡村又度过了多少个诗情燃烧的夜晚，我只感觉到，因为夜里寂静，静得只剩下我的心在轻轻跳动，这时诗歌便如一只小小的竹筏，载着我尽情地在夜晚的河流上漂流。那些日子是诗歌把我摆渡过夜晚的河流而直抵黎明。我的父母似乎并不十分理解我对诗歌的热爱，不理解诗歌之于我人生的意义，他们只担心我因为爱诗而耽误了功课。但有时，他们又表示出极大的宽容，甚至欣赏，特别是自从我上了大学以后。有一年秋天，我从大学里读书回来休假，不知从什么地方得知近期将会有流星雨现象出现，具体时间在某一天凌晨四时。想一想，那么多如烟花一般的星光从高高的夜天坠落，璀璨的夜空将变成怎样一幅绚丽的图景，我不想错过，要母亲到那天凌晨喊我起来观赏。母亲理解一个写诗的儿子的心思，欣然答应，我又怂恿母亲：妈妈，你也来欣赏！她灿然一笑说：好的！果然，到了那一天凌晨四时，母亲喊醒了我，我们母子二人搬了竹椅，坐在院子里的台阶上，仰首夜空，等待一颗颗燃烧的星星如怒放的鲜花一般哗然涌现，并纷纷坠落向夜天！可是，等了很久很久，我们的脖子都仰酸了，也没有一颗星星从天上划过坠落，我们的心里不免有些失望和怅惘。但是，这一个夜晚却终生铭刻在我心上，我虽然没有见到流星雨如期而至，没有看到那么一幅光华璀璨的图景，但是，母子相依在深夜里等待神奇天象的出现，这一经历让我沐浴到一种神圣之光，那就是母爱！作为一位农家妇女，母亲对神奇之美也同样心存渴望，这多么让人激动和感慨！我深切感受到母子之间的心灵相通的幸福！我总认为：那一夜，有一场比自然世界更绚灿更壮观的流星雨绽放在我心灵的天空……

第二辑

我感激这个雕像的雕塑者，我觉得，雕像虽是静止的，但整个城市都回旋着这只布谷鸟翅羽的律动，整个大地都洒满它的鸣声……

故土野草

野人怀土，小草恋山。

——鲁　迅

如果不是生在乡野，我恐怕连一株野草都不曾认真欣赏过。虽然这种植物的家族是如此庞大——曾有哲人说：小草虽小，却拥有整个地球。

生活在城市里，往往只看到一片一片的绿草地，却看不到一根一根野草。生活在乡间就不一样了，那就会整天跟野草打交道。你走到田野上，不仅会看到遍地都是野草，甚至站在那里也会有野草从你的脚趾缝里钻出来；你走到丘岗上，会看到野草更是如地毯一般，铺展得无边无际，还会随着地势上下起伏，如绿波荡漾；你一躺下来，便有野草在你耳边骚动，它们一株株在风里摇曳，仿佛要依偎你，摩挲你；一场春雨之后，不仅你的院子里会生出青草，连屋角也可能有小草探头探脑。你甚至随时会听到它们拔节的声音，闻到它们吐放出来的气息。

我从小就喜欢在绿草地上奔跑。春天小小的光脚踩在草地上，觉得是那么柔软；夏天，草木茂盛，支棱的草叶有一定韧性，我会感觉它们在轻轻地挠我的脚板心，用它们细得不能再细的锯齿在脚背上拉出一道道丝线般的伤痕，我不仅不觉得痛苦，有时还觉得是那么畅快。早晨，草尖上挂满细小的露珠，阳光照上去，熠熠生辉，而我们走在草丛里，不仅会惊动好几只翩飞的蝴蝶，更踩得光芒四溅。而夏夜里，我们会跑到草丛里捕捉流萤，那一闪一闪的萤火虫从草间飞过，照亮了一片一片静默的绿叶，也照亮了我们的眼睛。

从乡间长大，也很容易使人想到，自己就是一株生长在田间地头或旷野上的野草。我们就这样天然地落地生根，自自然然地接受上天赐予我们的阳光雨露，自自然然地长大，当然，也自自然然地萎谢，仿佛不假任何人工雕凿。生于斯，长于斯，歌于斯，游于斯，与我们形影不离，给我们以养分以依托的只有像母亲一样敞开怀抱，随时准备迎接我们的一片热土。

在我们村子，东山坡上的草最为茂密。我们常常就把这里的草坡当成了游乐园。我们趴在地上，看草丛里蚂蚁搬家；我们爬来爬去，练习着匍匐打仗，更像玩滑梯一样，顺着草坡往下直溜。饿了的时候，我们在灌木丛中寻觅红浆果，渴了，更是寻找一种“巴根草”，把它们牵连不断地从地皮上拔出来，用手抹抹泥土，就放到嘴里，轻轻地咀嚼，就会得到一种甜津津的浆汁。小伙伴还教我拔“茅掌”——我只知道这么个读音的一种野草，高高的、细细的茎秆就像竹笋一样包裹着绿衣，我们剥开那绿衣，把其中嫩茸的内芯抽出，放到手掌上，一根一根，盘成一个饼，拍一拍，然后一点一点地品尝，即使尝不出多少甜味，我们也尝不够，有时还互相馈赠或争抢。我们常常会做“过家家”游戏，让小伙伴分别扮作小夫妻，举行一场婚礼。“新郎”要送许多礼物给“新娘”，还要给“新娘”戴戒指，那戒指自然也是草做的。

我们那里的夏天总是漫长，又很炎热，所以我们身上总喜欢生点热疮，有时甚至会长出一个很大的疖子，在身上就像一个小小的、尖尖的火山，不断地喷发热气。这多少有些让人不舒服。但是，乡下孩子哪里会为这点小毛病去医院看医生。我们都去找车前草。那种紧贴着地面，长得像猫耳朵似的植物，在乡村里到处可见，我们把它摘来，放在嘴里用牙齿咬出印来，然后就贴在红肿处，顿时有一股清凉之感，不消几天，红肿就会消失。长大以后，我在《诗经》里还读到这样的诗句："采采芣苢，薄言有之。"觉得非常亲切。也懂得了，我们的先民早在三四千年前就知道它的药用价值。

如果我在童年、在故乡没有玩过"斗草"游戏，怕是很难理解后来读到的一些古诗。像白居易的《观儿戏》："弄尘复斗草，尽日乐嘻嘻。"孙棨《题妓王福娘墙》："无端斗草输邻女，便被拈将玉步摇。"这些诗句都写到乡间的一种娱乐活动：斗草。斗草又叫斗百草，是乡间的一种常见的游戏，常于春夏间行之。宗懔《荆楚岁时记》："五月五日，四民并蹋百草，又有斗百草之戏。"宗懔是梁朝人，也可见其来已久。游戏方法多样，有对花草之名，家乡有黄梅戏《打猪草》，其经典唱段："郎对花，姐对花，一对对到田埂下……"唱的就是这回事。还有一种斗的是草的多寡、奇偶、韧性。我们小时玩得最多的就是这种，大约是选两株长茎有棱的草，一人一株，将杈头劈开，两相交叉，互拽，先被撕开的为败，又通过撕开的枝杈看谁的多谁的少，看奇数偶数——如果是女孩子玩，还以奇偶来卜将来会生男生女。这或许正是女孩子特别喜欢玩斗草的原因之一吧。

天生一物总有用，也是我少小时面对野草就懂得的。蒲草——一种水生草本植物，叶狭长（大约七八十厘米），我们会用它来扎蒲团，和稻草混编在一起，扎出的蒲团是一种很好的坐具。五月端阳，乡人还将蒲和艾结扎起来悬于门楣，以辟邪祟，这已成为一种传之久远而且广泛的风俗。其实艾也有药用价值，中医药典就明文指出艾叶入药，功能是"和营血，暖子宫，祛寒湿，主治多种妇科病"。在我家乡，人们习惯于将艾晒干，待到有妇人生产，便以之煎水，让产妇一次次蒸浴，有一种很好的养生健体功效。另外将叶揉成"艾绒"，则为灸法治病的材料。我小时候每当身上热疮生得多了，母亲便请有经验的老人以艾熏灸，疗效明显。

在使用煤油灯和电灯之前，中国农村普遍使用的是香油灯，燃料多为菜籽油。我从前没有见过香油灯，原以为香油灯和煤油灯一样，需要一根丝线或绒布条编成的灯芯，其实并不都是如此，香油灯的灯芯可以由灯芯草结成。这种多年生草本植物，一般生于沼泽湿地，茎直立，细柱形，抽出其内芯即可以用作灯芯。有一年夏天，我去我的高中女同学家帮助夏收，天晚收工回来，正好赶上停电，没有什么可作照明，女同学的父亲便从屋角觅得一只落满灰尘的旧灯盏，倒上香油，又从田塍边寻来几株灯芯草，细心地将草茎剥开，取出白芯，两三根拧成一股，将它浸入香油，点上，一团昏黄的火光便跳跃起来。

古今写野草写得最好的诗，恐怕还应是白居易的《离离原上草》吧。“离离原上草，一岁一枯荣；野火烧不尽，春风吹又生。”现在早已是家喻户晓、妇孺皆知了。当年我们这些乡村少年个个都很“顽劣”，喜欢在冬天的草坡上放野火。划一根火柴把干枯的野草点着吧，看熊熊的火焰一路蔓延过去，我们欢呼雀跃。有一次，我心血来潮，忽然想起电影《红色娘子军》里的镜头，便冲进火焰里，要学英勇就义的洪常青，没想到火苗很快席卷到脚边，三下两下就把我刚穿上没几天的尼龙袜子舔出了几个大洞，还惹得伙伴们哈哈大笑。火烧过的土地一片焦黑，就像人头上的瘌痢，难看极了（另外野火燃起来也很危险），但是难看也只是短短的一个冬天。一场春雨过后，大地又焕然一新，再有一场春风吹过，又是遍地郁郁葱葱，绿油油一片。

野草是生命力极其顽强的植物，虽然它看上去是那么卑微，随处可见，任人践踏，但它始终以自身的一片绿意让这个地球保持着一片生机。据说，人离开这个地球，不需要几年，所有的城市和村庄都会被野草和其他植物淹没。

“青青河畔草，绵绵思远道。”我对故乡的怀念就是由一株株碧绿的青草铺成的一条小道，绵延曲折地伸向远方。

大树情思

槐

槐树大约是比较接近人间的那么一种树。在我的印象里，似乎只在有人烟的地方才有槐树，很少在荒山野岭、原始大森林里见到。它那样子也富于人间气息，一株株矗立于城郊与村落，巍然、岿然，粗壮的树干撑开蓊郁的枝叶，似乎与生活在其周边的人们有一种默契的相依，并总会予他们以庇护——槐树们都是蔼然长者。

或许正因为此，中国人才将“南柯一梦”的幻境传说设计于槐树之下。这篇出自唐人李公佐笔下的故事，称淳于棼家居广陵，饮酒古槐树下，醉后梦入古槐穴，见一城楼题大槐安国。且很快被其王招为驸马，任南柯太守三十年，诸事顺遂，儿孙满堂……何其美哉！我想，淳于氏之所以有这样的梦境，大约就与古槐树给人以亲切感，并散发出一种温馨的气息大有关系。童年时观剧——家乡的黄梅戏《天仙配》，看到七仙女请老槐树为其与董永证婚，后又约定来年在此树下把儿子交与董永，老槐树竟能开口说话，我既觉神奇，又感到合情合理，我心中的老槐树本来就是一副善良、温厚朴拙的模样。

传说我们南方人都是从北方迁徙而来，说起老家，往往都会说是在山西洪洞的大槐树底下，大约那里是战乱后的移民分拨南下的中转站。可以想见，在多少中国人的心目中，大槐树与家园是已然合为一体了。

仿佛人们在迁徙过程中不仅带着槐树的影子，也带上了槐树的种子，所以在我国，槐树几乎遍地可见。我在家乡周边的各个村落里更是常常见到槐树。它们简直已成为乡村的守护神。我所在的村庄里里外外就有十好几株。它们都蓬蓬勃勃，在半空伸展枝丫，高大的树干颜色却都黝黑，有的还开裂有鳞片，仿佛曾经烈火或雷击，极富沧桑感。但是，每到春天，它们照样萌发出无数的嫩芽，树枝上挂满苍翠的叶片。那叶片略呈椭圆形，浅碧嫩绿，阳光照上去，透明如翡翠，在枝头摇曳得十分欢实。到了春末便坐花——开始我并不知道槐树还分国槐、刺槐两种（国槐无刺，刺槐则有），它们的花期是不同的。国槐三四月便开花，簇生浓密，点缀在枝叶间，恍如团团白雪。而刺槐要到七八月才开花，沿枝爆发，累累垂垂。幸运的是我们村庄里两种槐树都有，所以能长时间欣赏到槐花的芳姿，感受到槐树的生机。尤其是春天，在清新的春风里闻到槐花那淡淡的甜馨气息，是很令人愉快的。每见此景，我都在想：这么美好的花朵，除了观赏，当有更大的用途，不然任其凋零多么可惜。后来，我从书中知道，有许多地方把槐花摘下来糅进米粉，蒸成糕点，便成了有名的“槐花糕”，但在我家乡从未见人这么做过，也许是乡亲们都太忙碌，无暇顾及于此，或许在饥荒年月曾以槐花为食也未可知哩。

但槐树之于我还有更难忘的记忆，那就是我曾抓住它的根须在池塘里学过游泳。临水而立的槐树高耸入云，它的根须也就庞大，分成好几大股，深深地扎入泥土，有一半浸没于水中，正好成了我们这些顽童浮水时的抓手。我们伸出双臂，双手紧扣槐根，而身子浮起来，双腿拍打，久而久之，再大胆地松开双手，我们便学会了游泳。所以，夏日里，我们一得到机会就会来池塘里练习，而那高高耸立的槐树似乎也从枝叶间俯视着我们，用树荫庇护我们，更用它的手牵着我们，拽着我们，我们的心里便安然得很，一点儿也没有危险感。但是我的母亲是不放心的，严戒我下水，一听我在玩水，便会手持竹竿来撵。有一次我听小伙伴们说我母亲找来池边了，便慌忙伏在一棵大槐树的根须下，只露出半个头在那里，竟没有被母亲发现。槐树在我心里的那份亲近感自是其他树所莫与伦比的。

“嘉树吐翠叶，列在双阙涯。旖旎随风动，柔色纷陆离。”最近读到三国时魏国繁钦的咏槐诗，我是喜欢的，因为它写出了槐树旖旎、柔和、沉静的风貌，何况“双阙”也让我想到家乡的村落屋宇。《春秋元命苞》上有一句：“槐之言归也。”大约“槐”字跟怀念之“怀”同一个音，是为了提醒人不要忘怀故土、家园吧，这也证明我之所谓槐树跟人间、家园总是贴得很近并非虚言。这么一想，我心头的乡思便更加浓重了，可是，我何时可以“言归”呢？

桐

关于桐树，我已经写过，这里不想重复。但近来觉得还有一些可谈的。

首先，桐树高约四五米，正好适合小孩子们在上面攀爬、打闹，即便不慎跌落也无大碍，何况它遒劲的枝丫旁逸斜出，伸得老长，高度也不过一米左右，我们在上面蹿跳、荡悠都很稳当，所以我们那时常在放学后来这树上追逐打闹。其次，桐子摘下来后，乡亲们就把它堆在树与树之间的空地上，没过几天，青橘似的桐子便变得乌黑，而剥开，内仁却仍是雪白的，一黑一白，非常分明，给人印象深刻。剥桐子的大多是妇女、孩子。大家围坐在桐子堆边上，一边剥桐子，一边说笑，小孩们则互掷桐子玩乐，气氛是很愉快的。可惜随着生产队的解散，村庄周围的桐树也不知什么时候就消失了，那么多林圃都开垦成了庄稼地，大约是因为桐子卖不出几个钱吧，乡亲们似乎有点

"短视"，我为这片桐树林可惜。

从书中我知道中国古代的"桐"，大多是指梧桐。那么，李商隐的名句"桐花万里丹山路，雏凤清于老凤声"，所说的"桐花"，也很可能是指梧桐花了。但家乡的油桐花也确是好看，花繁而叶并不密，所以花不为叶所掩，花朵簇生于树冠，整棵树便如戴白雪，如披白云，整片林子就可想而知。叶不密，是因叶片阔大。少年就喜欢诗歌的我虽称不得是只"雏凤"，但也确实想试发一两句"新声"哩，便多次来此林中寻觅"灵感"，常常凝视着这些生意盎然的花朵，心中涌动着不可名状的诗兴。有时还看见有蜜蜂飞来采蜜。那时，我还能背诵课文《荔枝蜜》，便想这些蜜蜂要是采桐花是否也能酿成"桐花蜜"呢？荔枝是甜的，桐子不可能是甜的，那么桐花蜜是甜的还是不甜呢？心下疑惑。又见那小巧的蜜蜂轻盈地飞来，像一架微型直升机似的从容不迫，稳稳当当地停在花蕊上，觉得十分可爱，不由心神发痴，便不自觉地拿一片桐叶去扑捉。果然捉到了一只蜜蜂，不想它毫不留情地用针喙透过叶片刺了我一下。我的手指一阵锐痛，便松开了叶片，让蜜蜂飞走了。《桐花蜜》当然也就没有写成。但这一印象却深深地留在我的心底。

家乡的县名正是取自"桐"，极有可能就是因为本县多有桐树生长。我小时候就知道全县境内都盛产桐油。我还记得，队里卖了桐子，有时就是去换桐油，我家里还分得过一小桶。那桐油清亮极了，略带一点黄色，极像流过岩石的清泉。我过去知道，用它来髹漆木器，很可以防腐。现在我还了解到，它还可以用来制墨。《词源》上有一个词条"桐花烟"是这样解释的："用桐油烧烟，是制墨的原料。宋《墨记·桐花烟如点漆》：'潭州胡景纯专取桐油烧烟，名桐花烟。其制甚坚薄……每研磨间，其光可鉴，画工宝之，以点目瞳子，如点漆云。'"墨是古代文人不可或缺的书写工具，家乡的桐油用来制墨当也不会少吧？而家乡素来文风鼎盛是不是也与此有些关系呢？

据说，家乡被命名为“桐”，最初还是一个诸侯国哩。《词源》释“桐”之三：“春秋国名。《左传·定（公）二年》：‘桐叛楚。’《注》：‘桐，小国，庐江舒县西南有桐乡。’”关于“桐乡”，《词源》也有解释：“地名，春秋时桐国地，在今安徽桐城县北。汉大司农朱邑曾任桐乡啬夫，为民敬信，死后葬于此。”可见家乡的历史多么久远，无怪其人文是如此发达。

我多么想在家乡再能见到那一株株伸展着遒劲枝丫，开出灿烂繁花，结出累累青果的桐树，不仅要在我家所在的村庄周围有，而且在全县（现已改为市）境内的山坡或野地里都不时地能见到，那该多好啊！因为那样才名副其实啊！

枫

“广天一夜/暖如血。”海子的诗歌《枫》开头两句留给人的印象就十分深刻。确实，每届深秋，天气渐寒，万物黯淡，唯有一枫，叶红似火，在寂寥的夜空下，岂不给人以格外温暖的感觉。

每当吟诵海子的这句诗，我总要想起家乡村东北头的那株红枫，它好像是周围几个村落唯一的一株枫树，所以在我的心中印象突出。它是那么高大，粗壮的躯干拔地而起，在两三米的高度上撑开枝丫，形成树冠，秋天，一树红叶哗哗闪闪，是多么的显眼，虽在几里地之外也会看见。因此，它就成为我们村的“标志性”植物，游子归乡，老远看见它就会激动，就知道到家了。它生长在一片空旷的场地上，地面几乎光滑如镜，可以在上面晾晒稻谷。我真不知道，这株枫树是如何汲取养分而让自己长得这么茁壮、高大，也没有向乡亲们打听它经历了多少岁月，从它的模样看，起码在我的曾祖父时代就会有的。那么它曾看过这个村庄的多少变迁，看到多少代人在这里出生、长大、生儿育女，然后又死去啊！可是，这样一株百年以上的老树也是说没就没了，而且就在我的少年时代，仿佛还没来得及让我好好地欣赏它，观察它、研究它，一下子就消失了。一开始我并没有注意，忽然有一天，怎么感觉到这块地方这么不对劲、如此空旷呢？这才猛醒过来，老枫树没了！老枫树被人伐掉了！说真的，这比村庄里一位老人的过世还要令我伤心哩。

从此，我家周边的几个村落再也看不到一株枫树了。后来，每当我读到有关枫树的诗文，如屈原《招魂》中的诗句："湛湛江水兮上有枫，目击千里兮伤春心。"仿佛又看到了数千里外、数十年前家乡的那株红枫。

《尔雅·释木》上说："枫，欇欇。"宋人罗愿的《尔雅翼》据此谈到枫树得名的由来："说者曰，天风则鸣，故曰欇欇。或云无风自动，有风则止。按《说文》'木叶摇白谓之欇'，则欇与风同义矣。"可惜家乡的那棵枫树不在了，不然也可察看一下它是如何"无风自动"，有风反而静止的。

这多么像世上的人事代谢啊，你注意它的时候，它仿佛没甚变化，而你不注意的时候，忽已物是人非，有时连物也没了。就拿家乡那棵枫树附近的几户人家来说，其中方家的那个素来有些桀骜的小儿子，在枫树伐去的前一年参了军，在部队上待了四五年，又回乡当了队里的拖拉机驾驶员，他家也从枫树边几间东倒西歪的屋子搬到了村南头。而二爹爹家的门，原本是对着枫树开的，枫树消失后没几年，他也过世了，连同他那绝好的理发手艺和他年轻时候曾经有的一段传奇性爱情故事。当然，令我伤心的还是新一哥哥，他当了几年大队支书，卸任不久却惨死于一场车祸，幸好他的两个儿子也都克勤克俭，成了家立了业。当年，我去看枫树，都要经过这几家的门口，和他们打声招呼，都得到他们亲切的回应，如今逝者长已矣，我想再回到过去也不可得。

吴其濬说："江南凡树叶有杈歧者，多呼为枫，不尽同类。"也就是说，有的被称为枫树的，并不一定真的是枫，有可能是栌，是槭，如北京西山的红叶树。而据《植物名实图考》记载，枫树即枫香树，而枫香树属金缕梅科，落叶大乔木，高可达四十米。据此可知，我家乡的枫树是名副其实的“枫”树。《辞海》上讲，枫香树的根、叶、果均入药，能祛风除湿，通经活络。我家乡的枫叶正是如此。我记得那株枫树的果实有乒乓球那么大，上有绒刺，颜色接近乌黑（也可能是由红变黑），成熟后便落地，一落地我们便去捡起来把玩，而大人却要把它们收藏起来，当有谁生了什么病，便用它煎药服下。这样说来，枫树是多么可贵的一种树，我更加怀念家乡那唯一的一株枫树。

椿

就是一个小小的村落，随着时光流逝，也总是能感觉到它在变动不居，比如我的堂姊小滚子（我记不得她的大名了，很抱歉），她家原本是在村头东山坡的尾巴上，没有几年却搬到村中心废弃的打谷场上了。随着这几间老房子一起消失的，还有在它后面的那一排椿树。

应该说是两行椿树才对。因为椿树高大，树与树的空隙也大，如果稍稍往外移一点位置，还可以栽一棵椿树，这样便错落开了，远望去还是一排。那椿树确实是长得好，一株株茁壮挺拔，有一种排云直上的气势；有很长的一截树干不生枝叶，显得很光滑。生长在一起更有一种雄伟的气势，仿佛天生就该生长在这里，谁也摧不垮，挪不动；它们安然地在顶上撑开一些枝叶，洒下碧绿的树影，树荫下端的是我们童年做游戏的好地方。不消说，我们几个小伙伴不知在这里比赛过多少次，看谁爬得最高。我们当然不可能爬到顶上去，一是它高，二是上面也没有遒劲的枝丫。至于我们在树旁弹弹子、跳房子则是经常干的事，夏日里来却是为捕蝉。树高叶长，似乎蝉也更喜欢在那上头栖息，叫得也更起劲。

近些年我在城里生活，每到春天，总看到街头有卖椿树的嫩芽嫩叶的，人们都以为是一味很好的蔬食。但是当年，我们似乎连堂姊家屋后的这一排树叫什么名字都还不知道。直到上了小学，我到堂姊家温习功课——堂姊和她的妹妹都跟我在同一年级上学，作业做完了，我正收拾课本准备回家，忽然想起什么似的，便问她们：你们家屋后面的那几棵树叫什么名字？“椿树。”她们异口同声地回答。“椿树？为什么叫椿树呢？”我又问了一个很傻的问题。“不知道。但我们听说，椿树还分两种，有臭椿、香椿。我们也不知道这是香椿、臭椿，估计是臭椿吧？因为听说香椿的嫩芽是可以吃的，我们没有吃过这树上的叶子或嫩芽，就是过去，肚子饿得那么厉害，也没有听谁说吃它的。”

啊，一棵树还有这么多的学问，在这之前，我以为一棵树就是一棵树呗，现在才知道，这里头还有分类，有复杂的知识，我不由得对功课一直做得没我好的这两姐妹肃然起敬，想当时一定是连看她们的眼睛也是睁大了的。

这对姐妹带给我的惊讶不止于此。又有一次，我们在一起做完功课——我不记得是不是老师特意嘱咐我多跟她们在一起做作业，这样好提醒她们不要只记得做家务，我的那位堂妹忽然问我：“你说《水浒传》上写武松到景阳冈打虎，景阳冈下的酒店里挂着‘三碗不过冈’的牌子是什么意思？是说喝了三碗就不过冈呢，还是必得喝了三碗以上才过冈呢？”“武松打虎”，我是听说过的——因为夏夜，在这东山坡上纳凉的时候，总有村里的老人讲故事给我们听，其中就有水浒故事，但我当初不知道这故事出自哪本书，武松是什么时代的人，现在听她一问，愣了一下，只得支吾以对。我问她们何以知道这个故事，她们便告诉我，是从一本旧语文课本上看到的。“课本在哪里？”“在里屋，我去拿给你看。”我的堂妹动作敏捷，转身走入里屋，拿来一本破旧的课本，我翻开来看，这才囫囵吞枣地读到了第一个水浒故事。这时候，我似乎听到了一阵风正吹过，屋后的椿树发出了飒飒飒飒的声音，似乎在笑我哩。

在这树下，我还听过生产队里召集的一次会议。不知因为当时世界上发生了什么大事，上面派人来给社员传达，正好借这几棵椿树遮阳歇阴。几个干部大声地讲了一通，我无心听，也听不太懂，但也有几个名词传入我的耳朵，如苏修，如勃列日涅夫。这勃列日涅夫是何许人也，我不知道，所以回家去问妈妈，妈妈说是苏联的头子。我至今还记得在听会时乡亲们坐在板凳上那一个个弯伏着的背影。

这都是我想起椿树时浮现出来的抹不去的印象。一晃二十年过去，这几棵树也是说消失就消失了，虽然它们长得那么高大，那么挺拔。我一直在学堂里念书，而我那位堂姊和她的妹妹，早已把书"歇了"（家乡语"歇书"即辍学），原因就是因为她们都是女孩，而且母亲去世得早。大姊在家招赘了一个女婿，又一连生了好几个女孩，而小妹嫁到外地，难得回来一次。再说，自从她俩辍学，我就很少去她们家，当然也没有去别人家做过功课。

我后来读到庄子《逍遥游》上的话："上古有大椿者，以八百岁为春，以八百岁为秋。"心里非常惊讶：真的会这样么？

水果杂记

橘

一提起橘，人们当然首先会想到屈原《橘颂》中的诗句："后皇嘉树，橘徕服兮。受命不迁，生南国兮。"诗人首先赞美的，就是橘的忠贞的品质。这里隐含着一个典故，那就是橘过淮为枳的说法。《周礼·考工记》："橘逾淮而北为枳……此地气然也。"枳是什么呢？枳树较橘树矮小，高约六七尺，叶多刺；它的果实既小又酸，当然也就不可食了，但可以入药。而橘子是一种多么甜美的食物啊。它的样子也好看，《橘颂》上说："圆果抟兮"，"青黄杂糅，文章烂兮"。果色有青有黄，也还有红的，有的几色相间，"文采烂然"，皮也不厚，如蒙一层缯革，剥下来晾干，可以入药、泡茶，大约能清热下火。

我生在穷乡僻壤，那时的乡村快要到"民不聊生"的地步，所以幼年一直到十岁左右，都只闻橘之名，未见橘之实。大约就在十岁那年，村子里的一个小伙伴患了重病，他家人常要带他上县城里的医院去看病，其中有一次回来，带回了几枚橘子，那是他父母给这个眼看即将不治的可怜的儿子一点慰藉而已。我们都去看他，他竟拿出了一两枚让我们分享。我也分得了两瓣，放到嘴里，轻轻一咬，橘汁满口，沁凉甘甜，美妙无比，那滋味至今还记得。其后吃橘子的机会也并不多，一直到上个世纪八十年代中期都是如此。上了大学，进了城市，一下子感觉到水果多起来了，街头几乎到处都有卖的，遂体会到城乡的差别端的是如此大。到了第二年，我的一位中学老师从家乡来这个城市走亲戚，我想到家乡水果的缺乏，一时心血来潮，就用大纸袋装了一袋橘子，请他捎回。后来父亲来信说，接到的橘子有的已经坏了，并说家乡的县城也已多有橘子出售，可见变化也是快的。

在大学时代，我似乎还与橘有一次难忘的“际遇”。有一天，我去拜访著名的翻译家力冈先生，其时他翻译的《静静的顿河》《日瓦戈医生》刚由漓江出版社出版，在译界声誉正隆。我去拜访他原本是想获得一本赠书的，可是不巧他不在家，他的夫人接待了我，并拽过一筐橘子叫我随意吃。我还从来没有见过有人买成筐的橘子（或其他水果）的，十分惊讶，也十分羡慕。我想到因自己辛勤的劳作（特别是写作）而得丰厚的物质报偿与享受，是很诱人的一件事，值得去努力。少年人的虚荣心由此可见一斑。

我不知道“橘农”是怎样栽植、护理、采摘专门用来销售的橘子的；这么多年，我甚至没有见到过橘林，也不知道那无数的橘树都挂满橘子是什么情景。张九龄说：“江南有丹橘，经冬犹绿林。”绿林红橘，累累垂垂，那样子当是很好看的。我只见过两棵橘树，而且不是直接生长于地面，而是栽在盆里的。那是八十年代末，我在家乡的一个小镇任教。其时，我的一位姨姥姥的孙子正好在我任教的中学读书，家里请任课老师去做客，也就不忘喊上我这个亲戚。我第一次去这个姨姥姥家，表舅任大队支书，家宅建得相当不错，水泥砖砌的房子，窗明几净，比较突出的当属庭院里还布置有一些盆景。我已看出其中两盆是橘树——但我还是不忘问了一声表舅而得到确认。它们都不及一人高，虽时届深秋犹是一片葱绿，绿叶间点缀着几枚果实。我的表舅客气，要我摘下来尝尝，但哪怎好意思，所以凝视了一会儿，就与表舅谈起别的话题。谈的是什么呢？我一点没忘，他讲我父亲当年在这附近的小学教书，给当地人留下了很好的印象，他说："你父亲人称'美男子'，走在街上，很引人注目。"听了这样的话，作为儿子，我当然受用。但没有想到他再补上一句："比你好看多了，你远没有你父亲好看……"令我尴尬，也有点沮丧。这番谈话，就是在那两株盆栽橘树前进行的，给我的感觉是我乃一只越过淮河的枳子似的。

以后每每想起这番对话，我就不禁莞尔。后来，我果然离开家乡到北方生活，名副其实成了一只越过淮河的"枳"了，但我喜爱橘子的情感始终没变。

石　榴

北京街头卖的石榴个儿特大，每个都不下于一只饭碗，看了令人不胜惊讶，从那裂开的缝隙，还能看见一颗颗籽实，透明得跟水晶似的，还能看见殷红的内核，特别诱人。我一度怀疑这非天然产物而是"转基因"食品，后读史料才知不是。《邺中记》："石虎苑中有安石榴，子大如椀盏，其味不酸。"可见古时候就有很大的石榴。由此也知石榴又名安石榴。为什么叫安石榴呢？《辞源》上说："以汉武帝时张骞自西域城国安国传入内地，故名安石榴。"安国现在在哪儿呢？当然也无法追寻甚至考证（或许就是安息？），想来让人不禁怅惘。

安石榴也有个儿小的。周景式《庐山记》："香炉峰头有大磐石，可坐数百人。垂生山石榴。三月中坐花，色似石榴而小。淡红敷紫，炜烨可爱。"庐山上的石榴小，大概是因为土壤少而且海拔高的缘故。我在家乡所见到的石榴也都不大，一只比成人的拳头大不了多少，每于八月中秋前后，获得一枚两枚，视若拱璧，总是舍不得吃，所以也不记得当初是怎么吃的了。

小时候获得的石榴，很可能来自村西头的刘家。我六七岁时去那里找妈妈，在那庭院里的一道土坎上见到有三两棵石榴树（有小伙伴告诉我这是石榴），树并不高，近似灌木，绿叶中还缀有几朵鲜红的石榴花。那花端的好看，如绢绸，似火焰。后来我读到古人诗句，觉得用“榴火”“榴锦”来形容石榴花，如“两株榴火发诗愁”（元曹伯启《汉泉漫稿谢朱鹤皋招饮》），“榴锦年年照眼明”（唐殷尧藩《端午日》），那是再自然不过的事。

小时候吃的石榴，还有可能来自深山里某人家的馈赠。我们村里总有几户人家在山里有亲戚，那是我足迹所不到的地方，因此，那偶尔的一两枚石榴来到我的掌上，总让我浮想联翩，倍觉这山中之果颇具神秘性。

除此之外，我几乎在我家周边的几个村子未见到有石榴树。但有一年——大约我已十多岁了，对文学正萌发了最初的迷恋与酷爱，千方百计地搜罗文学书籍，接近有同样爱好的人，而邻村正好有一位高年级的学兄（大约高我四五个年级）也喜谈文学，我当然要时常去串串门。我从他的笔记本里读到五代词“春日游，杏花吹满头……”读到“过尽千帆皆不是，斜晖脉脉水悠悠……”读到郭风的散文诗：“我沿着溪边的小径，要走回到村里去。我看见稻草垛上，凝结着白霜。我看见村庄的木栅、篱笆，凝结着白霜。我看见溪岸上的乌桕树、梅树上，凝结着白霜……”觉得真是美极了，有一种让人置身其中的意境。他还三言两语地加以解释、评点，我感觉自己头脑里的一扇窗似乎被打开了。他的讲解，比许多文学启蒙书籍乃至教师的训导作用都要大。我常常要找他闲谈，听他讲中国现当代作家，不胜神往之至。来往熟了，对他家的环境当然也便了然。有一天，我坐在他家的后门边朝庭院里看，竟意外地发现了两株长得比较高的石榴树，笔直的枝干都收拢着向上长，上下都抖擞着绿叶，而绿叶间正闪现出一朵朵红艳艳的石榴花。我才知道自己以前竟忽略了这两株寂寂生长于这一幽静处的佳树，心里的惊奇，不下于在空谷中发现了幽兰。“啊，石榴树!”我当时是轻轻地叫出了声，而主人做了肯定的回答，他的母亲甚至告诉我：“秋天来吃石榴吧。”

但是，这年秋天我并没有来吃石榴，因为我的那位同学已在夏天被河南信阳的一所高校录取，正日日筹措学费，打点行装，忙得很，我也不好意思打扰，吃石榴的事自是没有下文。

值得一提的是，我的这位同学出身极为贫寒，而且是由他现在的父母抱养长大的，从小得到精心培养，而他也很争气，学习一直很优秀。到他上大学时，养父已去世，唯与养母相依为命。他事母至孝，课余除了帮助做家务，假期里还要参加紧张的生产劳动，星期天则是上山打柴，在这样的家境下，他竟从小到大一直保持优良的品性与成绩，殊为不易。难得的是他不仅一表人才，衣着整洁，而且待人接物总是那么温文尔雅，礼节周全，可谓农家一“异才”。在我眼里，简直就像那翠叶丛中闪发出动人火焰的石榴花。他大学毕业后，分配到部队工作，假期返乡省母，一身戎装，加上他的文雅举止，颇为让人瞩目。起初，我们还有通信，他给我寄过《诗刊》《中国现代游记选》等，后来，随着时空转移，终于断了联系，我只知道他在某城成家立业，虽然后来没有做出多么大的功业，但过着平凡而安稳的生活，我觉得也可谓足矣。这么一块贫瘠土地上走出来的学子，我们对他提出更高的要求似乎是不现实的。

栗

我从未将栗子也当成一味水果，直到读《初学记》，见其将“栗”列为“果木部”之第六，才仿佛恍然大悟。是啊，栗子结于树，而且其果实脆生而甜，怎么就不是水果呢?

《初学记》一开始就引用《诗经·唐风》里的诗句：“阪有漆，隰有栗。”又引《毛诗义疏》曰：“栗五方皆有，周秦吴扬特饶。唯渔阳范阳栗，甜美长味，他方不及也。”这里提到的渔阳范阳，就是指北京周边一带。确实，每到深秋，栗子上市，北京街头卖糖炒栗子的甚多，以至于几乎到处都可以闻到焦熟甜腻的栗子香。据说，北京的栗子以良乡所产最为著名，大约是粒大而味美，所以许多小摊小贩都打出“良乡栗子”的招牌。

我手头有本《燕京岁时记》，上面提到栗子：“京师食品亦有关于时令。十月以后，则有栗子、白薯等物。栗子来时用黑砂炒熟，甘美异常。青灯咏读之余，剥而食之，颇有味外之味。”现在北京的炒栗子仍用黑砂，常常是当街一口大锅，上面还安有一铁制的转动轴，不停旋转，带动埋伏在黑砂里的铲子不停翻抄。锅中仿佛洪波涌动，而赭黄的栗子随黑砂翻滚，更像鱼群逐波而来，看此情景就是一种诱惑。

这说的是板栗，我小时在家乡吃到的机会并不多。吃得比较多的是毛栗。毛栗比板栗小得多，大约三粒毛栗才抵得上一粒板栗，味道跟板栗近似，但因为个小，也就比不得板栗的味长而醇厚。

说来真应该感谢母亲，是她在我童年、少年时代，几乎年年都上山去打毛栗，历经千辛万苦，把这种果实采摘来，作为一种零食，在漫长的冬夜里供我充饥，或就作为一种“嚼头”，好打发时光，所谓“青灯咏读之余，剥而食之”，正是我曾经历的“味外之味”。

但打毛栗也确实不易，因为要到几十里外的深山老林里才能打到。因为平常要到那里去打柴火，路径倒是熟的。但要起个大早，直到傍晚才能回来。去的时候，一般是村子里好多人同行，都是挑着空箩筐，回来则是沉甸甸的一担，连枝带叶，倾倒出来，堆成小山包似的一堆。每一颗都是带毛壳的，那壳即所谓“栗房”，比乒乓球略大，颜色一开始都是青绿，有的老熟的，则变黑；上面刺猬似的长满刺毛，徒手是不敢去拿捏它的。我们一般都是把它放到脚下（当然是穿了鞋的）去搓，搓的时候用力不敢过猛，待到把它的刺毛搓得柔软服帖了，就可以用手、用牙、用工具把它剥开了。这时取出的栗子颜色也是淡绿或淡青的，直到搁得久了，它才变得赭黄。也有栗房自动裂开的，露出熟透的果实，则更令人心喜。嫩栗子吃起来更嫩脆，更甜，更像水果。而变赭黄以后，其味变得厚实而带一点粉糯，甜味则略减。我们每天上学前都要搓一把毛栗带在路上吃。

我们那里也有把毛栗拿来出售的，大多是炒熟了的，放在量米的升子里，当街卖；逢到乡间演戏、放电影，也有小贩驮在肩上，挑在担子里兜售的。价钱也不会太贵，但买的人似乎也不是很多，毕竟那时大家都比较贫穷。而现在，经济上富裕一些了，但可能也没有人做这点小生意了。故乡的街头怕早已看不见毛栗了吧。但我不会忘记，那一颗颗喷香的、甜糯的毛栗确是那一个个冬日的“温贫暖少”（这个词是从《板桥家书》活剥改造而来的。其文曰：“天寒冰冻时暮，穷亲戚朋友到门，先泡一大碗炒米送手中……最是暖老温贫之具。”）的好食物。

我没有见过栗树，所以到北京以后，极想一见。但我也只是有一次随众人去山地旅行，听人们说路边的是栗子树（板栗），便向车窗外略望了一望。但见一株株栗树贴山而立，枝叶也往上，略有点像白杨，并不作纷披状——也许事隔多年，记忆有误，如果有机会，我当好好看一看栗树，并对它默致敬意。

柿与杏

柿与杏放在一起来写，本毫无道理，只是在我，都是小时候极难得吃到的果实，所知也甚少的缘故。

柿树，我小时见过没有，没印象了，反正本村是没有栽植的。但是，偶尔也听说有人摘到柿子了，甚至会有人送两三枚给我们家，但那柿子好像还是青色的，不能生吃，据说需要搁在窗台上经过一段时日，或放在草木灰里“炕”一下，等它由硬变软才能吃。但最后也没有见到它由青变红，由硬变软，只得放弃。吃肯定是吃过的，在家乡。不知从哪里得到的鲜红的柿子，西红柿似的，嘬破薄皮，包裹在里面的是流汁甜浆。有时，吃完后，还剩下一枚光滑而扁圆的核舍不得扔。

至于柿饼，我在家乡见都没有见过，更谈不上吃了。但我知道有这种食物。来北京后，到了夏末，果然见到有许多柿饼上市，一枚枚圆圆的，扁扁的，中间微凹，有蒂，上面还沾满白色的柿霜。我当然不能放过，每年都会买上几斤，一买回就连啖数枚，感到瓷实而甜，确实可称食物佳品。

在北京城里也常见到柿树，甚至我所在的小区的街道，还用柿树作了行道树。它有两人来高，叶圆而有光泽，四月开黄白色小花，可惜我没有太注意这花，我只知它在秋天结出许多青色的果子，因与叶子颜色一样，不仔细看也不容易发现。我知道它，是因为每到这个季节就有人架梯来摘或将它打落，没有等它变红就来摘来打，是因为怕它熟透了掉下来砸了人（和砸在路边的车子）。可见，我小时难得一见的果实，在这里被视为“弃物”，这多少有点“暴殄”的意味了。

从书上知道，柿子在树上红了其实是很好看的景观，因为像一只只小灯笼。作家施蛰存的一段文字描述就令人难忘：“柿树原来是秋天最美的树。因为柿实殷红的时候，柿叶就开始被西风吹落了。当柿叶落尽的时候，挂满树枝的柿实就显露出它们的美丽来了。而且，这里的柿树的生殖力又那么强，在每一株树上，我们至少可以数到三百个柿实……于是，你试想，每一株树上挂着三百盏朱红的小纱灯，而这树是延绵四五里不断的，在秋天的斜阳里，这该是多么美丽的风景啊！”确实很美，可惜我至今无此眼福。

书上还记载有柿饼的制法：将大柿去皮压扁，日晒夜露使它变干，然后放置于甕中，待生白霜即成。而且，柿霜可以入药。

至于杏，我从古诗里得知，有许多美好的诗句写到它，都是大家耳熟能详的，什么“牧童遥指杏花村”啦，什么“沾衣欲湿杏花雨”啦，还有“杏花春雨江南”等，这些美的意象，使农村很具有“田园牧歌”风味，可惜我们村庄里也没有一株杏树。偶尔尝到几枚青涩而酸的杏子，也不知是从哪里得来的，大概邻近的村子总还是有的吧。

我的外婆家门口有一株杏树，但这树也不属于外婆家所有，我童年时见它是那么高大，仿佛耸立入云，当然也很粗壮。正值春天，满树繁叶爆发似的生长出来，在阳光下闪烁绿光，一片片恍如翡翠。可能已开始挂果，外婆村子里的小伙伴（都是我的亲戚）指给我看，可是我只看见绿叶，却没有看见杏子长的是什么样；他们还告诉我，等一段时间杏子熟了，就摘来给我吃。于是我日日仰头望着那笔直向上的杏树，牙齿不知都酸了多少回，却直到返回自己的家也没有吃到一枚杏实。

藤

想来我真的是远离大自然了呢——到城市生活了这么多年之后，我除了人工栽植的植物外，已很少见到在自然状态下自由生长的花草树木。

还有那长长的、青青的藤蔓——我想起它，是因为我今晨读到黄庭坚《题落星寺四首》之一的这首诗：

落星开士深结屋，龙阁老翁来赋诗。
小雨藏山客坐久，长江接天帆到迟。
燕寝清香与世隔，画图妙绝无人知。
蜂房各自开户牖，处处煮茶藤一枝。

煮茶不用炭，不用煤，不用木柴，而是用“藤”，而且是“一枝”，这多么有意思，简直是风雅极了。这样的煮茶方式才是真正符合一个与世隔绝的深山老僧的身份哩。

我在农村生活多年，但也很少见到有人用一枝枯藤烧火煮茶做饭。但是，我见过用枯藤作为火媒子（火折子）来点烟——那自然也是装在烟窝里的旱烟。其实，在农村，更多见到的是青藤，在那田塍边、丘岗上、树丛里，随处都可以看见一根细细的青藤带着它翠绿抑或嫩黄的叶片在草丛间蔓延，伸展得那么长，有时甚至都找不到它的根在哪儿。还有的青藤攀援到树上，缠绕着树干曲折地向上，将擎着的几片翠叶混合在树叶之间来争得一线阳光，为它的生长汲取动力与营养。有的藤蔓来势很猛，竟然有把树缠死了的。如果从物竞天择的角度考虑，藤蔓这一行为恐怕也未必值得深责吧。

这使我想起作家陆蠡的散文名篇《囚绿记》。作者说他寓居北京的时候，发现寓所的圆窗外长着常春藤，他一时见物心喜，便把那常春藤的软条从窗户下的破洞口里牵引进室内："教它伸长到我的书案上，让绿色和我更接近、更亲密。""我囚住这绿色如同幽囚一只小鸟，要它为我做无声的歌唱。"可是他很快发现，这被囚住的一段常青藤，它的尖端总朝着窗外。甚至于一枚细叶，一茎卷须，都朝原来的方向。这不由让他深为感叹。其实这是符合科学原理的，植物对光线是最敏感的，植物对光明的追求是最为执着而坚韧的。这一点不由让人甚是佩服。

我没有"囚绿"的经验，但对藤蔓向往光明的精神似乎也有一点体会。小时候，我们在草丛间看到细细的绿色的藤蔓时，总会看见它从草丛里绽放出枝叶，惊讶它竟然可以长得那么大，简直是从丘岗的顶上一直伸延到山脚下，有的还继续曲折向前。我们常常毫不怜惜地把它砍断，用它来做柳条帽，戴在头上。或是把它拴在两棵树之间，在上面铺上树叶和草，做成一个软席躺在上面。或者抓住它在树上打秋千，像猴子一样，从一棵树上荡到另一棵树上。当然，也有做一点实际用途的，那就是用它来捆绑我们捡拾到的柴火。不仅我们，就是大人们也要用它来编织草鞋，这比用线绳更结实。而耙子散了，人们也是用根藤子把耙子的"齿"编织在一起。因此，在农家，随时都可能看到一支青藤在编织的人们怀抱里跳跃。

其实，藤子可编织的东西很多。农村里的很多器具都是用藤子编成的，如芭斗，如篮子、帽子、凉席。城里的商店里不是也经常看到有藤子编织的椅子、桌几出售么。可见，小小的青藤，在人们的生活里确实有不少用途哩。

可是这一切似乎都正在离我而去。我有很多年，没有看到自然状态下生长的青藤了。我只能在诗文里寻觅它的踪影。我知道明代的大文人徐渭就十分喜欢青藤，他自署“青藤”，还把他的居所叫作“青藤书屋”；我又想起清代的大画家郑板桥和近人齐白石都因为仰慕文长而在画作上钤上“青藤门下走狗”的印记，或干脆宣称自己是“青藤门下为走狗”。大约越是在古代，许多地方草莱未辟，青藤更是处处可见吧。杜甫就有“蓝田丘壑蔓寒藤”的诗句，元人小令中的名句“枯藤老树昏鸦”，更是人尽皆知。连书法家也追求枯藤般的笔致。任华称赞怀素的草书，“更有何处最可怜、袅袅枯藤万丈悬。”赵孟頫也说：“苍藤古木千年意，野草闲花几日春。”（《论书》），可以看出，文士雅士从来不以青藤卑微而见忽，反而对它的旺盛的生命力、蓬勃的生机与那可人的翠绿（当然也还有朴素）都是十分喜爱的。

舒元舆在晚唐做过宰相，因密谋铲除专权的宦官，事泄后与族人一同被诛。其人生是一场悲剧，但他写过一篇为士林传诵的《悲剡溪古藤文》流传至今。

剡溪上绵四五百里，多古藤，株枿逼土，虽春入土脉，他植发活，独古藤气候不觉，绝尽生意。予以为本乎地者，春到必动。此藤亦本于地，方春且有死色，遂问溪上人。有道者言：“溪中多纸工，刀斧斩伐无时，擘剥皮肤，以给其业。”噫！藤虽植物者，温而荣，寒而枯，养而生，残而死，亦将似有命于天地间。今为纸工斩伐，不得发生，是天地气力为人中伤，致一物疵疠之若此。

异日过数十百郡，洎东洛西雍。历见言书文者，皆以剡纸相夸。乃寤曩见剡藤之死，职正由此。此过固不在纸工。且今九牧士人，自专言能见文章户牖者，其数与麻竹相多。听其语，其自重皆不啻握骊龙珠。虽苟有晓寤者，其伦甚寡。不胜众者，亦皆敛手无语。胜众者，果自谓天下之文章归我，遂轻傲圣人道，使“周南”“召南”风骨折入于《折扬》《皇荂》中，言偃，卜子夏文学陷入于淫靡放荡中。比肩握管，动盈数千百人。数千百人下笔，动数千万言。不知甚为谬误，日日以纵，自然残藤命，易甚桑叶，波浪颓缈，未见其止。如此则绮文妄言辈，谁非书剡纸者耶？纸工嗜利，晓夜斩藤以鬻之，虽举天下为剡溪，犹不足以给，况一剡溪者？以此恐后之日不复有藤生于剡矣。

读了这两段文字，我不由暗自吃惊。一是惊叹古藤（枯藤?）可以用来造纸，而且在剡溪这个地方可以造成上好的剡纸，为天下士人所宝爱、所竞求；二是惊叹因为造纸，剡溪流域的古藤惨遭斩伐，“绝尽生意”，乃至春来不荣。看来，人类对自然的过度诛求所造成的祸害远不自今天始，然而，毫无疑问却是“于今为烈”，尤其是现代造纸业对环境的破坏更是触目惊心，也时见报道。为什么会造成这样的结果，舒元舆在文章里说得很清楚，那就是天下士人以文章相矜夸，所以人人下笔千万言，滔滔不休。所谓“灾梨祸枣”，果不其然。其实，何止梨、枣，连溪剡的古藤也斩伐殆尽，可不是令人惊心动魄！如今呢？哪一天的出版物不都是铺天盖地，浩如烟海，胜过古代一年的用纸量不知道多少倍，因为造纸而对植物的需求量就更加无法计算。

因此，我们有理由为我们仅剩的那一点绿色植被担忧。

因此，我更怀念在我家乡的田野山坡间所见到的，那一枝枝蔓延的、长长的，带着一片片绿叶蜿蜒缭绕的青藤，我多么希望能不时地看见它在我窗前的阳光下袅袅地摇曳……

寻常菜蔬

辣　椒

估计很少有菜蔬会像辣椒那样得到人们截然不同的对待：爱之者无它佐餐则食不欢，不喜欢它的连尝一点也如受刑——张嘴缩舌直吸气，避之唯恐不及，尤其是一些女孩子，那种被辣后的窘态——面红耳赤，眉蹙泪流，仿佛直欲将舌头割去而后快——那样子虽然多少有些夸张，但实际上也显得蛮可爱。

辣椒最大的特点当然就是辣，一点入口，辣味如针，刺遍舌尖，同时仿佛有一种火辣辣的液体注入，让舌头迅速麻木，而且很快传遍全嘴，乃至整个头部，那一股热流又立即升腾，让人感到火炙一般，神经纤维也随之开张。这一系列反应在瞬间就可出现且能持续较长时间，这当中人能获得一种兴奋感，胃口便也大开。这样的感受恐怕没有其他蔬菜能给我们带来，喜欢这种感受的人当然要大呼美妙了。

中国人喜爱吃辣椒的比较多，但中国并不是辣椒的原产地。中国最早有的“椒”是花椒，《诗经》《楚辞》里提到的“椒”也都是花椒。《诗经·唐风·椒聊》：“椒聊之实，番衍盈升。彼其之子，硕大无朋。”意思是：“花椒串串挂树上，结子繁盛满升量。这位夫人子孙多，身材高大称无双。”（程俊英先生译文）《陈风·东门之枌》中也有诗句："视尔如荍，贻我握椒。"会见情人，赠送花椒一把（我想应是装在香囊里的吧），多有意思，因为花椒是有香气的，古代巫师祭祀，焚椒以迎神祇，这样赠送花椒就寓有祈神保佑情人之意了。《离骚》中的诗句："杂申椒与菌桂""怀椒糈而要之"，《九歌》所云"奠桂酒兮椒浆"，"播芳椒兮成堂"，大约都由此而来。花椒是芸香科，属落叶小乔木，高可达七米。它除有香气外，也略带辛辣味。罗愿《尔雅翼》说它"实多而香"，实多即"结子繁盛"，辛辣又带暖意，所以汉代皇后的住处喜欢"以椒涂屋"，故后世称后宫为"椒房"。另外，中国很早时候还有"胡椒"，它却也非国产，是张骞于凿通西域后带入中国的，已有两千两百多年的历史了。胡椒是木质攀援藤本植物，生长于荫蔽的树丛中。

胡椒和花椒一样，都只能做调味品，不能单独食用。辣椒在我看来则是蔬菜类植物，准确地说，是"茄科、辣椒属一年或有限多年生草木植物，高约四十至八十厘米。叶互生，花单生，俯垂，花萼杯状。果实（即我们吃的辣椒）长指状，未成熟时绿色，成熟后成红色、橙色或紫红色"。我在家乡所见到的辣椒是绿色和红色的，其实它还有一种是紫色（紫花结出的辣椒）。现在在中国，辣椒这种植物可以说到处可见，我本以为它是本土所产了吧，但它的老家也是在域外，比"花椒"更远，据说是在墨西哥，真可以称得上是远隔重洋了。它是在15世纪末由哥伦布从美洲带到欧洲，后来传遍五洲四海的。中国是在明代传入，据说是由南北两条路线传来，一条是经西亚的丝绸之路，一条是从马六甲海峡进入中国南方，尔后推广开来。我的老家桐城大约也在明代就有栽植，证据是明末名臣左光斗的故居就命名为"啖椒堂"，能"啖"的"椒"当然是辣椒了，而因喜食辣椒，左忠毅公为人也一生耿直，疾恶如仇，毅然与阉党搏击而置生死于不顾，很有辣椒的"辣劲"与"冲劲"，自是为世人所敬仰。他的性格也传承给了明末的民族英雄，其门生史可法。

我家乡几乎人人都吃辣椒，不能吃、不爱吃的大约只占极少数。所以家家的菜畦里都会种一两垄辣椒，平时即摘即食，一般都用于炒菜。我小时常见乡亲将捕捉的小鱼小虾，配以青辣椒炒之，于黄昏之际端上已在屋场前放置好了的饭桌，佐以米酒两盅，很觉这种风味不赖。但我不曾见过有单炒辣椒一味的菜，不像我来北方后，参与宴会偶或会见到一盘整根煎炒的“虎皮尖椒”。我家乡也不像北方人喜欢把辣椒穿成串挂起风干，食用时随时拽一两根下来剁碎即可。我们那里大多是在中秋节前后，把已变红的辣椒成筐成筐地收下来，用水洗净（或用水略浸泡一下），便用大铁钎一根根地戳起来压进石磨里，把它磨成辣椒糊。我就曾经干过这个活，或推磨或递椒。石磨一圈一圈地转，辣椒糊瀑流似的往下泻，下面承以陶钵，半天即可得一大钵，我抱都抱不动。这辣椒糊撒上食盐，可作半年一年食用，有时也要端出来晒几个日头，表层被晒黑了，内里还差不多是红的，偶尔也有生蛆的。奇怪，这辣椒糊里的蛆似乎也不那么令人恶心，大约人们下意识里以为辣椒有“杀菌”作用？反正是照吃不误。这磨成糊的辣椒食用起来也方便，一是在煮鱼煮肉时作为调料（尤其是烧煮腊鱼腊肉、牛肉），二是和豆瓣酱放在一起做成辣椒酱，都很“经久耐用”。

我小时候喜欢的菜之一就是妈妈做的红烧豆腐，用的辣椒就是磨碎的辣椒糊，那辣椒入了味，豆腐味与辣椒味俱存而且融为一体，不像城里的麻辣豆腐或麻婆豆腐，往往麻味或辣味过重。另外就是用辣椒糊腌制的一些食物。家乡人总喜欢在辣椒里腌蒜子、刀豆、薯片等等，吃的时候捞起来，洗洗就可以直接食用，不用炒，而且咬起来脆生生，又香又咸又辣（微辣），实在可称得是农家的美味。

我来北方后，才吃到剁碎的腌辣椒。尤其是剁椒鱼头，那上面辣椒吃起来不仅很香而且特别的鲜，常常让我大快朵颐。有一度我还迷上了从商店里买来的瓶装剁椒，接连买过好几瓶，没想到一下子吃上了火，有一天喉咙里甚至咳出了血，吓了我一跳，连忙跑到医院里看医生，一查才知不是什么病，好像吊了一瓶水就好了，却成了家人的一个笑话。所以，对于辣椒，我是喜欢吃的，但也不敢太肆意而食。听说云、贵、川、湘等地人都嗜辣如命，有什么“不怕辣、辣不怕、怕不辣”之说，这倒真的有几分让人羡慕。

水芹菜

故乡第一好吃的蔬菜，当推水芹菜。我小时候，基本上不怎么喜欢吃蔬菜，唯独水芹例外。为什么呢？因为它脆嫩、柔润而又有点筋道，耐咀嚼、耐品味，给人以清清爽爽的感觉，却又有满口余香。

不仅我喜欢，故乡几乎人人爱吃。早年只有县城边上一小块地方专产水芹菜，产量有限，所以乡亲们平素也不是轻易能吃到的。但每逢办婚嫁、参军、入学、祝寿、丧葬等大事，需开筵坐席，那水芹是必有的一道菜。但一般也不是独炒一盘，而是和着粉丝、胡萝卜丝、豆干、肉片等炒在一起，称为“细菜”，却最为可口。当年我还是垂髫孩童的时候，逢到村里办这样的筵席，当然上不了台面，那也磨蹭在大人身边。主人会拿一只小碗，让大人搛一点菜到碗里，其中芹菜必不可少，我对它的期待盖不下于鱼肉等荤菜云。

因为有一份工资，我的父亲偶尔也上县城买一点水芹、豆干之类的食品回来，这在全村还是很少有的。水芹买回来常常就搁在地上，一小捆，碎碎的叶子，细细的茎干、枝条，青翠碧绿，看着就顺眼，就觉寻常日子仿佛也显得那么的妥帖、安安静静的。偶尔，父亲还让我分出一束送给邻人，我也是很高兴的。

长期以来，故乡人都说“水芹”只有本县才会有，非常骄傲，但我却不怎么相信。我相信芹菜也是普通的植物，天下哪里不可以栽植哩！也许故乡人说只有我们那里的水芹最好吃，我倒有几分相信，水土、气候碰在一起是最好最适合的，长育的植物比较独特，也是可能的。确实，来北地后，在学校、单位的食堂里偶尔也会买一份芹菜，但一看那芹菜那么粗壮，支支棱棱的，就没有了食欲，一吃，果然味同嚼蜡，心想，这也叫芹菜？后来才知原来这是旱芹。旱芹有一种刺鼻的气味。在旱地里长的芹菜，你想想能好到哪里？

看到菜市场里出售的旱芹，一株株都较硕大，粗枝大叶，茎秆直挺挺的，我一次也没有买过。要是有水芹多好啊，水芹最大的口感就是柔嫩，有一种别致的香气和口感。可在这北方的城市里我一次没有遇见。

我虽生在乡间，但其实接触的植物并不多，倒是有幸见过一次长在地里的水芹。那就是家乡县城郊区的泗水桥，据说是难得的水芹长得最好的地方。原来是河床，河流改道后，成了沙滩土地，附近水系发达，清流淙淙，滋润着沙壤泥土，非常有利于植物生长；水芹适逢其地，发育完善，连根须也长得好，拔起来有点像人参的根哩，所以乡人做菜，水芹的根是从不放弃的。那一年，我大约是初中二年级，学校里组织去县城烈士陵园扫墓吧，全校师生步行前往，为抄近道，就选择从泗水桥边经过。一位女老师指点给我看一片绿色的田地，说，这就是芹菜田。我一看，脚下的地是香灰一样颜色，似乎也是柔润的，而芹菜田里芊芊蔚蔚的，再看那芹菜并不高，但密实，联络成片，真可说是青翠欲滴。可惜那时没有相机，没有把它照下来。我后来再也没有到过芹菜田，人生即使足够漫长，许多事物也只在眼前出现一次，一闪即逝啊！

我后来读书，凡是遇到写芹菜的诗文句子总是格外注意些。我从杜甫的诗中读到："盘剥白鸦谷口栗，饭煮青泥坊底芹。"我猜这"芹"一定是水芹，因为前面说到"青泥"呀！我很高兴与大诗人"味有同嗜"。其实更早在《诗经》里就有这样的诗句："觱沸槛泉，言采其芹。"只不知这是旱芹还是水芹。不过先民们把它采下来，献给那些贵族王公，也是一番"美意"吧，所以后来也有"芹献"一说，以为微不足道，或是谦逊之辞吧，其实是很珍贵的，在我这乡下人看来。当年，我们家分一束芹菜给人，也只给关系比较近的亲朋好友，看重的是平日的情分哩。

其实，还有一词值得重视："芹藻。"《诗经·鲁颂·泮水》："思乐泮水，薄采其芹……思乐泮水，薄采其藻。"《诗序》："颂禧公能修泮宫也。"泮宫为教化处所，故后以芹藻比喻才学之士。故乡在明清两代很出了一些文人才士，产生了中国古代最大的一个散文流派，其影响十分深远，而县城边上又出产水芹这么一种名闻遐迩、至美可口的植物，这二者之间，有关系乎？无关系乎？说有关系当然是"神其说"的"唯心论"，毋宁说是一种巧合吧，但这巧合好啊，我希望故乡人才辈出，如那芊芊蔚蔚的芹藻！

食用芹菜，有利于高血压患者降压，据说，家乡的水芹菜在这方面功效尤为明显。

萝　卜

小时候农村食物少，不时地要与饥馑打些交道，尤其是青黄不接之际，偶尔也要挖点野菜才能对付过去。小伙伴们在一起玩，有时感觉到饥饿，自然会想起到田野上弄点可吃的东西。有一次，几个大孩子甚至提议去挖"山芋娘"吃。山芋娘就是年前播下的山芋种子。挖来一看，已胀大得像煮熟的猪头，乌黑的，切一点尝尝，有一种糟木头的味道。可见当年食物之匮乏。除此之外，地上萝卜长出来的时候，我们也会去偷点萝卜来吃。

我们那里的萝卜大多是白萝卜，有的圆圆的，像西红柿那么大那么圆，也有的长长的，呈圆锥形。俗话说：一个萝卜一个坑。未必如此，我记得我们去拔的时候，往往拔出一棵，会带出好几个来，其中一个大点，其余都较小。拔出来，擦擦泥土，或找点水清洗一下，就塞进嘴里。饿得慌，会连啖几枚。那萝卜外层是皮，咬开一点，用手就能把皮剥开。有的皮厚实，口感差，内瓤水分多得多，故生脆。我们那里萝卜分为甜与辣的两种。甜的赛梨，沁人心脾；辣的极辣，把吃的人的嘴角都辣红了也是有的，一边吃，一边直吸气。无论甜的、辣的，我们都吃得挺高兴。

据说萝卜四季都可生长，但我们那里一般是在秋冬之际才会有，大约是油菜收获后补种的。萝卜成熟的时候，村里正在收割晚稻。生产队会集中人力突击收割、脱谷，需连夜奋战，在打谷场上架上几只一两百瓦的电灯，整个打谷场亮如白昼，到处人欢马叫，机声（脱谷机）隆隆。干到深夜，队里也会安排一次集体夜饭，那夜饭的主菜就是煮萝卜，或许里面会加一点猪肉，这对于我们小孩子简直就像过节了，高兴得不得了，个个都拿脸盆去队上的“公屋”里去盛，风卷残云一般把打来的饭菜打扫进肚，然后又去和小伙伴聚在一起去品评、回味今晚的饭食。平时呢，村子里也偶尔会有人（主要是大人）为什么事凑在一起“打平伙”，就是你出一点米，我出一点菜，他出一点柴火，另外一个人负责烹煮，大家在一起快快乐乐地打个“牙祭”。其中煮萝卜（偶尔才加点肉）也常常是唯一的菜肴。

其实，在乡村，萝卜的吃法远不止此。为节省，有人也会吃萝卜煮饭，就是将萝卜和米放在一起煮，萝卜多而饭少，煮得软、烂，更不可能有肉，有好多人家都需要不时以此对付一顿。而更多的，是把萝卜腌制起来，方法与腌大白菜近似，将其作为大半年的佐餐之物。讲究一点的，还会把萝卜切成条晾晒，晒得都快卷起来了，然后储藏起来，以备需要时用油盐炒着吃，此时的萝卜已叫“萝卜角子”。腌萝卜一般算作小菜，在早上吃稀饭时食用，而萝卜角子已可以作为中午正餐的食物了。如果加一点肉片一起烧煮，当然更好，是能拿得出手以飨客人的。

萝卜汤当然不错，如果里面放上肉或肉骨头或海鲜，可惜我小时候很少见到有人家“奢侈”到这个程度的。

萝卜生吃脆生，的确有点近似水果，而且它的营养价值丰富，据说能消食化痰，止渴通气，甚至能治咳嗽。我父亲就曾经把它叫作“土人参”（萝卜须还真有点像人参的须呢）。我以为这是乡里的见识，后来读书，才知这说法并不是父亲或哪位乡亲的发明，似乎各地都有，如某地方乡谚有云“十月萝卜赛人参”等。用萝卜做成名菜的也不是没有，但大多用它来做羹汤，传说武则天的厨师就曾因做出一道鲜美可口的萝卜汤而大获“圣心”，此汤亦获赐名“假燕窝”。其实，这道汤里除了萝卜，还配有山珍海味；如果只有萝卜，味道再美也美不到哪里去；反过来，如果只有山珍海味，那也会太“腻”了，二者结合，方为至美，正如雅俗结合的艺术，也更隽永有味，广为人们接受。世上事物，道理原来都是相通的。

明代医药学家李时珍曾这样评价萝卜：“可生可熟，可菹可酱，可豉可醋，可饭”，是“蔬中之最有利益者”。萝卜确实全身是宝，连它的叶子，我们那里叫作“萝卜缨子”，不仅可以炒着吃，更可以腌着吃。腌萝卜缨子也是早餐菜，其风味不亚于腌雪里蕻、腌芥菜。如果用辣椒炒一炒，味道更妙。

萝卜品种很多，白萝卜之外，还有青萝卜、红萝卜，但早年在我家乡这两种都少见，尤其是后一种。但乡间也会吃红萝卜，一般是晒干的红萝卜丝，是从县城街上买来的，只有在做红白喜事时，人家才会将它与水芹、粉丝等配成一道“细菜”，我已在前文叙及，故不赘。

我来京城，有时在饭店里也会点一种叫“四川泡菜”的凉菜，其主料也就是白萝卜，也很好吃，能下饭，但在我家乡却没有这一味菜，这是我对于故乡的萝卜唯一感到美中不足的地方。

“咬得菜根，百事可为。”萝卜就是典型的菜根吧。虽然我并无作为，但我时刻不忘自己是吃菜根长大的。

菱 角

“菱角”简称“菱”，又写作“蔆”，后一个字带“三点水”，说明它是水中的植物。有“北人食菱”的典故，讲一个北方人向人夸耀自己是吃过菱角的，而人问他，菱角生于何处，他答曰“树上”，闹出了笑话。其实这种强将“不知”以为“知”的事所在多有，见惯了也就觉得并不多可笑。

我小时初食菱，也不知其出处，以为像花生出自土里哩，小伙伴告诉我，从池塘塥堰里摘来，遂起了也去采摘的念头，但是附近的村庄并没有，要到野地里的池塘。我们那里的菱角都是野生的。

最先吃的都是煮熟的，所以颜色乌黑。咬开硬壳，里面是淀粉似的菱肉，略有点“糯”，有点像栗子的味道，但没有那么甜（几乎不甜）。后来才吃到生菱角，颜色却是红的，所以又叫“水红菱”，它的肉像一般水果似的，生脆而略甜。

家乡的红菱多为两角，长大后读书方知还有三角、四角的菱角。据《武陵记》讲，其名称还各有不同：“四角三角曰芰，两角曰菱。”“芰”字我是识得的，屈原有诗：“制芰荷以为衣兮，集芙蓉以为裳。”（《离骚》）但后来都统称为“菱”，如《国语·楚语（上）》：“屈到嗜芰。”后人作注说：“芰，菱也。”

菱角多产自江南，我那位于长江北岸的家乡虽然有，但不是很多，那时似乎也没有人有意种植它，更没有人当作产业来经营——不知现在是否有了，所以小时吃到菱角的机会也就不多。但我经过一些池塘的时候，经人指点，曾看见有菱角生长在水面，印象里那植物有点像睡莲，只是出水要高一些，叶瓣略呈三角，绿叶之中点缀着小小的白花，走近了看，发现那枝叶之间悬浮着菱角，我们想去采摘，但是父母的叮嘱在耳畔响起：不准采菱，因为如果被枝蔓缠绕上就麻烦了，有溺水的危险。

我的父母却都下水去采，他们不是为采菱，而是在捞浮萍之类的水藻时顺便采些菱枝、菱叶，目的是用作猪饲料——我们那里把这叫作“喂渣子”——我只知这么个读音，不知确切指的是什么。采菱枝、菱叶，当然会把菱角带上来，这便成为我们很好的零食。其实菱枝、菱叶也会派上“大用场”，善于持家的母亲选择一部分好的枝叶用盐腌制起来，作为我们的下饭菜，这就是我们常说的“菱角菜”了。它的颜色也是黑的，但切碎了用青辣椒一炒，极有滋味。吃到嘴里，感觉不到植物的纤维，而像既“粉糯”又有“筋道”的粉丝（但又有植物的味道），而且很香，很能下饭；每逢有“菱角菜”上桌，我都会拨出一部分置于饭头，很快就连下三碗饭，想那真是一种很傻的饕餮相。

在我家乡，偶尔也见有菱角出售，甚至有人挑着担挨村穿户地“叫卖”；乡间唱戏、放露天电影时，更有小贩在台下人群里兜售，生熟不论，但有多少人买，实在值得怀疑。

如在江南，菱角可以说是寻常之物，古代的歌谣里就有“采菱曲”，文人歌咏采菱的诗作也很多，“采菱”与“采莲”可以说是并驾齐驱，常常联系在一起的。人们往往拿一叶小舟，撑到荷叶丛中，既摘莲蓬又采菱，收获的喜悦可以想见。《采莲童曲》：“泛舟采菱叶，过摘芙蓉花。扣楫命童侣，齐声采莲歌。”“东湖扶菰童，西湖采菱芰。不持歌作乐，为持解愁思。”还有专门的《采菱曲》：“相携及嘉月，采菱渡北渚。微风吹棹歌，日暮相容与。采采不能归，望望方延伫。倘逢遗佩人，预以心相许。”这种田园牧歌很是诱人遐想，只不知今日的江南还能见到这种欢快的劳动生活场面否。我离乡已经二十余年，菱角菜也有二十多年未能吃到了，偶到市上买几枚菱角，又硬又涩，满不是家乡的风味，看来真正的“家乡味”只能求诸梦寐了，思之不禁令人怅怅。

偶读书，见元人陶宗仪《元氏掖庭记》记云："京城北有玉泉山，帝于夏月尝避暑于北山之下曰西湖（注：即今日之昆明湖）者，其中多荷蒲菱芡，帝做采菱小船，命宫娥乘之，以采菱为戏。时香儿（注：官妓）亦在焉，帝命制采菱曲，使篙人歌之。"始知北京也有放养菱角的，只不知其味如何，当不及江南菱角的鲜嫩远矣。另外，帝子宫娥戏仿农妇村姑采菱，进而制曲，以为风雅，其实恰恰是对民间风物的一种抄袭，是走向了清新自然的反面，只是一种骄奢淫逸的表现罢了。这么一想，我不禁更怀念家乡江南江北的菱角。

生灵之魅

狐

那时候我还很小。我坐在院子里看我的小人书，院子里跑动着一群毛绒绒的鸡雏。妈妈让我看好这群鸡雏，不要让黄鼠狼给叼走了。

黄鼠狼是什么样的呢？小伙伴告诉我：黄鼠狼像猫那么大，有的比猫要瘦，要长。它的嘴是尖的，尤其是它的尾巴，蓬松的，像火把……

啊，我多么想见见黄鼠狼，我一边看书，一边在等待着，等得都有些紧张了，也不见一只黄鼠狼来，我有些懊丧，觉得这一天真是白过了。

不久，我就从连环画上得知一种疑似黄鼠狼的动物——狐狸。我不知道黄鼠狼是否就是狐狸。我问小伙伴们，他们有的说是，有的说不是。许多人就把二者混为一谈，说它不仅喜欢叼鸡吃，而且还善于迷惑人，在晚上会变成迷人的姑娘，跑到在睡梦里的男人身边，让他们迷迷糊糊地被梦魔住了，失掉了元气……所以人们把它叫作“大仙”。

我在心里更是把黄鼠狼认作狐狸，因为狐狸这个名字好听得多，甚至有那么一点“诗意”。多么迷人而又可怕的“狐狸”，我是十分渴望能遇见一只了。每当我坐在庭院里看书或者写字，更希望有一只狐狸来犯险。

“沙、沙、沙……”果然有一次我看书正看得入神，鸡雏们发出了一阵骚动，等我还没回过神来，只见一只黄颜色的大猫正在扑一只鸡雏，以迅雷不及掩耳之势啮住了鸡雏的喉咙，我顿时明白是怎么回事了，“啊，狐狸，狐狸!”便站起来追赶，那狐狸终于放下那只鸡雏，“唰”地逃到了门口，在跨出门槛的刹那，它还回头看我，果然是一张迷惑人的面庞，眼睛闪亮，尖尖的嘴角边，似乎已经染上了几滴鲜血，转眼，它便拖着蓬松的长尾消失在竹林里……

这是我与活着的狐狸抑或黄鼠狼唯一的一次遭遇。再有一次，是看见邻村的两三个喜欢打猎的青年扛着枪从麦田里走过，其中两人腰间挂着两只猎获的小动物，松松地垂着腿、垂着尾巴，尾巴上还在滴着血。我仗着与他们的一个有几分相熟，硬着头皮撵上他们，问这是什么动物，他们告诉我说：是狐狸，我的心里竟然忽忽如有所失，我在想，这两只里面是不是有我当初看到的那一只呢?

我终于没有分清什么是黄鼠狼，什么是狐狸，因为这以后，我在家乡再也没有见到过狐狸和黄鼠狼，人们也不再谈狐狸和“大仙”迷惑人的故事。这一切似乎就在我们这一代人那里止住了。我的心里更是忽忽如有所失……

猴

“这一次人们玩得真是太不像样。”当我在山间的这一座小亭子里坐着观看了一会儿猴戏之后，波兰女诗人希姆博尔斯卡的诗句忽然翻上了心头。

应当惭愧的是我自己。我为什么要来看这驯猴节目呢?难道是为了赏鉴猴子的机灵抑或愚蠢，来满足自己作为万物灵长的骄傲?

我说不清。但我就坐在几个游山的观众当中，当一个老汉手持皮鞭走到不知由谁搭建的这么一间亭台式的表演场上，几句滑稽的开场白就逗得大家哈哈大笑，我也跟着笑。但我发现老汉莞尔的笑容后面藏着狡黠与得意，在我看来这狡黠与得意是黑色的。

一声哨鸣，一阵鞭响，刚才那几只绕着栏杆蹦跳的猴子一个个都乖乖地走到舞台中间，蹲下来双臂垂地，眼睛怯怯地望着老汉与老汉手里的鞭子。随着老汉发出的指令，一只猴子便站起来，走到老汉身边，打开放在木椅上的一只箱子，拿出一只只帽子，递给了老汉，老汉又招呼猴子一只只走上前来领取帽子，戴在头上。这些猴子变成了美猴王。可是接下来，它们的脖子便套上了绳索。它们在老汉的指挥下，做出种种动作：跳舞、跑步、拉车、推磨，甚至拿起刀枪打斗。猴子在做种种动作的过程中，也有做不到位而想逃走的，可是，它们脖子上的绳索又把它们拽回来了，头顶上闪过一道道鞭影，它们只得又乖乖地做下去。

鞭子在呼啸，猴子发出吱吱的叫声，观众发出阵阵愉快的笑声和鼓掌声……一切还在继续。

我多少感到有些无聊。我不知道我是应该逃走还是留在这里继续看下去。突然，我听到了一声猛烈的呼喝，原来是那个驯猴老汉在叫猴子做空翻表演，只有一只猴子做出了这个动作，其余的都做不出来，鞭子来回地抽击，而戏剧性的一幕却出现了。那几只猴子想一起逃走，而老汉紧紧地拽着绳索，猴子们蹦跳着要挣脱，一直绕着老汉转圈，终于把老汉围在正中，而系在猴子脖子上的绳索却都缠绕在老汉身上，老汉挣脱不开，团团地在台上转圈！

“哈，哈，哈……”所有的观众都发出了笑声，这一阵笑声听来更爽朗些。

一切都结束了。老汉也说了一句自我解嘲的笑话，便拉着猴子向观众们致敬。还有人大胆地上前与猴子握手、照相。

一场表演，一场这么多人包括我都参与的猴戏。我只觉得真是滑稽，只不过滑稽的不是猴子，而是我，还有那些观众，那个老汉……

鳩

再一次回到我读大学的这座城市，我的心里自然有一种抑制不住的激动。我的眼前，浮现的是当年青春浪漫时光的一幕幕情景。

可是，十八年的岁月逝去了，“逝者如斯”，我几乎找不回记忆中的十八年前的城市，我仿佛来到了另一个地方。当年那些逼仄老旧的街道都不见了，矗立在面前的是一座座崭新的楼宇。楼宇披挂着璀璨的霓虹灯饰。城市中心的镜湖也焕然一新，绕湖而建的楼台、花园都很整洁、漂亮，让人精神一爽。过去那些杂乱的建筑与灯光却拆去了，湖边显得更加安静了，湖水在远处灯光的映射下似乎也格外黯碧、潋滟……

我请了一辆人力车载着我环湖而行，我想重拾我的记忆。可是，迎面而来的仍然是现代的都市风。到了母校大门的一侧，我看到过去这里低矮的民居早已不见了，展现的是一方带花圃的都市广场。广场正中还竖起了一尊雕塑，高耸的立柱中间，有一只翅羽开张，旋动似一朵葵花的鸟儿，正跃跃欲飞。

蹬车的人力车夫告诉我：这就是鳩鸟的雕像，这座城市旧称不正是“鳩兹”么？

“鳩是一种什么鸟呢？”我似有意似无意地问。

“布谷鸟！”

啊！布谷鸟！我的心猛地一动！鳩竟然是布谷鸟，我简直有点不敢相信自己的耳朵，也觉得不可思议！在这座城市学习、生活了四年，我竟然不知道鳩是布谷鸟，我感到有些惭愧了，而我还自诩与这只鸟多少有一种精神上的缘分！

从很小的时候起，我就熟听布谷鸟的叫声。每当春深四五月，田间稻禾发青了，布谷鸟就从远方飞来，从夜空中洒下一阵阵欢快的啼鸣："发棵发棵、割麦插禾!"在催农人去忙农事。正是在那个春夜，又是一声布谷鸟的啼鸣清脆地破空而来，触动我的诗心，使我急切地推开眼前的饭碗，抓起笔，写下了第一首诗歌：《布谷鸟叫了》，从此，我一路吟咏着诗歌走到了今天。我总在对自己说，你就做一只布谷，将自己深情的歌唱献给大地、田野、村庄。我还想把自己第一本诗集就命名为"大地的布谷"……

这一切我都清楚地记得。可是，我竟然不知道我后来上了四年大学的地方——古名"鸠兹"的城市，它的名字的来历、它的象征和吉祥物也正是一只布谷鸟!

也难怪，"鸠"字从字形上看，多么像传说中的九头鸟，或者因为还有一种叫"斑鸠"的鸟，名字里有一"鸠"字，也使人想到鸠是斑鸠中的一种，总之，人们很难想到"鸠"是布谷鸟。是的，《禽经》上曾说："鸠拙而安。"（张华注："鸠，鸤鸠也。"）《辞海》对"鸤鸠"的解释就是两个字：布谷。看来这不是假的了。

得知"鸠"就是"布谷鸟"之后，我的心里涌出多少喜悦！我仿佛觉得冥冥之中真的有一种神秘的力量，把人生的道路指示到一个人的眼前。我从小渴望能像布谷鸟那样向着大地深情吟唱一辈子，我人生最重要的一段经历，是在以布谷鸟命名的地方度过的！这不是一种昭示是什么！我的身上再一次灌注了一种力量，仿佛对自己的人生有了更大的确信!

我再一次回望那只布谷鸟的雕像，它的翅膀是张开的，大如车轮，似在旋转，又像孔雀开屏，我想这多少有些夸张，但它那振翅翱翔、开喙欲鸣的神气跃现出来了。我感激这个雕像的雕塑者，我觉得，雕像虽是静止的，但整个城市都回旋着这只布谷鸟翅羽的律动，整个大地都洒满它的鸣声……

小动物记

每只小动物都扮演自己的角色。

——【法】克洛岱尔

蝙　蝠

我有多少年没有见过活的蝙蝠了？三十多年了吧。也就是说我只是在小时候才见过。

那是在乡间，每当天色黑定，我几乎什么都看不见，周围一切都变得混沌一团的时候，忽然听见呼啦啦一阵风声掠过头顶，扭颈一望，只见几星黑点闪电一般从屋檐下疾飞向天空。“那是什么？”大人们回答：“盐老鼠。”哦，还有这么一种动物！我有些诧异。“为什么叫盐老鼠？”“因为它们喜欢偷盐吃。”我实在想象不出还有偷盐吃的小动物，也不知道它怎么个偷法，是闪着它的长翅膀扑到人家的盐钵子上一阵猛吸或是舔舐？另外，它何以需要吃盐呢？似乎没有什么动物要特别去吃盐吧。

后来我知道它就是蝙蝠。又听大人们说，蝙蝠是瞎子，看不见东西的，这更加让我惊讶。不过我看它那飞的姿势还真像是没长眼睛似的，横冲直撞。有一次，也是黄昏，我站在门前屋场上，一只蝙蝠竟然直冲到肩上，几乎擦到了我的脸；我伸手就捉住了它，它既不咬我也不挣扎，似乎就那么安心、平静地躺在我的手掌；我发现它的确长得有点像老鼠，皮肉尤其像，体毛较少，似乎就是薄薄的一层肉，翼展很大，翼上筋骨根根可见，就像一只大蝴蝶……我多少有些紧张，就一扬手让它飞回了天空。

再后来，我读到了关于蝙蝠的一点资料，得知它并不是瞎子，而且是唯一能飞的哺乳动物；它有一项神奇的功能，会发出人类听不见的声波，以此探路和捕食，此即“声纳”或叫“回声定位”功能，就像“活雷达”。这真是让我佩服得很。不过这一点很长时间不为人所知，我们中国人估计知道得更晚。但是，国人似乎也从来不讨厌这种动物，原因何在，鲁迅先生在《谈蝙蝠》一文中说得很明白：“蝙蝠虽然也是夜飞的动物，但在中国的名誉却还算好的。这也并非因为他（它）吞食蚊，于人们有益，大半倒在他的名目，和‘福’字同音。”这倒确实。我们一贯只关心与己非常切近的利益，所以民间绘画中有画五只蝙蝠而名之《五福临门》的，丝绸锦缎上也常以蝙蝠图形为花纹。

我有很长时间没有见过蝙蝠，我一直疑惑不解，小时候，何以就有一只蝙蝠飞到过我的手上，是大自然要给我什么启迪吗？然而我这么多年来，科学知识并没有增长，比如这蝙蝠是否真的喜欢吃盐也不能确定（倒是在《酉阳杂俎》里看到一条：“鼠食盐则身轻。”——这同样不知道有无根据）。不免连对这小小的蝙蝠我也要感到惭愧了。

燕子

还有一样善飞的小动物曾有一次飞到过我手掌上，那就是燕子。

燕子是与人最为亲近、最漂亮的飞禽。它那一身光滑的毛羽，它那长而尖的翅膀，叉形分开的尾巴，它那浑然与身躯相连的头颅和尖小的喙，十分可爱。所以西方把大礼服做成燕尾形，称为“燕尾服”；中国的相面术中把最好的面相叫“虎头燕颔”，虽然我一直弄不明白“燕颔”到底是什么形状。

燕子有多种。郑振铎曾有文讲到“海燕”：“一身乌黑发亮的羽毛，一对劲俊轻快的翅膀，加上一双剪刀似的尾巴，凑成了那样可爱的活泼的一只小燕子。”又说：春二三月间，“小燕子带了它的双剪似的尾，在微风细雨中，或在阳光满地时，斜飞于旷亮无比的天空之上，唧的一声，已由这里稻田上，飞到了那边的高柳之下了。再几只却隽逸的在粼粼如縠纹的湖面横掠着，小燕子的剪尾或翼尖，偶沾了水面一下，那小圆晕便一圈一圈的荡漾了开去。”

中国人似乎从远古以来就对燕子颇有好感，古人曾把燕子叫作玄鸟，玄是黑色，但这个字眼多少使燕子带上了一丝仙气。甚至有传说，有娀氏之女简狄因吞燕卵而怀孕生契，契建国于商，是为商朝始祖。据说，古代齐鲁地区人们按燕的鸣声把它叫作“乙”，这使我想起我素来困惑不解的问题：《水浒传》里的“浪子燕青”又何以叫作“小乙”，恐怕不是或不仅是如有人所解释的“排行第一的年轻男子”，我认为还是跟他姓“燕”有关吧。

燕子喜欢一家子筑巢于人家屋檐下或屋梁上。燕子那一家欢欢喜喜、亲亲热热的样子，着实让人羡慕。所以，中国人结婚成家，有“燕尔新婚”之说，另外有“燕（宴）安”等词，大概都来源于燕子给予人的美好印象。

我生在乡间，当然从小惯见燕子。我十分羡慕燕子飞去筑巢的人家，一双呢喃梁上燕，带来无限祥和与生机。我们这些野孩子，什么鸟儿都敢捉，什么动物几乎都敢吃，独独对于燕子，连一丝伤害它的念头都不敢有；要是捅燕子窝，也会受到大人的严厉斥责的。但是，有一次，有一只燕子飞到了我的手上，我捉住了它。那是一年的仲春时节，天刚落过一场薄薄的春雪或一场细雨，我已记不清楚，只记得地上一片泥泞，我们几个小孩子正在门前屋檐下嬉戏，偶或也冲到屋场上追逐、舞蹈，所谓舞蹈也就是旋转，并且又喊又叫，其乐无比。而几只春燕也似乎受到我们的感染，从屋檐下飞出来，在空中做飞行比赛似的一上一下，一飘一荡一折，倏忽如流星；有时，它们几乎贴着了泥泞的地面，甚至飞到我们身边，要加入我们那欢快的嬉闹似的。说时迟那时快，突然，有一只燕子向我冲过来，而那姿势却很平稳，我忽动念，试着去捉它，一伸手，还真的握着了它，那燕子就像钻进了小巢穴似的，从我的手掌心探出小头，闪动一双眼睛，似乎没有多少力气挣扎，却也并不惊恐。我只觉得它身子极轻，毛羽软滑，也无意于把它捉走，就松开手掌，轻轻一举，它便又振翅飞向天空。此后多少次，我想如法炮制再捉一只燕子，却再也没有成功。后来我得知，因为雨后空气湿润，而小虫子飞得低，燕子此时捉虫子吃，才飞得那么低，所以我才碰巧捉住了它。这唯一的一次，让我感到十分幸运。但是，我在读大学时，读到我的一位同学发表的一篇散文，他在文中说，燕子是不能抚摸的，一旦抚摸了燕子，燕子就对人有了依恋，就没有力气用它那一对羽翅飞越烟波浩渺的海洋……我自是有了一丝惶恐，我不知我当初有意无意捉了一下的那只乳燕是否因我而受到了损害，当愿不会如此。

燕子对人亲近，其实也知道对人保持一定警觉和距离。燕子总能安然无恙，一方面是因为它漂亮，讨人喜欢，另一方面也跟它的警觉有关吧。其实还有一条：那就是它身量小，没有多少肉，不能让人“一膏馋吻”……这正如女诗人希姆博尔斯卡所写的“眼镜猴”：“因为拿我（指“眼镜猴”）做不出任何的佳肴，用作衣领又有更大动物的皮毛……”才最终得以全身。唉，人啊人！

刺　猬

我有时真是非常叹服大自然的造化之功，真可谓无奇不有。比如什么自卫的利器也没有的小动物刺猬，谁能想到它就凭一身毛刺抵御天敌呢。而且当它发现周围存在植物时，会将这种植物咀嚼，然后涂到自己的刺上，使自己保持与周围环境一致的气味，防止被天敌发觉。《酉阳杂俎》上还记载："猬见虎则跳入虎耳。"可见其聪敏。

我与刺猬是有"一面之缘"的，也仅仅是一面。那也是在乡间的时候，我们村里人在冬季农闲时节都要上山去打柴火，山是四五十里之外的大山，我没有去过，不知是什么模样，遂素来有几分神往。打柴的人偶尔带回几串红果子、鲜花，有人还带回过夜里发光的木头，都增加了我心中的神秘感。有一天，我忽然听到喧传，说村头的发堂伯逮回了一只刺猬，便与人们一起跑去看这仅听说过名字而未见模样的小动物。到了他家一看，几个人正围着一只笼子在看在议论。我挤过去，终于看清那是一个像只圆球似的动物，本身倒不大，只是身上都竖着很长的刺，钢针似的，卧在那里一动不动，即使用手去碰，用脚去蹴它也不动。发堂伯在说他怎么发现它，逮住它；大家伙说：狗咬刺猬无处下牙，还真不假，这一身炸毛刺……无论如何，这只刺猬就是不动，人们只得悻悻离去。我大约也只用手指轻轻地碰了碰它的刺，同样走开了。最后也不知发堂伯是如何打发这只刺猬的。

刺猬也叫"刺球"。体背和体侧满布棘刺，头、尾和腹部被毛。它那满布棘刺的一面简直像个大氅，可以翻过来，包裹住全身，所以那次我只见一只近乎浑圆的刺球，不见它的头面与四足。其实，从照片上看，它的头部倒有点像老鼠，嘴尖而长，耳小，四肢短，尾短。刺猬性格孤僻，住在灌木丛中或扒洞为窝，白天隐匿，黄昏后出来觅食，喜食蚂蚁、白蚁以及蜗牛、鸟蛋、草根、坚果甚至小蛇。睡觉的时候，还爱打呼噜。据说，天寒的时候，刺猬们也想抱团取暖，但一靠近，便被彼此身上的刺所伤，结果学会了相互之间保持一适当的距离。看来是生存法则让它变得聪明的。还据说，人也从中受到启发，人际关系正需要遵守“刺猬法则”——不即不离。

古来写刺猬的诗文倒是不多。我只见过常拿刺猬的毛作比喻的，什么“猬起”呀、“猬缩”呀之类的。《晋书·桓温传》通过刘惔之口形容桓温的相貌：“眼如紫石棱，须作猬毛磔”，给人留下深刻印象，记得曾被李白或陆游写入诗中。散文家郭风曾写有短文《刺猬》，倒是弥补了我对刺猬生活习性不了解的一部分：

起先，是一只在田地闲逛的小狗发现了这只刺猬。小狗大声吠叫，追逐刺猬。刺猬好像一只小猪，翘起尖尖的嘴，喷着鼻息，竖起背上的刺毛，对着小狗冲撞过来，要跑回谷地上面的深林里去；小狗左右蹦跳，拦住了刺猬的回路。

田野的农民都围拢过来，高声叫喊，大家都想抓住它……可是，这只刺猬是多么伶俐啊——它对于这里的地形，好像是很熟悉的；它拼命地跑着，最后一下子跳进谷地前面的一道山溪里，松开刺毛，好像一只灰色的大老鼠，向对岸游过去了。

多可爱的小动物，确实应该让它回归山林。

松　鼠

写到松鼠的诗文似乎也不是很多。是不是因为发生在人与松鼠间的故事比较少？

我倒是从爱尔兰著名诗人叶芝的诗集里读到一首《致凯尔纳诺一松鼠》：

来，跟我玩耍，
为什么你要穿越
摇晃的树木，
似乎我带着枪
要把你打死？
而我想做的事，
只是搔搔你脑袋，
然后让你走开。（袁可嘉译）

有那么一点意思，从中可以看到诗人对小动物的亲切，对大自然的尊重。这是我们人类应取的态度。

我也有幸两次在自然状态下（即野外）碰见过松鼠。一次是在家乡，少年时代，我因常爱去离家五六里的小镇上买书，为了抄近道，有时也为了避开小镇底下一个村庄里几个不良少年的骚扰（这件事我已写入《小镇的诱惑》一文），我就从小镇后面的一道山岗上穿过。那山岗上有一大片树林，应该是松树。而有一次，正好是上午，阳光明媚，我穿过阒寂无人的树林时，突然听见前面树叶间有微微的骚动，似有动物在那里活动。我凝神一看，有两只尾巴蓬松的小猫似的动物在阳光闪耀的树丫间跳窜。它们不但不怕我，还扭转过身子用黑亮亮的大眼睛看我。我知道这就是人们说的松鼠。我正想打个招呼，没想到它们一跃，又跳到了另一棵枝丫，尾巴一扫，又回转身看我，似乎在逗引我前进哩！这小家伙！我心里嘀咕一声，或许说了声“嗨”，它们再向前跳跃，一闪就不见了。不过，这两只松鼠还真是给我带来了喜悦，我那一整天心情都特好。

后来，我多次穿越那片树林，却再也没有见到过这两只或其他松鼠，不知它们消失到松林的哪一处。经过这么多年，家乡的这座小镇早已扩大了几倍，楼房林立，也不知那片树林是否无恙，是否还有松鼠之类的小动物在绿叶丛中跳跃？

另外一次见到小松鼠是在内蒙古。那年我与朋友去阿斯哈图石林去游玩，到了那里，只见好大一片山野，凸起了座座巨大的石壁。我们走过去的时候，也常常遇到一些稀稀的树林。走在落叶小径上，我突然看到前头的树上一阵摇晃，一只长尾巴松鼠见有人来，迅速地缘树而下，跳到地面，倏忽就消失了，甚至没有让我看看它那可爱的小脸。我只记得它通身是灰色的，而我家乡的松鼠却是褐色，阳光照上去，近乎一束火焰。

往后，我见到松鼠是陪孩子在“花鸟鱼虫”市场闲逛，看见许多四四方方的铁丝筐里都装有松鼠。它们见到人凑近，都拖着长尾巴欢快地（或急切）转动、跳跃，甚至发出轻轻的叫声。大概它们是想从笼子里出来，回到山野——或许它们从未到过那里；它们大小不一，花纹也各异，有我从未见过的条状花纹的。它们只能等着人们把它们买回去当宠物。

蚯　蚓

我小时几乎不把蚯蚓当作动物，你看它长长的一条，也仅像一截空管，里面装的不过是泥土，甚至看不出头脸，然而我也知道它确实是有生命的，它会动，会爬行。后来我才懂得，这种环节动物消化管纵行于体腔中央，分为口、口腔、咽喉、食管、砂囊、胃、肠、肛门等部分，它的心脏也随身体前部的若干节分成若干个，呈环状；它雌雄同体……不由再次感叹造化之功真是“无微不至”。

我曾在一篇文章里提到母亲讲过的一个故事：一个和尚修行多年，期望成圣成仙；不期一日在院子里翻地，铲子将一条蚯蚓一劈两截——那和尚曾有誓言，杀生偿命，至此，他拿起断了的蚯蚓不由感叹：难道真要我为你而死吗？难道真的要废掉我五十余年的修行？正恋恋不舍之际，路旁一猎人经过，他听到和尚之言，便答言道：我杀生无数，罪孽深重，要偿命还是我来偿！便跳了悬崖，结果是得道成仙。这也说明，蚯蚓的生命在世人看来也是至微的，简直可以不把它当作生命，所以才有这个故事。这倒也可以理解，蚯蚓终日钻在泥土里，谁把它当回事呢？不过，这个和尚也尚有可原的地方，有时候蚯蚓如果不是被伤得很厉害，即使被斩为两段，它仍然可活。据说，此时它断面上的肌肉组织迅速闭合，再生出新的细胞，无头的可生出新头，无尾的可生出新尾，一条蚯蚓就变成两条蚯蚓。所以，这个故事里那个和尚也称得无辜，那个猎人倒是捡得个大“便宜”。

农村的孩子几乎没有不从小就与蚯蚓打交道的。其中的一项，就是掘蚯蚓钓鱼。大约蚯蚓有腥气，穿一截在钓钩上正好可以吸引鱼儿过来。我家的旧庭院一角正好堆着乱石泥土，我要找蚯蚓，只需翻开一块石头，就可以看见一条条鲜红的蚯蚓盘绕在土石中间，看不出头尾，只有身子蠕动，随便捏几条放进瓶子，带到水塘边就行了。说真的，看到蚯蚓盘绕蠕动的样子，我多少觉得有些恶心。

但是，我后来知道，蚯蚓是可贵的翻耕土地的能手；它能很好地消化有机废物和生活垃圾，将之转为肥料；它的身体含有大量的蛋白质和脂肪，是营养价值很高的饲料和食品；它有通经活络、活血化瘀、防治心脑血管疾病等药用价值，在中药里叫“地龙”……我们真应该向这终日生活于地下，食仅泥土而默默耕耘勤于改良土壤的生物致敬。

我在乡间，每逢雨季，总看到许多蚯蚓爬到路上，因为它有“雨前先出，天晴夜鸣”的习性。公路上车来人往，雨后常看到蚯蚓尸横遍地，真是可惜。至于它的夜鸣我也是常听到的，似乎是一种很短的“唧唧”声从地底发出。我明白这是它以此卑微的声音为卑微的生命发出了呐喊。

泥鳅记

“莼鲈之思”的典故人人皆知：“翰因见秋风起，乃思吴中菰菜、莼羹、鲈鱼脍，曰：‘人生贵得适志，何能羁宦数千里，以要名爵乎？’遂命驾而归。”（《晋书·张翰传》）

我也有思乡之情，但所思不在莼、鲈，因为敝乡没有这两种“名贵”的食物（名贵的食物也是有的，如中华鲟，可惜我没有吃过）。我想念的只是故乡的一些上不了台面的小食品，如泥鳅、菱角之类的，另外还有据说是故乡的特产水芹菜（这是上得了台面的）。

泥鳅是人人熟悉的鱼类。它“体延长，侧扁。口小，下位，具须三至六对。鳞细小或退化。”（《辞海》）《本草纲目》上也说它：“生于湖池，体最小，三四寸。形圆身短，无鳞，色青黑，浑身沾黏液，故滑腻难握。”这都是比较准确的，但不仅生于湖池，在乡间只要有水、有泥沙的地方都可能有泥鳅。小时候，每当村子里的池塘干涸，我们下去捕鱼，捞到最后，只剩下泥浆，我们也不会走，因为泥巴里可能有泥鳅，越是淤泥厚的地方，泥鳅越肥。捉泥鳅时不需直接用手去抓它，捧起一坨泥，将它对准鱼篓口，泥鳅就乖乖地钻出来，溜进篓中。肥胖的泥鳅比成人的拇指还粗，七八尾就可以做一盘好菜，加上葱叶红烧，可谓“美味”。小河里泥鳅也多，它们有时还逆流而上，这时它那几根细须在水里微微摆动，姿态很美。我曾与小伙伴跑到离村几里远的河湾里玩，不经意地搬动河流里的一块石头，没想到却看到一窝泥鳅，虽然不大，也足以惊喜得让我们欢呼。

泥鳅多少带点凉性，所以“火气大”的人食之有益。据《本草纲目》言，将泥鳅同米粉煮食，可“调补中焦脾胃治疗痔疮”。甚至能“醒酒，解消渴症”。红烧泥鳅，肉十分细腻，一般都是入口即化，而且没有鳝鱼那么肥腻，但从味觉上我觉得也不宜多吃，因为吃多了，就会觉得它还多少带有点“土腥”气。

“泥鳅钻豆腐”是乡间的一道“名菜”，各地都有，但我似乎没有吃过。年前我编辑一位作者的小说集，其中一篇写“泥鳅钻豆腐”的做法还很有趣：关中某地公社领导下乡要吃“泥鳅钻豆腐”，可是做出来的都是泥鳅是泥鳅，豆腐是豆腐，不见有泥鳅钻进豆腐里，何故？后换一乡间能人来做方解决了这一问题。谜底是：不能将泥鳅与豆腐同时下锅煮，得先煮一会儿泥鳅，再放豆腐，泥鳅不堪其热就会去钻清凉的豆腐。这个能人从小接触泥鳅，对其习性了如指掌，这也可说是实践出真知。

泥鳅整天钻在泥层里，它的肚里、腮里一定藏有淤泥，所以在食用之前要把它放在清水里养一两天，让它把泥吐尽；有时人们要“速成”，还撒一把盐在水里，我曾见盐一入水，泥鳅顿时纷乱如沸腾，可见这是一个痛苦的过程，然而无奈：人要吃它。

泥鳅也可以风干了再吃。我家乡比较有名的食品就有一种“青草干鳅”。“青草”是个地名，地处桐城西隅，境内有大沙河穿过（我到过一次，记得那河很宽，而沙子真的巨多巨厚），河两岸皆为沙质土壤且沟渠甚多，盛产泥鳅且少土腥气，所以风干焙制的泥鳅味醇而鲜美。据说焙制的工序是先用水漂洗，再放到铁丝筛上用炭火炙烤，炙后，还要用缝纫针等剔其肚杂，并按大小分类，稍稍晾干，再用温火烘焙至通体干燥。其间尤其要注意把握火候，火大则焦，有了烟味则为废品矣。可见一味“小吃”，要做得好也颇不易。“青草干鳅”经过开发现在已成“袋装食品”远销外地。有一年，我家乡的一位青年学子从外地来清华读“博士后”，到京后先来访我，赠我一包“青草干鳅”，让我在数千里外多次品尝到家乡的这一美味，快慰无比，从此也加重了我对这一“土产”的惦念，呵呵！

我之不忘泥鳅的滋味，还有一层缘故：小时候，农村肉食稀少，母亲每得一点都十分珍视，仔细安排为我下饭，其中就有泥鳅——她在水稻田里劳作，掘土铲泥，偶尔获得几尾泥鳅，便把它带回家，洗净，放入碗中，撒上盐，腌制好了。待我实在觉得口中寡淡时，她会拿出来，或就连碗放在饭头上蒸一蒸，或加点葱蒜略炒一炒，我觉得这泥鳅厚实而又酥爽得不得了。有的泥鳅肚子里还满是子，更肥，我从未吃过这么好味道的泥鳅乃至肉食哩。就是现在，我还是这么认为。

金鱼记

我记不清是什么时候第一次看见金鱼的了。童年、少年在家乡肯定没见过，在江城读大学好像也没有，那时候还没流行养这种观赏性的动物，哪怕只是一尾小小的金鱼。那么肯定是在来北京之后了。记得有一次朋友搬家，把他养的一缸金鱼——也不过才三四尾，寄养在我的住处，由于我素无养金鱼的经验，心下竟有些忐忑，生怕把它们养死了。

有了孩子后倒开始频频地接触金鱼。为了满足或者说激发孩子对生物、对自然的兴趣，凡是遇到有养金鱼的地方，我都会抱着她去观看。住家附近的一家银行就有一巨大的圆柱形金鱼缸，养的金鱼也硕大，它们在水上水下不停游弋，恍如几片从天上飘落的云霞，自是将女儿深深吸引，小眼睛一直盯着那几尾金鱼滴溜溜地旋转，有时要把她抱开都不容易，嘴里还一直嚷嚷着：我也要金鱼！

为满足她的心愿，我们家也养过金鱼。女儿每天围绕在小鱼缸旁欢呼雀跃，又是喂食，又是不停换水，还用网兜捞它，可想而知，那样娇贵的生物哪里经得起如此折腾。“杀君马者道旁儿。”让金鱼的生命短到超不过两个季节的，往往也是衷心喜爱它的孩童。后来，女儿随她母亲去了外地，也养过金鱼，红、黑各两尾，在鱼缸里来回戏忽，仿佛两条小小绸缎相对招展和旋舞，也煞是可爱。再后来，她们又去了另外一个城市，搬家时是如何处理这些金鱼的，我倒也没问。因为我知道，结局要么跟以前一样，死了，要么就送了人。

去年夏天，我带女儿回来度假，闲来无事，带她去逛花鸟鱼虫市场，在那里，她真是意兴大发，对每样小动物都发出了惊奇的欢呼，蹲在它们面前不肯离开。我一次次强力把她拉走，告诉她，我们不是养小动物的行家，以前的教训还少吗（我们还养过小兔，也不成功），何必因爱它们而害了它们？这些大道理她哪里能听得懂，又哪里能听得进去，她最后在金鱼池边怎么也不走了，我实在没有办法，就买了红金鱼一尾，又买了一个玻璃缸把它带回来了。

有了金鱼，孩子在家也安静多了，虽然她见惯金鱼，仍很有兴趣地盯着它看，一再嚷嚷着要给它喂食。我反复说不能多喂，她才罢休。看着看着，女儿忽然问我，这金鱼的老家在哪里？我的生物学知识少得可怜，我只能根据我的想象告诉她：可能是在热带海里。因为在我印象中，只有热带海洋才会生长出这样五颜六色的鱼儿。不过，我还是告诉她：这一尾，可能就是在北京繁殖的。说出了这两个地理名词。我的心里却无端地为金鱼生出了乡愁，热带海那是一片多么绚丽的充满阳光、海浪的地方，北京却多么干燥，它只有一个“人海”，这两者是不能同日而语的。

女儿返回妈妈身边，我们分别时，她一再叮嘱我，要把她的金鱼养好，我只得一口答应。我回来后，确实还是比较专心地饲养这个小动物。我私下揣度，养好金鱼首先得给它勤换水，因为换水一可以补充氧气，二可能给它带来一些微生物，而这两者都是它不可少的。当然，还要适当喂食。记得刚买来时，我问过售家那种专门的鱼食要喂几粒，他答一粒足矣，我不相信，甚至认为他是别有用心——是想让养鱼的把鱼饿死，然后再去买他的，所以，我每次都多放了好几粒在水里，看它安然无恙也就放下心来。

于是，在我的寓所里，有了一尾金鱼来陪伴我。每当案头工作做累了，我都放下书本，抬眼看看在鱼缸里游动的金鱼，也算休息了一下。当然，我也没忘记每天为它换一次水。一开始，换水时，我都把它放入盛有清水的脸盆，换完水再把它放回鱼缸里；后来图省事，我把鱼缸里的“脏水”倒去一半，然后把金鱼控制在手心窝里，简单刷刷鱼缸，再放入清水，手一松，它就在澄澈的水里游动开来。最初把它扣进手心时，它还不停地跌打，不久，它就比较驯服了，我感觉到它似乎也懂得了我是在为它清理和净化环境，我在心里颇感欣慰。

每天给它喂食，它都特别欢快，甚至将张开的小嘴伸出水面来接食物，让我惊讶这样的小动物竟也有灵性。

天天相伴，换水，喂食成了我的日课。一个人独居，多少是感觉有些岑寂的，有这么一条活泼的生命在室内，家里似乎也有了一点点生气。我对这尾金鱼不仅生出了亲切感，甚至生出了一种感激之情。

但不久，我又要去看孩子和她的母亲。临行前一两个星期我就在心里踌躇：我把这尾金鱼怎么办呢？虽然离开的时间只有四五天，但我放到谁那里寄养呢？我问过一两个人，他们都答应了，但随即又说，如果忘了换水、喂食也请谅解。搞得我疑虑重重。又不敢把它就放在家里，一任其挨饿，直到临行前才捧到小区门口的一家杂货店里，请我认识的女店主代养几天，并说如果他们喜欢就留给他们了。但我实在又觉得难以割舍，便忍不住附加了一句：我也可能还要拿回来的。这一句话却是说坏了，女店主那原本很高兴的侄子把拿到手的鱼缸放下，掉头就走了。我只好叮嘱女店主几声也就离去。

几天后我回来，一直未去领回金鱼，因为我当初的确有送给人家的意思，只要她养得好，我就高兴。直到又过了一星期，我突然想起不知我寄养的金鱼怎样了，便抑制不住要去探望。到了以后，我问金鱼呢？人家努努嘴向我示意。我一看，鱼缸还放在户外当初我捧来就搁放在那儿的一条案板下面，我的心顿时就起了个疙瘩，及至近前一看，不禁大吃一惊，这哪里还是金鱼缸啊，简直是一钵泥浆，轻轻一摇，黄黑色的泥浆水动荡旋转，还可以看到漫舞的粒粒细沙，那尾金鱼红色的背脊在泥浆中若隐若现，看得出，它很快就将窒息，然而它仍一动不动悬在半空，似在等待，似在竭力保持生命的最后一点能量。我不由悲从中来，甚至暗暗地愤怒起来：怎么能这么对待我的金鱼啊？它是一尾娇嫩的小鱼，不是一头野驴啊！但是我能发怒么，我能怪人家么，怪只能怪自己，为什么我没有从外地一回家就来领走它呢？我真是好后悔啊，满心愧疚，忙不迭地把它捧回家，给它清理了一遍。我担心它再也不会恢复生命力了，没想到不久它又欢快地在水中游动起来。这一点让我对它很是敬佩。

从此，我们又朝夕相伴。我在桌前看书写字，它在玻璃缸里默默地游觅，以它的一抹亮色，抹去我眼前的一切灰黯。我当然更殷勤而准时地给它换水，喂食。我发现它好像更灵通了，本来只顾游弋，但一旦发现我在看它，立马朝我游来，目光似乎看着我，身子不停摆动，仿佛要冲破玻璃，游到我跟前来。我轻轻做出一点响动，它以泼剌的击水声相应，更不用说，我给它一换完水，它就忙不迭地昂头张口向上跳跃。

转眼又是半年多过去了，一切相安无事。有了金鱼，我仿佛真有了个伙伴，寂寞感减少了；我有时看着它，甚至想跟它打个招呼：嗨！伙计，感谢你相伴！

我以为一直都会这样，小金鱼与我相伴下去，我照旧按时给它换水，喂食，不曾中断一天。有时我甚至为它多留一点水，让水超过玻璃缸上部的折口线一点点，我私下忖度，多留那么一点水，是否让它感受到浮力更大一点？没想到正因为此，意外发生了！有一天早上，我上班前照例来到书桌前拿东西，不自觉地把目光投向金鱼缸，大大感到诧异的是，金鱼缸里竟没有任何响动了，仔细一看，缸里什么也没有了，再四下一瞄，竟然发现金鱼已趴在书桌上一张摊开的纸页当中，身子已然僵硬，而不远处还留有鱼鳞痕迹，想来它是经过了一番挣扎——它不是躺着死的，而是弓起了身子，抬着头死去的……

我的心像是被什么重重撞击了一下！啊！怎么会这样？它是什么时候从鱼缸里跃出来的？夜里几点，那时我在客厅里看书吗？怎么没有听到一点响动？抑或它是在我入睡以后才跃出的？它为什么跃出来呢？它是要寻找更大的空间、寻找它的同类，也就是说要寻找它所需要的自由？因为昨晚水平面比往日高了那么一点点，使它对自由之可得产生了幻觉？抑或它是预感到了什么，受到了惊吓，所以才不顾一切地逃窜？……

不得而知，一切都无从问起了。我只知道，陪我一年有余的伙伴魂销香殒，一瞑而逝了……说真话，我很心痛，也深责自己：我或许不该多给它加那一点点水，让它产生飞跃的欲望——它是有了寻觅自由、寻觅同类的强烈欲望，才产生了一股非同寻常的力量，从而让它向着鱼缸外的天地拼命一跃，直至悲壮地牺牲……它以它的壮烈的死证明，即使是一个卑微的生命，也懂得自由的可贵！它以它的壮烈的死证明，它有一个崇尚自由的灵魂！

它理应得到我崇高的礼敬！在未来的岁月，我都不会忘记这个勇于追求自由的灵魂！

灭蟑记

在北京居家，总觉得什么都好，就是蟑螂令人烦厌。在屋子的某个犄角旮旯，在一堆衣物、书报丛中，说不定就有一头体型修长，带着长翼，迈着长脚的黄褐色家伙，栩栩然钻出，在那里逡巡漫步或匆匆而过；你不理它，它会绅士般悠然自得；你要扑打它，它轻轻一跃，就钻入不知哪个缝隙，消失得无影无踪。它的外形有点像蛾子，只是不能飞。也有点像蜜蜂，只是比蜜蜂要瘦要轻——更重要的是，蜜蜂酿蜜，而蟑螂随地遗粪，把器物玷污得污七八糟，斑斑点点，尤其是喜欢拉在图书上，那痕迹还怎么都难去掉。它的排泄物里很可能带有病菌，致人以疾甚至致人以死都是有可能的，你说这有多可怕又多可恨。

我早年读书，入住学校集体宿舍不久，就发现了这个可恶的家伙。掀开一只装鞋子或零碎什物的纸盒，看见几只虫子掉头四散，那架势似乎还有条不紊，从容不迫，简直是理直气壮——它们占领你的纸盒是理所应当，是你打搅了它。在此之前，我只听说过“蟑螂”，其实并没有见过，这时我就忖度，这虫子应该就是人们常说的蟑螂。因为它有点像我们家乡常见的“灶蚂子”——我原以为“灶蚂子”是蟑螂——夜深人静时，你推开门走进厨房，就会看见几只既像大苍蝇，又像“土鳖”的虫子在灶台上爬，也是一惊四散。但“灶蚂子”

只在锅台上爬，它们绝不去别的地方肆虐，所以你对它的厌恨还有限。这蟑螂可就不同了，任何地方都可能见到它，这就让人很不自在，因为它真的是侵入了你的生活。我刚买来的崭新的图书搁在书架，稍不注意，书口、书脊上就落下了它的秽物，遗矢清理掉了，痕迹却留下了，怎么擦都没用，这都是我心爱的图书啊，佛头着粪，怎不令人懊恼！

到了真正在京居家过日子，更是要常常与这家伙打交道，几乎日日相见。它们待得最多的地方还是厨房。昼伏夜出，不论什么地方它们都要爬到，尤其是堆食品的角落，甚至只要稍稍隐蔽一点的地方，一不小心，那就成了蟑螂的安乐窝。它们在那里孵卵下崽，而它们的生殖能力又特强，一只蟑螂，没几天就可能生出一群小蟑螂来，大大小小，神游四方，仿佛天下是它们的，或止息在某处——大概是在吸食一些食品的残余。你打亮灯，它们大多很快逃窜，有的就躲到它以为你看不见的地方，静观其变——你若有进一步的行动，它们再进一步逃之夭夭，如果没有呢，则继续称霸天下。它爬过的食品不用说了，就是碗筷、砧板等器具，你也不放心再用，非得再好好洗刷一遍不可，这不知增加了你多少劳动量。这还不算，你劳累一天，正准备好好休息一下，但你坐的沙发背上、茶几一角，凡是稍稍堆了一点东西——哪怕只几张报纸的地方，它都有可能从那里钻出来，你甚至觉得它还用它那微小的眼睛（据说跟苍蝇一样，是复眼）打量你。你掀开报纸，还会发现这里那里不定就有它们遗下的污迹以及“不慎”而亡的干尸。有一次，我拿起一只打火机，准备点烟，突然看见平时吐出火焰的孔里，有只毛绒绒黄褐色的小动物倏地钻出来了，吓了我一跳，一下子没反应过来，遂忙不迭地将打火机扔了。

蟑螂之可恶，人人得以诛之而后快，自不待言。问题是，这岂是一件容易事哉？你怎么也难得把它清除干净的，它好似那野草一般，“野火烧不尽，春风吹又生”。它们的生命力极其顽强（好像有人因此给它取了个外号叫“小强”），只要气温到了十几二十几度，它们就能迅速繁衍。北方冬天室内又有暖气，更使它的生产快得无比——我还发现，蟑螂还有极强的寻觅“暖源”的能力。来暖气的前几天，屋子里气温还很低，但是你看它，有好几只爬到了暖水瓶口嗅嗅走走，而电插座上亮起微微一星红点的地方，更是麇集了好几只，仿佛吸乳一般在那里汲取那一丝丝温暖，个个一动不动，非常投入，这一点还真是让人佩服、同情。同情归同情，但它所过之处，都毫不留情地留下污秽，无论你多么宝贵的东西，因此，还是灭之而后快。怎么灭呢？拍打是最原始最基本的方法。于是，我每见蟑螂就迅速抄起一个物件拍击之，顿时叫它粉身碎骨。蟑螂似乎满腹都是卵，拍死的蟑螂肚破卵碎尤其令人恶心。但即便你下手再快，也还是容易叫它逃走，那么最有效的灭蟑螂的方法，就只有买药来毒死它。把药撒在纸上，置于蟑螂出没的角落，蟑螂吃了，很可能就倒毙于途。这个方法我试过，可是效果也不太理想，总还是有蟑螂置若罔“闻”。还有一种方法是用特制的“粘纸”来诱捕蟑螂，粘纸上可能有蟑螂喜欢的气味，但它一踏上“粘纸”就被粘上了，动弹不得，只得坐以待毙，这确实是个好方法，我记得我布下的“粘纸”上，密密麻麻粘满了蟑螂，好不快哉。但是，用药、下“套”，毕竟要花一番心思，还要经常买药品，久而久之，你总会懈怠，而你一个月不去应对，蟑螂又反弹，恣肆横行起来，它们根本不知道什么“接受教训”，就像现在的贪官似的，总是前仆后继，让你摇首兴叹。

但是，人是“万物之灵”，岂能让小小的虫子欺负了呢，我仍然铆足干劲与之斗争。而且汲取经验教训，采取一种比较简便而又比较有效的办法，那就是用水浇它。记得书上有古人说的话：饶你奸似鬼，也要吃老娘洗脚水。当然，我不是“老娘”，我给蟑螂吃的也不是什么洗脚水，而是滚烫的开水；饶它跑得快，也很难跑得过我壶中的开水。一道开水冲过去，有时要让好几只蟑螂倒地抽搐，有的甚至连抽搐也来不及便一命呜呼。开水还可以浇淋到一般不易触及的旮旯、缝隙，一场“战斗”下来，蟑螂便横尸遍野，好不快哉。但蟑螂端的顽强至极，它们根本不懂得这种战争的惨烈，仍在繁殖、横行，我便好整以暇，在夜里读书间隙，常常提着暖水瓶突然进入蟑螂最为猖獗的厨房，以迅雷不及掩耳之势，哗地将开水朝瞄准的目标泼过去，瞬间就有蟑螂倒地。当然，每次杀灭蟑螂，我也在想这种赶尽杀绝的“狠劲”是不是一种“罪过”，但是每想到，房子是我们人类的领地，蟑螂是入侵者，是它打扰了我们的生活，便觉释然。我发现，蟑螂，这种可能比人类还要古老的小动物，虽然亿万年过去，外型、习性并没有什么进化，但可能智慧也还是有点的，因为我发现，有的蟑螂一见到我，不仅慌不择路，还会冒险从高处跳落，避之唯恐不及；看它们屁滚尿流的样子，我体会到了一把当高等动物——人，有一种近似上帝的快意。

但是，就是如此警惕，如此以雷霆之势来灭蟑，同样还是不能够把蟑螂肃清，蟑螂真的就是顽疾了吗？我不禁陷入了深深的烦恼甚至悲哀。就在这时，住在外地的家人听到我诉说蟑螂成灾之苦，便告诉我当地人是用国外制造的一种药剂灭蟑的，效果很好；我一开始还不太相信，但是下次再去看望家人，她们已经为我准备了两管药剂，我一看，那外形就像一支注射器似的，用尾部的推子一推，就能把药膏推出，涂在蟑灾最严重的地方，觉得倒是好用，就拿回来了。没有想到还真是管用，仅仅用了这两支药膏，蟑螂就销声匿迹，最初还偶尔看到一两只，也已经有气无力了，后面简直连影儿也看不见了，而且这两三年一直没有反弹。我心下不由佩服这药剂还真是管用；原来以为这药出自美国，仔细一看上面好像还是俄文。我是素来不信什么“外国的月亮比中国的圆”的，但这回例外，却信了这外国的灭蟑药还真是比中国的灵哩。

我也检讨自己房子里为什么总生蟑螂，而有的人家就少生或几乎不生蟑螂呢？说白了，还是我自家留有“漏洞”——那就是太懒，借口没有时间，不爱收拾屋子，东西随便放置，随便扔；如果经常打扫屋子，不留死角，经常擦拭器具，一尘不染，书报等物什规置整齐，尤其是食品，不能露天摆放，这样“精细化”管理，形成规律和制度，蟑螂不仅难以藏身，也失去滋生的土壤，也就不用如此大费周章了吧，但这不过是自己的一厢情愿也未可知。

第三辑

回来时所踏的一路月光——似乎当时没有多么注意，而后来这月光却在记忆里越来越清晰，以致让我觉得我似乎一辈子都行走在了这条幽邃深远的月光小径上……

打谷场来了放蜂人

我写过一组题为《外乡人》的散文，记叙那些曾经来到我们村里的外地人，有技术员、除白蚁者，卖鸡雏的和贩“苗花”的等等，却单单漏了打谷场上的放蜂人，这实在是不应该的。因为这几个放蜜蜂的待在我们村子时间还比较长，好像在半年以上，或许有八九个月也不一定。

他们来的时候仿佛是初春二月，地气开始回暖的时候。有一日，我看见打谷场上——就在我家门前，忽然摆放上了几只蜜蜂箱，除此之外，也没有什么别的物件。“是队里准备养蜜蜂了吗?”我心想，但一问别人，才知不是，是有外地的放蜂客要来我们这里放蜂。果然，待到我们下午放学，打谷场上已经摆上了一长溜蜂箱，倒也没怎么看见有蜂群在飞舞，只偶尔会有几只在空中穿梭；凑近了看，会看见蜂箱的出口上有些赭黄色的蜜蜂在爬动。在这里会采到蜜吗？村庄周围也没有什么开花的植物呀！我心里又有了新的疑惑。

但这几个放蜂人——大约是三个，恰好是老、中、青三代，但并不是一家人——却在我们那打谷场上稳稳地扎下营来。他们在场子西边用帆布搭了两个帐篷，里面除了床铺、简易锅灶，就是一些空的蜂箱和其他零碎杂物。晚上，村里喜欢热闹的人包括我们这些孩子都跑去看，他们也不多话，只顾忙他们的。有人问他们的来历，他们也做了回答，大约是说他们来自苏北，家也在农村，放蜜蜂是集体的业务，并不是个人的，还说他们全国各地到处跑，哪儿花多去哪儿，最远还到过贵州、云南呢！我不由大大惊异起来，我没想到为这几箱蜜蜂他们把全国都走遍了，有这个必要吗？是他们夸大其词吧？然而也无从质证。不过，我的脑海里倒是真的浮现出无尽的山山水水和花丛原野，我在心里不禁生出羡慕。

从此，我们一有空总爱往打谷场上跑。甚至连有些大人也是这样，打谷场无形中便成了村里的中心。但大家与放蜂人彼此之间交谈仍然不多，因为三人中的老者常常看不见人影，那个青年还真是“青涩”，少言寡语，而他们当中为首的中年汉子又总是在忙碌，不是在查看蜂箱里的蜜蜂，就是将蜂箱坏了的部分拆下来，拿到帐篷里修理，所以他的帐篷一半像木匠铺，摆着铲子、刨子、斧子、锯子，也堆着许多刨花木屑。这个中年人个子中等，脸如枣核状，只是一双眼睛比较明亮，除此也无吸引人的地方。但他做事却细致、认真，也有条不紊，拿起蜂箱的任何一个部件都会端详半天，又能妥善地把问题解决。我们对他的好感在增加。

一场雨后，天一放晴，打谷场边缘的紫荆花便一朵接一朵地开放。那蜜蜂开始频繁地出动，打谷场上空响起一片嗡嗡嘤嘤的声音。随着天气一日比一日暖和，田野里也这儿那儿地开起花儿来，一丛丛、一束束，有的像一片不会融化的瑞雪，有的如闪烁摇曳的火焰；连打谷场西边的灌木丛也成了一片小小的花苑。这时，我才佩服放蜂人的眼光。何况，接着而来的还有遍地的油菜花哩，那时，整个大地简直都像披上了黄金一般耀眼的花毯。

放蜂人——那个中年汉子一日比一日忙碌。他在蜂箱边上一待半天，那么多蜜蜂在他头顶和身边飞绕，可他一点也不担心，只有当他打开蜂箱，拿起中间的一块块隔板——上面都是蜂巢，他才在他的头上罩上一个纱罩，手上也戴着手套。我们站在不远处好奇地看他，他不让我们靠近，当然，他是怕我们被蜜蜂蜇了。

但我们还是忍不住往他那儿跑。除了在场上看他怎么侍弄蜜蜂，也到他的帐篷边看他捶捶、砸砸，修理蜂箱或做其他事儿。终于，到了春末，乡村花事正盛的季节，所有能开花的植物都把花儿绽放出来，蜜蜂儿每天忙进忙出，放蜂人——仍然主要是那个中年汉子也忙得没一会儿停歇。这时听说要割蜜了。我们根本不知道是怎么个割法，后来看见他提来一个大铁桶，里面有一个旋转器，把蜂巢隔板下下来，嵌进旋转器里一摇，那旋转器就旋转起来，那蜜就被甩下来了。哦，割蜜是这么个割法，我们不禁佩服这法儿想得巧妙。

有了蜜，就吸引村里更多的人有事没事都要跑到打谷场上来。我们希望也有机会尝到一勺半勺蜂蜜——好像没怎么尝到，但坏了的蜂巢，倒是可以捡到一小块嚼嚼。甚至还有妇女们不时来走动一下。我知道她们是想获得一块蜂蜡（我已经不记得那蜂蜡是什么形成的了，大约就是蜂巢），这样她们在纳鞋的时候，就可以给麻线打点蜡，那麻线便既滑溜又经用。那中年汉子倒是比较客气地接待她们，有时她们也替他洗几件衣服什么的以为回报。

村里下台的生产队长——大约是因为私分了什么资产才下台的，更是频繁地前来，甚至整天跟放蜂人泡在一起，最后仿佛成了其中的一员。打谷场边上的公屋早已敞开大门，成了修理蜂箱等物件的场地，那位前生产队长正好会些木工活儿，便为他们锯啊、钉啊、刨啊，不停地奔忙。有一次，我也在那里玩耍，不巧，队长的一把锤子不见了，他找了一遍，便把眼睛瞪向我，厉声问道："是你拿了锤子，拿来！"我怎么会拿他的锤子呢？我连忙说："不是我，我没拿。"他仍然逼视着我："就是你！不然是谁？"一种强烈的屈辱感在我心中膨胀，我的泪水顿时决堤而出。老实说，这件事对我的心灵造成了一定的伤害，也留下了一些阴影。

人们还在往打谷场跑。虽然那中年人仍是忙碌，仍很少说话，但打谷场的引力似乎一日比一日增大。小伙伴们中间有了疑难，为头的孩子甚至会说出“问那放蜂人去，他一定知道”之类的话。有一个孩子甚至磨蹭在放蜂人身边，想要他把自己带去，因为他继父对他很不好。而有一天，我竟然看见生产大队的支部书记也来帐篷里坐着与放蜂人闲谈了，他肘边的小木桌上赫然放着两瓶淡黄透亮的蜂蜜，而那位下台的生产队长与放蜂人正满面堆笑地在一边陪话，他们三人手上都拿着香烟，帐篷里烟雾袅袅，而平时这里是禁烟的，因为蜜蜂就怕烟！

很快到了梅雨季节，一会儿大雨如注，一会儿阴雨绵绵，这对于蜜蜂当然是大不利。我看见放蜂人愁得不行，撑着伞，在蜂箱中间不停徘徊，连声叹气。接着，我就听见他们在议论去买糖来喂蜜蜂，否则它们都会饿死……我也为他们和它们揪心……

这事不知如何解决的，或许此后不久，这放蜂人就带着他的几箱蜜蜂离开了。正如来时一样，我其时正在上学，没有目睹他们是怎样离开的，也不知他们去了哪里，更不知村里人对他们的离开持什么样的心情。但不久，我却从母亲那儿听到一个惊人的消息：放蜂人——应该就是那个中年汉子离开的前夕，曾约阿云嫂子谈话，说要带她一起走。阿云嫂子就是那个从山里来嫁给我那家徒四壁的堂哥阿舟，第一夜就不想待下去，要跑，却被村里几个汉子剥下衣服才看住了的年轻妇人，但她拒绝了放蜂人的邀约，因为她已经有了一个女儿，她离不开自己的孩子！我真的是不胜惊讶！什么时候放蜂人和阿云嫂子还有这么一段故事或私情，其内情如何，也不甚了了，只能靠想象和猜测了。

如果放蜂人再待在村子里一段时间，我真不知还会有怎样的故事发生。我的可怜的闭塞的村庄哟！

隔壁的军人大叔

暑假。正午。阳光正烈，满院蝉噪。我正在家里看一本连环画，“啵、啵、啵”，院门被敲响。我走过去应门，门开了，探进来一头花白的头发和长而尖削的、布满皱纹的脸。哦，是发如伯。

“你叔（指我父亲）在家吗?”“在。在午睡。”“那你喊醒他。”

我喊醒父亲，他们就在内室交谈了，过了一会儿，发如伯一踮一踮地走了。发如伯的左腿有点瘸，我知道他作为一名抗美援朝战士，曾经上过战场。

父亲走出来，把我叫到桌边，并让拿出纸笔，说：“我说你记。申请：兹有抗美援朝退伍战士……曾经受伤，近因生病，现已卧床不起，特申请政府补助。此呈××××，转呈××××……”

我拿着写好的申请走出院子，转到屋后，交给住在我家隔壁的发如伯。他一脸欢喜，连声称谢！

“发如伯，你真的上过朝鲜战场？你见过美国鬼子吗?”

“那还有假？见过，是俘虏过来的鬼子。”

“你在战场上受过伤？你受伤了，所以脚才跛了，对吗?”

“受过伤，但脚跛却不是因为受伤，而是害的，害了脓肿。”

“你能把受伤的地方给我看看吗?”

他迅速地把短裤捋到腿根，露出大腿上一块蓝色的疮疤，有蚕豆那么大，如果不说，根本不知道那是枪伤。疮疤不说话，但我的眼前却似乎出现了一个枪弹横飞的战场，但不觉间满天的烽火硝烟逝去，最后只化作眼前的一块蓝疤。

一连几天，我都在想发如伯的事。我们村里竟还有一位出过国、打过仗的英勇战士，我总觉得一切都似乎变得不平凡起来。

那是场什么样的战争？真的如同电影里所上映的那种情景吗？我不禁好奇，对发如伯为什么没有牺牲，受了伤没有转业又返回家乡，也觉得是个谜。

于是，有一天我又走到发如伯家门口。他孤身一人，是生产队里的“五保户”，就住着生产队里的一间公屋。

他正摇着扇子，坐在门前一把因为时间较久而颜色变得有点黑的竹椅上，侧歪着脑袋打瞌睡。

“发如伯，发如伯——”我轻声唤。

“噢，是你——”他见到我，微微地笑笑，指示我在一边找个马扎坐下。

“发如伯，你什么时候当兵的呢？”

“四七年，民国三十六年。”

我在心里算了算，便说：“那你当的是解放军？”

“最初不是，是国民党的兵。国民党到处拉壮丁，屋基里（村上）所有的青壮年、半大小子都要抓。我们当然就跑。晚上也不敢回来，有时就睡在乱坟岗里，睡在厝在地面的棺材间。就这样，我还是被抓了去——后来，吃了败仗，就被俘虏过来，当了解放军。”

哦，还有这么一段曲折的经历。他竟然是被俘虏过来的，我不知道我在心里是否要保留对他的崇敬了，便赶紧转移话题：“那你在朝鲜战场打死过美国鬼子吗？”

“没有，我是炊事班的，每天做饭送饭给战士们。”我的眼前又映现电影上的画面，抬着行军锅的战士在枪林弹雨中匍匐前行，前头的中弹倒下，后面的接过行军锅继续往前……我望着眼前不衫不履有些邋遢的发如伯，心中又不由肃然起敬。

“你的腿是怎么受伤的呢？”

“挨了一颗流弹。”

仍然没有我期待的惊心动魄的场面，发如伯还能不能算得是一位英雄呢——我所期望的英雄都像《英雄儿女》里面的王成那样吗？我不禁有点疑惑。

“部队上好玩吗？”

“部队上有什么好玩，朝鲜战场上，一只苹果都宝贝得很……许多战士受伤了，喊口渴，可是不能给他水喝呀……”

他深深地吸了口烟，又把烟喷出来，眼睛在烟雾中微微地眯上了，神情有些凝重，仿佛陷入了沉思，许久又自言自语道：

“我们那时年轻，觉多，晚上值班放哨，很困，规定要站一炷香的时间，我们就想了个办法，把香头直对着风吹，这样它燃得快多了……”

多少年后，我已记不清他讲的这后面的事是他哪一时段的经历，不过我多少也从中体会到，从军并不是我所想象的那么浪漫，而是很艰辛的。也就是说，发如伯虽然说得不多，但也把一个真实的部队生活带到了我的眼前。他是我们村唯一出国、上过战场的人，这样的光荣是抹不掉的。

我从母亲口里得知，发如伯也曾有妻子和孩子的，只是她们都在“三年自然灾害”期间饿死了，所以他就成了一个鳏夫。从我记事起，他就蛰居在我家隔壁的一间小屋子里，屋里只有一床一灶，一个小木桌，两把竹椅。他一个人打理自己的生活，从不介入生产队里的事务，更不搅和进什么是非，没有事，就搬把竹椅坐在门前静静地抽支香烟，只偶尔走到村子当中与人闲聊几句，或到树荫底下帮出工的妇女照料一下摇篮里的婴儿。

但他的家常常成为村子里小孩子的玩乐场。我和小伙伴们就常在他家捉迷藏。有时实在没有地方可以躲起来了，就有孩子揭开他米缸上的盖子藏身进去，他也没反对的表示，反而笑眯眯地看别的孩子找来找去。我还不时看见那些五六岁的孩子在他的肩上背上滚爬，甚至不停地胳肢他，他也没有一点烦厌的表现，反而是笑呵呵的，仿佛很受用。

他吃的几乎都是简单的粥饭和这家那家给的一点蔬菜，难得见到荤腥，只偶尔有半大小子们在野外摸到几条鲫鱼，他们会兴冲冲地用竹篓拎过来，跨进发如伯的斗室说声“打平伙啊”，发如伯便乐呵呵地拿出柴米油盐，大家伙儿在一起烹煮一顿好饭佳肴，美美饕餮一餐，再一起玩玩扑克，便把那一天过得非常愉快。

有一年青黄不接之际，也许是实在感觉到肚里缺油少食，几个半大小子正在他屋子里商议在哪儿寻点食物来打打牙祭呢，这时候，正好有一只黄狗从发如伯门前不远的小树林里经过，发如伯一见两眼一亮，用手一拍大腿，说：“有了，就吃那条狗吧。”村里的狗都是无主的野狗，要吃了它也没人管，于是，那几个大孩子说声：“好哩！”其中一个便找来一根麻绳，藏在背后，悄悄地走进树林，靠拢正在觅食的黄狗，冷不丁一出手，以迅雷不及掩耳之势将绳子套到了黄狗的脖子上，随即两头一拽，挂到了树上，一阵棒子乱敲，那狗便垂下头来。众人以为它已经死了，放下它，准备剥皮，没想到它又活了过来，爬起来一下窜到远处，不幸脖子上还套着绳子哩，当然又会被逮住，又是一顿乱敲，这下它便一命呜呼了。发如伯亲自操刀剥皮，开膛破肚，然后一人一份均匀地分配。连我也分得一小块，尝到了以前从未尝过的狗肉味道，虽然当时眼前还晃动着黄狗的影子，我也狠狠心把它咽下去了。

看到发如伯娴熟地操刀的这一刻，我开始相信，他年轻时是真的上过战场且可以杀敌的。因为整个过程，他连眉头都没皱一下。

当然，这何尝不都是为生活所迫。

卖柴人

这个村子背依着缓缓的丘岗，而面向着广阔的平畴沃野。田野上一直就有马路，后来又铺了沥青，成为一条国道，上街下县，四通八达，甚至可远到省城。而背依的丘岗再往西却是连绵不断的山峦，那远望去也像是一片广阔的海洋，如果你站在某座峰峦上眺望，就会发现那些山仿佛是海上奔腾跳跃的浪花，因为遭遇什么魔咒而凝固于一瞬。在这凝固的“浪花”脚下和“浪花”与“浪花”之间，点缀着多少人家，真的是无从计算。

山里虽说物产丰富，却不可能真的就“自给自足”，人们总要到山外来，置办些物品。置办物品须得有钱，而钱须用山货来换。山货有哪些呢？无非就是木材、柴火、石灰、木炭，这些是大宗，还有毛栗、板栗、黄栗、六谷即玉米等食物，偶尔也会有些野味山珍，如野猪、山獾、刺猬、穿山甲等，但这些产量都不大，不能完全指望。所以山里几乎每户人家都要挑木材、柴火到山外来卖，特别是到了秋冬两季，即使不是每天，那也是隔三差五就要挑柴下山（后来木材不让卖了）。

柴火担子可不轻，大约有一百五十斤到二百斤重。柴火一般是从树上砍下来的枝丫，大约以栗树、松树为多，连枝带叶用绳子很好地捆成两捆，那形状有点像拖着长尾的大鸟。山里人挑着沉甸甸的担子疾步如飞，仿佛只有快走才可以省些力气；那树枝的梢可能还会拖到地上，发出轻微的响声。挑柴的脸庞都因为用力变得彤红，更是一头一脸汗珠，用手一抹就会啪啪地摔到地上，背上的夹衣也早汗湿了一大片。他们在寒冬也最多只穿着夹衣或单衫，而棉袄是带着的，也捆在柴火担子上——这虽然增加了担子的重量却也没别的办法可想，他们卖完柴要穿哪。他们的颈项上一般还会搭一条毛巾，可以用它不时地揩把汗。少数还会带根“打杵”，一头带叉的粗木棍，歇息的时候，可以用它撑住扁担，这样再起身时要方便和省力一点，就是在挑着担子时，也可以将它搁在另一只肩上撬一撬扁担，好分担一些重量。

因为出山的道路就穿过这个村子，所以每天早晨，从天麻麻亮开始，路边的人家就能听见咚咚、咚咚的脚步声，间杂着树枝扫地的嗞啦声，响起一阵又一阵，好几个小时都连续不断——到了上午十点左右，这样的响声才会少些或者没有了。这说明，卖柴人大都是要去赶早市。路线有两条，往北是县城，往南是一个小镇。你要是有兴趣到这些地方转转，这时一定会看见卖柴人的担子一个接一个就搁在市场的一隅，远看像是许多黑色的乌鸦麇集在一起；你再稍稍走近看，就有许多黝黑的脸从柴火堆的边上闪现出来，一只只深潭似的眼睛定定地望向你，那里面蓄满着渴望，仿佛在召唤你：买下吧，买下这又干又脆的柴火；你买下它，就做了一件好事，胜过造了七级浮屠。但你或许真的不需要买这柴，那深切热望的眼，那黝黑瘦小的脸又会消失在柴担后面。他们斜靠在柴担上，或许正坐在地上打个盹，又或抽一袋烟，也有的在嚼一块红薯干。

当太阳升起一丈多高的时候，卖柴人一般就开始往回返了。他们的柴火也都卖脱了，无非是价钱的贵贱罢了。想想看，他们也绝无再把这么重的担子挑回的道理。他们再次经过这个村子的时候，人们会看见他们那驮在肩上的扁担头上，往往吊着一只小布囊，里面装着他们置办的物品，至于到底是什么却无从得知，山里人都习惯于保守自家的秘密。偶尔，他们跟村里有点相熟的人也打声招呼，村里人甚至会跟他们戏噱式地调侃一声：“呵，又卖了好价钱！又买了什么好宝贝!”他们也只笑笑，憨厚地露出牙齿，那牙齿个个都挺白。

这个村子一般也不会有人买他们的柴火，除了特殊情况。有一年从上海下放来了一户人家，他们还没有学会像我们那样自己去锄草、打柴，自然会截下一担两担山里的柴火。他们在屋前的场上讨价还价一番，很快就交割。我们看见每次那卖柴人撂下柴火都欢天喜地地走了，不知是给的价钱合适，还是因为不必再赶几里地到集市上等候出售。

早先，村头有户人家，家里还有几十亩田地，相比较而言还算有一点“实力”，而正好又有一门亲戚在山里，大约每年总要送几担柴火上门，而价钱总是要照付的。每次把柴火挑进柴房，这家的女主人总会对送柴来的后生说：“去厨房，你自己炒一碗蛋炒饭吃了再走吧。”那卖柴人总会欢喜地答一声“哎——”；没过多少年，这户人家也衰微了，老一辈都凋谢了，而因为过去有几分“实力”，所以被划了比较高的“成分”，日子已经比较难过了，当然再也不能买柴火，但山里亲戚卖柴路过，偶或还不忘来探望一下，而新一辈女主人只能对他说：“厨房里还有一碗粥，你热热吃了再走吧!”“哎——”回答已经不是那么响亮，因为大家都知道，粮食是越来越紧缺了。就是这样，随着年代推移，到了最后，双方的对话变成了这般：“你自己到厨房里倒杯热茶（或热水）喝吧!”“哎——”一问一答的声音，都变得十分轻涩而虚弱。

当然，到了最后，毫无疑问，彼此都断了音问。

老哥俩及其长兄

一开始我并不知道二爹爹和小爹爹是兄弟俩，因为他们两家分属两个生产队，也不见两家有什么来往。其实这多少也可以理解：这两个生产队原本就是一个生产队，是后来才分的；弟兄两家不来往的，在村里并不鲜见。但他们为什么要分开呢？似乎仍是疑问，可惜那时我没有问。

所谓“爹爹”就是“爷爷”，是我们那里习惯性称呼。二爹爹与我在一队，小爹爹在另一队，但两队离得很近，尤其是小爹爹家就挨着我们队，我们的打谷场就连着他家的菜园。那菜园是比较大的，里面还植有几棵桃树，我们经常从打谷场的墙这边去够他家的桃子，被发觉后总要挨小奶奶的骂。而他家后门口就是通往邻村的过道，那里养过一条狗，曾经咬过我的裤管，这些我似乎都已写过了，此处不赘。

二爹爹跟小爹爹长得也不太像兄弟俩。二爹爹略矮而胖，小爹爹略瘦而高（也不十分高，只是比二爹爹高一些而已）。但他们都有一个共同点，就是都是手艺人，或者说都是有手艺在身。

二爹爹主业是理发。在村巷里、田塍上时常可以看到他背着一个小木箱踽踽独行，那神态似乎是对一切都漠不关心，乃至给人以很孤独、落寞的感觉。但他也不是个孤僻的人——孤僻的人怎么能做生意呢？他给我父亲理发时就有说有笑。他是走村串户上门给人理发的，而这必须在每年的春节前后就预订好，由客户亲自给理发师傅送去全年的订金——我记得一年也就两块来钱，然后这个人一年的头发都由他包理了。他每到一家，先是把那木箱子打开，拿出工具——其实也没有几件工具，就是推子（不是电动的，而是手捏的）、剪子、剃刀以及磨剃刀的布片，另外还有小刷子、围布，给剪子膏油的小油瓶、肥皂之类的。接着把围布给人家围到脖子上，把“磨刀布”（长条的）挂在门栓之类的物件上，就有条不紊、慢条斯理地给人理将起来。剪好了头发，他又用小刷子蘸上肥皂沫涂在人家胡须上，打开长长的折叠剃刀，在“磨刀布”上反复荡几下，待到刀片光亮如新就俯下身，非常小心、仔细地给人剃须、刮鬓角。有时还拿出耳挖子给人清理耳屎。不知不觉，一个头就剃好了。然后他又收拾行头，赶往另一家。有时在村口树荫下，他像撂地摊似的一连理几个头，但那是夏天或秋天，不冷不热的天气。

我至今还记得他第一次给我理发的情景，我当然是极不愿意，是在父母的逼迫下（说我满头乱发，长得像刺猬似的），由二爹爹硬拽到怀里裹上围布，强摁着在我头上动起了刀剪，两腿似乎还紧紧地夹着我，怕我扭动。我觉得那过程并不好受，而且那刀剪冰凉的，想这是在冬天或早春吧。

二爹爹还有一个“副业”，那就是劁猪。这在乡村里并不多见，我小时只见过他给人家劁猪。劁猪就是给公猪做“绝育”手术，这样那公猪就没了“花花肠子”，一心一意长膘了。我见过二爹爹是怎么劁猪的，是由他与猪的主人把半大的小猪摁倒在地，在肚皮上接近生殖器的地方划开一个小口，然后他将两根（似乎只是两根）手指伸进去，摸到一个什么东西，用刀一割，再将伤口略略处理（我记得一般还要缝线，是否有没缝过的就不得而知），手一松，那猪就跳起来，逃到一边哼哼去了。这过程好像只要几分钟。有的不好劁的，我也见二爹爹的手指在里面摸索了好一会儿，在边上看的人还挺为他着急的，那猪自是在不断地嚎叫。临了他才会说："找到了，找到了。"人这样对待动物，想来也多少有些残忍的，然而这是传统的养猪方法，倒也未见有过多大后患。

二爹爹为人温和善良，在村子里从不多事，尽量成人之美，所以颇得人尊重。但是就这么个小老头，身上据说还有一段传奇，这是我后来才知道的：现在的二奶奶不是原配，而是他年轻时的相好，他是离了婚，抛弃前妻才娶了现在的二奶奶，似乎当初还带一点私奔的性质，这在乡村，尤其是他年轻时的乡村是极为少见的。

小爹爹我也很早就认识，他更是只知不声不响地做事。每次见到他走在路上，都是微微地低着头，若有所思，跟他打招呼，他会看着你，轻微一笑，然后认真地回答你一句。其实你不用问，就知道他干什么去，因为他肩上背着一个老大的弓子——弹棉花的弓子，那弓子的"弧"很是粗壮，现在想起来，觉得很像中国传统乐器中的箜篌。一开始我根本不知道这是做什么用的，母亲告诉我才恍然大悟，原来我们盖的棉被需要这么个工具才能制成，怪不得每天深夜，四周都安静下来，小爹爹家还传来叮叮咚咚的类似弹琴的声音，但是那声音比琴声响多了，且很是执着，你如果听一小会儿，会觉得很悦耳，但一直听下去，又不禁觉得有些单调得让人心烦，因为毕竟总是这一个音调嘛。可是小爹爹家的"弹琴"声常常一响大半夜，可见他是很辛苦的。

我记得我只有一次专门溜到他家窥探他怎么弹棉花的，只见堂屋里撑开一张大桌子，上面均匀地铺着棉花（一看就知正在做的是一床被子），小爹爹拿着那张弓，把弦对着那棉花不断地弹，不是用手，而是用一把特制的锤子不停地敲击弦（这弦是用什么做的，未曾问过），这似乎要用一种巧劲，才能使弦对棉花起到作用，从而把棉花絮得更匀净、密实，所以要反复地弹，还要用锤子反复地敲。我见小爹爹绕着棉被来来回回走动，身子挪移，甚至跳跃，动作相当敏捷，边上还有家人辅助。弹好之后，又前后左右反复用细棉线织成网络把被子蒙上，这条被子才大致做成，估计得用一两天时间。那时候有几家做得起新被子呢？大概只有结婚办喜事的人家才会做一条两条吧。所以，我常见他那张弓是挂在墙壁上的，生了灰尘也一动不动。但是，有门手艺，经济上多少要活泛些。小爹爹家的两个闺女都念了初中、高中，这在那时的乡村并不多见。我大约五六岁时第一次去小爹爹家玩，小奶奶还到厨房里用刀子切下一小块苹果给我吃，这使我第一次知道了苹果是什么滋味，在那年头，苹果可是个稀罕物儿。

有二爹爹、小爹爹，怎么从来不见有人喊谁大爹爹呢？我问我母亲，母亲说，大爹爹、大奶奶在“三年自然灾害”期间双双饿死，只剩下一个女儿由小爹爹抚养成人，她就是强梅大姑。原来是这样啊，我的心弦不禁颤抖了一下。母亲还告诉我，大爹爹不仅人长得高大漂亮，还非常聪明，有文化，过去还做过私塾先生哩，大饥荒来临，他把自己的一份食粮省下来，给了两个弟兄，所以自己就饿死了，他死了不久，他的妻子也跟着去了。这对于我是闻所未闻的，我惊讶极了，想到竟然还有这样的事，感觉心被什么啮噬了一下，仿佛为大爹爹为人的大义，更为当年那场惨剧。母亲却似乎很平静，接着告诉我，这还算好的哩，我们村里还有六户人家是绝了户的，比如石根一家。我的身上有一种被电击的感觉，怔住了。

强梅大姑——我一直以为她是小爹爹亲生的大女儿，我却是熟悉的，因为她曾担任民办老师，还教过我一学期课哩。想起来，小爹爹也真是仁义，他以自己的那一点手艺所挣的比普通农民多那么一点点的收入，不仅抚养强梅大姑和自己的孩子长大成人，而且还供她读到了高中，这是多么的不容易，在四乡八里都是极为罕见的，小爹爹将她视为己出，怪道我很长时间都看不出她与小爹爹家的其他几个孩子有什么区别的，反而觉得她整天脸上带着笑容，是他们家最快乐的。

但是，有一次，我却见她哭得非常伤心。那年，小爹爹家请来了一帮人，将一处土坟包掘开，将其中的一根根惨白的尸骨重新捡出来，用丝棉裹好，再放进崭新的上好的棺木里，还放了好些鞭炮，重新择地安葬。我看见强梅大姑抚棺恸哭，泪如雨下。这是我第一次看见人的尸骨，感到害怕又紧张刺激，只是那时年纪小，没有想到这些枯骨就是强梅大姑死去的父母的。那几年的死人当然都是只能藁葬的。

二爹爹、小爹爹在上世纪八十年代中后期陆续下世，其时我已经到大学里念书去了。二爹爹表面上温和，其实秉性刚烈，就因为家庭琐事和家人争了几句，使他想到往后的日子怎么过。一气之下自寻了短见，享寿七十左右。据说，他去世前一两年，当他独自一人在屋里时，常常看见一个高大的人影从他家的院子里走过来，仿佛就要跨进堂屋里来，那模样像极了他的老大，所以，他总跟人说，他的哥哥来喊他去了。小爹爹晚年生了几年病。他们这老哥儿俩平时也未见多么走动，二爹爹去世后，小爹爹反而去过几次他家，有一次经过我门口，我跟他打招呼，说："去二爹爹那儿呀!"一出口我就后悔失言，但他仍平静地作答，没有异样，后来我似乎就未再见到他。

强梅大姑只教了我们一个学期，这是为何呢？原因很简单，因为她结婚了，嫁给了几公里外的一位退伍军人。婚礼办得很体面很热闹，我们小孩子们掺和在众人中，抢鞭炮、迎新郎，玩得格外开心。现在，听说她已经从小学校里退休，在家做起幸福的老祖母了。善哉！

校园里的敲钟人

曾听说上海的一位著名作家卷入过一场笔墨官司，焦点问题就是他是否在“文革”期间进入过上海市的“大批判”写作组，是否为“石一歌”之一。“石一歌”是写作组所用的一个笔名，出过一本《鲁迅传》和一本《鲁迅的故事》。“石一歌”的《鲁迅传》我无缘“拜读”，但《鲁迅的故事》我是读过的。我在十岁左右，也就是《鲁迅的故事》出版还不太久，就得到了这本书，那时我是一名乡下的小学生，而给我书的是中学校园里的敲钟人。

算起来，这位敲钟人还是住在我邻村的一个本家堂叔。他家大约有兄弟五人，老大是大队支书，老二是铜矿工人，这位敲钟的堂叔排行第四，他还有一个弟弟是我的同班同学。有这么几个“有身份”的子弟，这一家在村里当然颇有势力，不然，敲钟人也不可能把书念到高中，更不可能高中毕业不久就被安排到中学去当专职的敲钟人。

但那时的高中毕业实在是空有其名，几乎是学不到什么的，所有的学生都是经推荐而非考试入学的，大多在初中阶段就荒废了学业，许多人回到农村，很快就与一个没上过学或只读了小学的农民无异。我说的这位敲钟人也近乎这一类。但他刚回来的时候，多少还有点学生的气质，他实在不甘心自己很快就成为一名农民，他不愿参加生产劳动，为此一再跟父母怄气。他的大哥只好托人把他安插进中学，做代课教师是不够格的——连教小学也不够，那么只得为他设置一个岗位——敲钟。

那时的学校是没有电铃的，通知上课、下课用的都是铅、铁合铸的铃铛，一只U形的深碗中吊一根胡萝卜似的铃舌，舌尖系一截绳子，拉动绳子，自然就会敲响铃铛。有的学校连这样的铃铛也买不起，就吊一截不知从哪里弄来的钢轨或别的什么铁块，拿个棒子在上面敲，以此号令作息。铃铛一般就悬在教师宿舍、办公室的走廊檐下，但当我的堂叔做了专门的敲钟人，中学就在走廊的尽头另盖了一间类似传达室的小屋子，专门安置这个新来的敲钟人。

钟房——姑且这么称呼吧——壁上的泥还未干，我们就跑去看，我们的小学与初中几乎只有一墙之隔，只见敲钟的这个阿叔正局促不安地走进走出。他身材不高，满面黝黑，此刻脸色却黑中透红，不知是因为激动还是因为羞涩——毕竟这个职位是倘来之物。这个屋子只有一门一窗，里面连件坐具也没有。这当然让他手足无措。我们跟他打招呼，他龇牙跟我们笑笑，不记得我们还说了什么没有，大约也只是在屋里这儿站站，那儿瞧瞧，然后一轰而散。

这样，这个敲钟阿叔便每天和我们一样去上学、放学，每天都按时去履行他的职责：为上、下每一节课而敲钟。钟声不疾不徐，响亮清脆，回荡在校园里，甚至传到田野上，果然比临时值日的教师敲得好听。我们偶尔去探看，他虽然不再是那么局促不安，但与这个学校还是显得有些格格不入，几乎没有教师跟他交往，他也不主动找人说话，没有事的时候，大约也只好在屋子里看看报纸、发发呆。

没想到，有一次在上学的路上我们却有一次“深谈”。我们一起走在那曲折蜿蜒的田间小道上，他走在路正中间，我走在下面的边缘，我们有一搭没一搭地说起话来。他说，听说你作文写得不错，是吗？我没有吭声，因为我不知道怎么回答。但他接着说，你能否帮我写篇“学习毛主席评《水浒》的谈话”文章。毛主席评水浒的谈话，我不知从什么地方已有耳闻："《水浒》好就好在投降，作了反面教材。""宋江架空晁盖"云云，但实际上《水浒》这部书我根本就没有读过，可能见过——我父亲所在小学的校长手头就有一部，但我也从连环画上大略知道一些《水浒》故事，仅此而已。我便告诉他，我写不来这样的文章。他沉默了一会儿，又说那你能不能先去哪里找一部《水浒》看看再说。我仍然觉得这样的重任不能胜任，便又摇了摇头，他又沉默下来——大约有好几分钟我们都无话，最后还是他开口道：那你写一篇"批今不如昔论"吧，如何？我不忍再拒绝他，便说我试试。

我不记得自己写了"批'今不如昔'论"没有，即使写了，我也没有交给他，他倒也没有追问。我此后又跟他接触了两次，他一切照旧，也不知他考虑写这样的文章有什么目的。不过，从这以后我总想从他那儿搞一两本书过来看看，但他那小屋子里什么也没有。过了一段日子，没想到有一天他却主动找到我，跟我说，他可以借一本书给我看。我等了两天，他才不知从什么地方摸出一本书来递给我，我一看，是《鲁迅的故事》，作者署名"石一歌"。我似乎看出这作者的名字很有"艺术味"儿，不像是一个人的真名，于是就向他提出了这样的疑问，本以为他也说不出所以然来，没想到他却认真地回答了我：这是十一个人共同写的，所以就取了个共同的名字："石一歌"，意思是"十一个哥们儿"。

啊，他还知道这个，我虽然并不特别惊讶，但心里多少也有点称奇。这本书我欣然地把它拿回家读了，从而知道了一点鲁迅的生平事迹，至今记得的大约也就是鲁迅少年时代走在坟丛中踢了一个装鬼的坏蛋和他拒绝蒋介石的宴请这两件事了，当然，那时我也根本看不出这本书存在什么问题和缺陷。

敲钟阿叔的形象似乎在我心中有所改观，他并不是一个完全腹中空空的混世虫或精神不振的怯懦者。我不禁再次好奇起来，那么他为什么要我写那样的文章呢，是谁叫他写的，他后来写了没有？这一切都是个谜。但没过多久，却有一件尴尬的事情降临到他身上：学校的那只铃铛不翼而飞，而他的那间小屋门窗也被人撬了。这是谁干的呢？是小偷抑或存心想害他的人？无从追查。而没有了铃铛，他这个敲钟人当然失去了意义。我赶去看他，他正垂头丧气，只拿眼看了看我，又在屋子里手足无措地走来走去，嘴里唏嘘不已。又过了几天，大约再也煎熬不过，他便再也不来上班了，从此，就是在村子里我也很少见到他，我几乎没有再见到他——或许就在当年的冬天，部队招兵，他体检合格，应征入伍，据说当的是铁道兵。

我不记得自己是否见过他穿着一身显大的新军装在村头出现，拿烟给人抽——如果不是亲眼所见，那么这一印象就是我的想象了；我有时还是想起他——甚至在近几年，我接触过几位给我投稿的当过铁道兵的作者，还跟他们提起他；我曾经想象他在部队里如何同着他的战友去挖山洞炸石头铺铁轨，甚至期待他把铁路修到我们家乡来。最初我也向他的家人打听过，他们说他还好。但过了几年，我便听说铁道兵都全体转业了，我不知他转到哪里，也没见他回乡，接着又听说他入赘他乡了，从此再也没有得到他的任何消息。如果他还健在，也已是一位老人了。他后来生活好吗？他给我的那本《鲁迅的故事》倒一直放在我老家的那一堆破旧书刊里，我大约再也没有兴趣把它找来读一读了吧。

一点灵犀浩远地

时光飞逝，转眼间又是秋风萧瑟的时节；我乡思未动，对少年时的诗歌老师陈所巨先生的怀念却在不断潜滋暗涌。翻翻日历，所巨老师的离世正好是一周年了。

在这一年里，我虽然渐渐接受了所巨老师英年早逝的事实，可是，每每想起他来，仍为再也见不到他，再也读不到他那带有浓郁乡土气息的清辞丽句而扼腕不止，过去交往的一些吉光片羽更是时上心头。我总是不免疑惑：怎么这样好端端的一个人，这样一个文思泉涌、堪称丰产的作家说没就没了呢？就像一曲激越的丝竹之乐在高潮迭起之时戛然而止，留下的余音与沉默让人一下子回不过神来，甚至比那有声的乐音还要震动人的心灵。

确实，陈所巨老师的去世给大家带来的悲痛，一时是消逝不尽的。除了他的至亲好友，我也时常沉浸在缅怀之中。想想看，从十四岁开始我就奔走于他的门下，几乎每年寒暑假，我都要趋前问候，亲聆他的謦欬，即便陈老师并不属善谈之人，但只言片语，也时有让我有茅塞顿开之感，而现在，我去哪里听他那睿智之语、点拨之言呢？

我在少年时代即开始酷爱文学与写作。或许是因为生长在穷乡僻壤，只有文学与写作才能使我插上幻想的翅膀，翱翔于那无限广阔而绚丽的远天，因此卜昼卜夜浸淫于咏读与涂写之中也就可以理解的了。而一切对于一个乡下的孩子或许还有些渺茫，这时，我发现在离我家只有十几里之遥的县城里就有一位具有全国性影响的诗人，我心中的欣喜与向往何可胜言？老实说，我在中学念书时，动不动就要和人说到陈所巨，有时拿起笔来在纸上随意乱画，也要不自觉写出“陈所巨”三字，仿佛一个陷入情网的人，这样的情结也并非不可理喻。

对于我来说，陈先生曾是我所向往的天空中的一道彩虹啊！而今这道彩虹消逝了。先生归隐道山，我心中自然是感受到有了一段不小的空白。即使我已经写过两篇文章追忆我的老师，然而，思念仍绵绵不尽，因为仍有记忆在不断地涌上我的心头，驱使我一次次拿起笔来。

我想起大约在 1982 年的春天，我又一次跑到县城——其时，我在乡下读初中，可是我总是想方设法觅得机会到县城里走一走，去拜谒师长，去接近我心中的文学。这次是在县文化馆串门，刚在一位老师家坐定，忽然，走廊里传来轻快的脚步声和欢快的笑语，我一听是陈老师。果然，不一会儿，陈老师掀开门帘，走了进来。他见到我，亲热地打了声招呼，随即高兴地拿出一个笔记本，告诉我们这是合肥的诗人刘祖慈寄来的。刘先生是要让全国崭露头角的几位诗人每人都在这个笔记本上写下一两首诗，以此作为手迹保留下来，说是多少年后，这个笔记本说不定就成了极为珍贵的文物。在此之前已有顾城、梁小斌等人题写了诗篇，还要寄到各地去，给舒婷，给叶延滨，给熊召政……我凑过去看了看笔记本，果然已题写了十几页，一个个诗人那风格不同却同样潇洒流利的字体展现在我眼前，我心中自是涌起一种特别的钦羡。过去一个个久闻大名的诗人仿佛远在天边，遥不可及，现在似乎就近在眼前。诗人们这一浪漫、洒脱之举对我产生了一种极大的引力。

我不知道所巨老师在这个笔记本上题诗了没有，但他那天兴高采烈、满面春风的模样在我心中留下了深刻的印象。那些年正值所巨老师的盛年，也是人生最辉煌的时期，有大组大组的诗作联翩出现在全国各大报刊的显赫位置，并屡屡获奖。著名诗人公刘在《诗刊》撰文称赞，《安徽文学》也发表了关于他的专题评论。他的那些诗描写复苏的农村一派生机勃勃的景象，有草木和稻谷的芳香，让我的心久久地沉醉其中。我总是一读再读，而且把他的意象如“风在田野上微笑”化入我的作文，使我在全县的作文比赛中也破天荒地获得了一等奖，那一时期，我自己写的诗也多少有些与他的田园诗近似。

所巨老师话语不多，给人的感觉更多是憨厚与沉稳。但是，不管我什么时候闯进他家，他总是亲切地接待我，有时，即便正在午休，一听说我来了，也要从内室里出来陪我聊上几句。他不多的话语非常洒脱，有时也透露出风趣、幽默，但更多是见出智慧。那一年，他四十初度，我问他年届不惑有何感想，他略一沉吟，告诉我：“四十而不惑，说不惑就是不惑，过去想不透的问题一下子通透了。”言语间，充满自信。后来，我又问他还准备将诗歌写下去么，他说：“有人说人过四十，诗兴大减，诗歌从后窗出去，散文从前门进来，我感觉不是如此。”又有一次，我们不知谈起什么，所巨老师说：“先驱者总是要遭遇牺牲的。真正的成功者，是在前人碰壁—落下—再碰壁—落下之后继续前进，方取得胜利。”他一边说，还一边抬起双手做着“碰壁落下”的动作。这段话在少年的我看来，不免有些世故之嫌，但我明白，这是他出自对我的由衷爱护。

所巨老师出身农家。在那样一个年代，一个地道的农家子弟能够成长为一个写出一两千万字作品的作家和诗人，确实不容易。我常常觉得这简直是一个谜。最直接、最浅显的答案，是他对乡土的热爱，是他对事业的执着与勤奋。他洞察细微，田野上的一切都尽收笔底。我读他的作品，一个强烈的感受，就是活泼泼的田园气息，一点不隔，这十分难得。他有很多机会离开这片乡土去大城市发展，却最终都因为舍不得而留下来了。我甚至听说，有时候他星期天还回老家干农活，这一点，更是让我敬佩。正是因为他能把根深深地扎进这片乡土，才会描绘出一幅幅斑斓多姿的乡村图画，奉献给中国的诗坛与读者。

有一次，我坐在他的书房里，谈话中间，他抽出一本英文版的《中国文学》，翻开来问我这些作品译得如何。我一看，是他的组诗《南方有竹》。我翻看着这组译文，仿佛看到中国的田园风光展现在其他国家的人民面前，感到非常振奋。多少年后，我还记得这一情景，在以所巨老师为原型的《田园诗人》这首诗里，我发自内心地歌唱：有诗的田园才是有福的田园，田园感谢他……

正是因为他身上更多地保有农民质朴的一面，故待人温厚，乐于助人。他将县城里的几个写作的青年紧密地团结在身边，言传身教，甚至带他们一道远涉大漠、边疆、名胜之区去采风，让他们去结识全国的诗友，去见世面，推荐他们成为作协的会员。就是我在中学时代推荐别人的诗给他，他也尽可能予以发表。我考大学那年，分数刚一下来，有关老师知道我与所巨师的关系，鼓励我去找他推荐上更好一点的大学，他一听就答应下来，要我将发表的作品列一个目录给他，我终因自惭不够格而作罢。身为比较有名的诗人，同行交办的事，他也一丝不苟地去完成，如八十年代初，《星星》诗刊托他代售刊物，每期他总是认真落实。我也为他在同学中间代卖过一些，但他对我很信任，从未催促我及时将书款交给他。

也许是因为我自己的写作水平迟迟没有达到理想的高度，也许是因为总想抓紧时间读点书，我到北京以后，跟文艺界包括所巨师的联系并不多，这是我要终生引以为恨的一件憾事。而到了上个世纪九十年代，文艺界的风气已经变化了，所巨师的作品虽然仍在不断发表，但受人瞩目的程度已大为减弱。这是没有办法的事，这是一个流行快餐文化的时代，各领风骚三五天，谁还会去读那些带有乡土气息的田园诗呢？或许他也感受到了一点寂寞，他是希望走到外面的人跟他保持联系的。记得一次回乡与他及他的另一个弟子相聚，酒酣耳热之际，他说有许多人现在也不写信给他了，我一听，顿时面红耳赤，连忙声明，是想写的，只是太忙……另一次，他明白地要我帮他在外面代买一些好书，让他及时地了解外面的信息，我也只给他买了两次就又不了了之了。每次寄书给他，嘱他不要寄钱来，他总是如数寄来，包括我自己所在单位出版的书。这也是我不敢再寄书给他的原因之一。但说到底，是因为我太懒，或者懒也不过是自欺的遁词。

现在，我的文学老师、我的引路人所巨先生因为积劳成疾，或许还因为寂寞，说辞世就辞世了，天年未尽、其才未尽，留给人们的是永久的思念，留给我的还有无法弥补的遗憾。虽然，我在他辞世之前赶回去和他见了最后一面，这种憾恨也已长留我的心中。眼下，一年过去，又是秋风起的时候，俗务缠身，我仍无法返乡为恩师扫墓，在他的碑碣前放上一捧鲜花，或者像古人那样，放上生刍一束，这更让我不禁怅惘。

时光真是如流水，它带去了一切。我多么愿意回到少年，还像当初那样，奔走在恩师门下，听他谈天说地，谈诗坛逸事，在他的座上如沐春风。然而，这是不可能的了。

我还记得有一年临近春节，我到县城拜访所巨老师，看见他的住宅门上已经贴上了大红对联，一派喜气；我很好奇，不知这著名诗人的门联是如何措词的，因此仔细读了一遍。有一副对联的上联我至今还记得，是“一点灵犀浩远地”，下联记得不太确切了，似乎是“万竿翠竹拂云天”。我认为这副对联做得是很好的，是所巨师的人生追求和对他自己人品与作品的期许，应该说他做到了。这对于我是一种永远的感召。

邂逅“老水手”

怀念诗人曾卓

有的人，你就算很长时间与他相处在一起，几年、十几年甚至几十年，一旦分别，你也未必会想念他；有的人，或许你只跟他有过短短的一段交往，甚至只见过一两次面，却能给你留下难忘的印象。

诗人曾卓无疑属于后者。我在二十多年前与他有一次邂逅，可是这么多年来，那相遇的一幕还在我眼前。

在遇见他之前，诗人曾卓的大名我当然早就熟悉。我读过他的诗集《悬崖边的树》，与书同名的那首诗是新时期“归来的诗人”当中的代表作，脍炙人口的名篇，给我以较深的启发。我甚至在高中读书阶段就曾读到他刊于《文汇月刊》上的专栏文章“听笛人手记”，一篇篇文字精美而深邃的读书札记，为我打开了文艺殿堂的一扇窗户，同样让我爱不释手。那时候，我没有想到有一天会遇见他，与他有一次近距离接触。

那是在江城芜湖，在我大学毕业的前夕。系里在忙于举办一次全国性的文艺理论研讨会，而我们这些即将毕业的学生正好没有功课，也没有人管我们，就纷纷溜出校园逛街。我最爱去的地方当然只有书店。正值梅雨季节，我冒着霏霏的细雨，跑进中山路新华书店，正在玻璃柜前流连，忽然看到了一本想看一看的书——《十年散文诗选》，便向店员提出拿来看一看，刚一接过书，没想到这时身边忽然响起一位老者的声音：

“你也喜欢散文诗吗？”

我循着声音看去，只见一位个头不高却满面深刻着皱纹的老人正用含笑的、清澈而深邃的目光看着我；我看到他衣履那么随便，心想这一定是这城里某个爱好文学或者就是爱读书的老工人，退了休后正感到寂寞，想找一个同好聊聊天吧。

我告诉他，我喜欢散文诗。老人的眼睛里越发有了喜悦的光芒，他说，这本书里正收有他的几篇作品。

这样一本规格不低的书里竟然收有他的作品？我略微感到吃惊，真是人不可貌相哪！我便问他：那么，您是谁呢？

“……”他说出了两个字。我一听，实在不清楚是哪两个字。我接着又问了一遍，他又回答了一次，我还是不知所云。我甚至认为他是名不见经传的作者，偶然有一首作品阑入其中。他见我仍然一脸茫然，便用手指在掌心上画了两个字，可是，我被弄得越发糊涂了。他见如此，便接过那本《十年散文诗选》，翻开目录，指着上面说：“这就是我！”

这下我看清楚了，顿时感到一阵惊喜。“啊，曾卓，您就是曾卓，诗人曾卓？”他点点头。我一下子激动起来，抓住了他的手，我们的手紧握在一起。我忙不迭地对他说：我读过您的诗，您的文章，我喜欢《悬崖边的树》和“听笛人手记”。他说：是的，是的。接着问我是做什么的。我告诉他是某大学的学生。他说，他正是来我们学校开会的。“文艺理论研讨会？”“是的，是的。”

我毫不犹豫买下那本书，再不想在书店里多逗留（生怕老人走开了），就陪着老人一同回校。走在雨后人流熙攘的大街上，我对街上的一切都不复在意，只顾和老人聊天。我主动告诉他，我也在练习诗歌写作，并向他介绍我所在学校的诗社的情况，老人静静地听着，偶尔表示赞许。我问他是否从武汉来，他也做了肯定的回答。我便问他几位我所知道的武汉作家的情况，他也做了简单的介绍，说他们跟他关系都挺好的，都还在写作。

我们一起走着，老人个子虽然不高，但是走起路来还是刚健有力。我忽然想起文坛上对他有“老水手”的尊称。我发现他，动作起来身上还透着灵活劲儿，仿佛真的是一名善于爬桅杆、抛缆绳、划桨掌舵的老水手。但同时，我也觉得他像一座不高但深深地蹲踞于大海波涛中的礁石，一任浪花在他脸上雕刻皱纹，总之，我从他身上闻到了一种大海的气息。后来，我在读他的诗集时，再一次强化了这一印象。

短短的一两公里路，一会子就走完了。进入校门，在分别前，我问他住的招待所门牌号，便提出下午再去拜访。他愉快地答应了。

下午三四点钟，我邀请我的一位学友一同去看他。一进门，他就热情地招呼我们，并向同室的一位学者介绍说我正是上午在书店里遇见的同学。他们给我和我的同伴让座。我呈上我的几篇作品，曾卓先生就细心翻阅起来，过了一会儿，他鼓励我说：你还是能写的，继续努力！我抓住时机向他请教了几个问题，他也一一作答。我们又聊了几位诗人的情况，之后我便准备告辞。临末，我请他在我的剪贴簿上题写几句话，他没有推辞，便拿起桌上的笔，几乎是不假思索就以极快的速度写好，递给我，我一看，是三句很有诗意的格言：

“题材摆在人人面前，它的主题只有少数人知道，如何表现永远是个秘密。——曾卓，88 年 5 月 10 日。”

在我看的当儿，他还坐到我身边，一句一顿地念了一遍，并告诉我，原话出自歌德，是他略作了一些字句的调整。他对我说：创作诗歌是一个艰辛的过程，要一辈子探索！

当我们告别出来时，老人送我们很长一截路；当我们走到了一个高坡上时，恰好碰见几个上了一定年岁的学者站在坡头散步、闲谈，曾卓把其中一位头发花白的高个子学者介绍给我们：“这是高尔泰！”

使我有幸还与这位著名的美学家握过一次手。

这一次见面后，我再也没有机会见到曾卓先生，也没有跟他联系（我是一个怯于交际的人，何况一直辗转于世途，沉浮于滚滚红尘），只是偶尔静下心来，他的形象、他的面容，还有他的热情、他那灵活的举止便会浮上心头，说真话，我还是颇为想念这个可爱的老头的。我也一直在想，为什么我认识那么多人，都没有这种感觉，而一次短暂的邂逅和不多的一些接谈，他就在我心中留下了这么深的印象呢？我想，那就是诗人的坦诚、率真！当我们在书店相遇时，诗人主动告诉我，他是曾卓，他有作品收到我手里拿着的书里，而不是遮遮掩掩、欲扬先抑或故作高深莫测，更不怕遇到不爱诗不读诗的人，还他以冷漠、茫然，他就这样热情地自报家门，这多么可爱，多么可贵，这才真正是诗人！

我后来在书摊上遇见他的《抒情诗选》，就毫不犹豫地买下来，一遍遍地翻读。诗人牛汉为他所作的序言也读了多遍，我觉得这序言也写得好，他把一个活生生的诗人曾卓的个性、气质与内在精神刻画（分析）得非常准确。序言一开头就说：

> “我张开了双臂/我永远张开了双臂。”这两行诗是曾卓一九八〇年写的一篇散文的结尾。假如为曾卓画像，这个张开双臂的姿态，我以为是很能概括他的个性与精神风貌的……

是的，这就是诗人曾卓的形象，平凡而大气，热情而浪漫，率真而闪射着思想的光芒，时刻张开双臂迎接和拥抱生活与朋友，真的是一个难得的好人、一个难得的好诗人！

2002年4月10日，曾卓先生溘然长逝。我在报上读到他的临终绝唱：《没有我不肯坐的火车》和“我爱你们”的绝笔，一时竟无语凝咽而又深受感动！再一次感到这才是真正的诗人！这位“老水手”

虽然从此消失了，但他曾经爱过、搏击过的大海还在。而只要大海在，那波涛里就一定有他的身影，那浪花里就一定有他的声音。

他岂止是一名“老水手”，他就是海的一角，就是一片海！

我怀念他！

父亲给我的文学启蒙

我的父亲终其一生只是一名小学教师，与文学其实谈不上有太大的关系。虽然本地的乡亲有时也称赞我们家是“书香门第”，只不过是因为我的祖父也进过学堂读过几年书，实际距离所谓的“书香门第”还差得很远。

但是，我的父亲确实是有些喜爱文学，他一生都教小学高年级语文，而且曾多年订阅《人民文学》杂志，业余总要拿起来看看。他的语文课也教得不错，甚至在全乡都有一点名气，不仅时常教公开课供同行观摩，有一年暑假，乡里还集中全体中小学教师听他讲“阅读与写作”的相关知识。他对我从小喜爱文学起到了很大的影响。从我记事起，他便开始教我识字；等我稍长，他便引导我阅读文学作品，偶尔还跟我谈到一些语文知识和作文方法。我之所以对文学始终保持浓厚的兴趣，甚至一直在“写作”，就是得益于父亲给我的文学启蒙。

时隔三十年，父亲跟我谈的有关文学的话题我大多忘却，剩下的只是一些零星记忆如所谓吉光片羽者，格外为我所珍视。

我最初对文学产生兴趣，似乎是在读了父亲给我买的《看图识字》与《红小兵》画报之后，于是，便总是渴望读到更多的图书。然而，那时候，除了课本，别的文学读物在我所生长的穷乡僻壤是没有的。父亲便在节假日在做家务的同时，凭他的记忆给我讲一些成语典故乃至寓言，而这也有许多恐怕就得自于他教的课本吧。什么“守株待兔”、“自相矛盾”、“掩耳盗铃”、“此地无银三百两”、“西门豹治邺”、“东郭先生和狼”等等，在刚刚长成一个少年的我听来，简直觉得新鲜极了：怎么还有这样一群人、这样一些事呢？历史时空便在心中渐渐扩展，眼前也展现出一幅幅生动的画面，似是悠然神往。但我还不满足于听，便自己动手去翻寻书本，在父亲自“文革”一来便主动付诸一炬的剩余读物即所谓“烬余”中，我翻到了几本旧杂志与一本领袖诗词及领袖著作的成语集释之类。杂志与诗词且先不管，成语典故已知道几个，便有兴趣进行更多的探索，于是静下心来一条条地读下去。遇到“杞人忧天”，看了注释仍似懂非懂，便问：杞人是什么人，为什么他要“忧天”呢？父亲跟我解释：古代中国有一个小国叫杞国；那地方有个人总担心天会塌下来，至于为什么这样担心，父亲也跟我说了几句，或者是语焉不详，或者本来就解释不清，总而言之，我是记不得了，但是，我却清楚地记得当我一提到“杞人忧天”四字，他便脱口而出：“啊，杞国无事忧天倾”，我觉得迷惑：怎么四字成语，又变成了一句古诗了呢？父亲跟我点明：这是一句唐诗。我不能确定他当时是否说出这是李白的诗句，但每当我翻开李白的诗集读到《梁甫吟》里的这一句，少年时的情景便再次翻上心头。

从这一句诗，我开始觉得，父亲还是有点学问的，虽然他比不得那些诗人、作家和教授。事实上，情况一好，父亲在家里也喜欢吟诵古典诗文的。我记得他吟诵最多的是周敦颐的《爱莲说》、刘禹锡的《陋室铭》、范仲淹的《岳阳楼记》，以及李白的《蜀道难》、杜甫的《三吏》《三别》与《茅屋为秋风所破歌》，尤其是李商隐的《巴山夜雨》、白居易的《暮江吟》、杜牧的《赠别二首》，父亲每次都吟咏再三：“君问归期未有期，巴山夜雨涨秋池，何当共剪西窗烛，却话巴山夜雨时”，“可怜九月初三夜，露似珍珠月似弓”，“蜡烛有心还惜别，替人垂泪到天明”，一咏三叹，低徊不已，若饮醇醪，沉迷久之，仿佛里面有不尽的意味。而且，父亲吟诵诗文是用传统的唱读法，唱歌似的，这使我想起鲁迅先生在《从百草园到三味书屋》里写的他的那位启蒙老师。每次听到父亲吟诗，我先是觉得好笑，继而是被吸引，而结末，我也能学他那样唱来一两句、一两段了。

父亲除了偶尔作文给学生作示范，或受人之托，偶写公文，我并没有见他写什么文章，更谈不上创作。只有一次例外，就是当我那三岁的小妹因为生病住进了县里的医院，父亲和我留守在家，灯下相对，父亲谈及小妹生的病，不免忧心忡忡，乃至绕室徘徊。但接着，他却坐下来，剔亮油灯，展纸取笔，写下一首五言绝句，大意谓：小女到县城，问病看医生；盼她早痊愈，同母返家中。他写好后，反复看，反复吟哦，又觉不妥，让我读了读，却又扯掉了。这给我的印象非常深，我似乎感受到父亲这样一个平日里对人比较严厉甚至比较苛刻的汉子，魁梧身躯里面却也有一副婉曲的柔肠。

最初那些年的暑假，因为还没有包产到户而又无须出工，我与父亲相伴在家里，他做家务，我做作业，便有很多闲谈。我特别希望他谈谈他读过的书，但他告诉我他并没读多少书。经过“破四旧”，家里除了领袖诗词、著作，也就剩下一本《欧阳海之歌》，我嚷着要看，他便找了来，我翻了翻，看其中没有好看的情节，又放到了一边，继续要他讲。他讲了几篇他欣赏的文章，如赵树理的《田寡妇看瓜》，说写得好。怎么个好呢？他说：田寡妇家里种了一亩地的瓜，最初，瓜一长大，总是要被人偷去，特别是一个叫秋生的人，因为穷，孩子们肚饿，总要来偷她的瓜。但是那一年经过了土改，田寡妇又到瓜地里看瓜，她遇见秋生，这回秋生说，你再也不用看瓜了，我自家地里也种瓜了，而且长得又大又多，都吃不了，正准备摘几只给你尝尝呢！前后有如此变化，反映农村的进步。我听了，也觉得这篇故事确实构思好。父亲趁兴再给我背了一段自已小时学习的文章，写清明节一家人去扫墓，怎样预备好一切、怎样撑船、怎样祭祀，文辞优美，情景如绘，我也觉得如临其境。

我一开始写作文，也是父亲手把手教的。后来自己会写一些了，但时常感到“文思枯竭”写不下去，父亲便一点点启发，一次次让我重写。有一次我没写几句就卡壳了，我想放弃，父亲告诉我，每个人一开始写作都觉得困难，就是大作家也会如此，但他们不放弃构思，聚精会神围绕主题（题材）深入挖掘，接着他讲述了左思写《三都赋》时苦思冥想的故事，说他所到之处哪怕是在厕所都放上纸笔，随时记录下闪现的灵感。另外一次他还跟我谈到书法家王羲之，说他勤学苦练，每天洗笔，竟将一池清水都染成墨色，以此激励我学习要下苦功夫。他谈到王羲之后来的成功，也深深地激励了我：有一次，王羲之在街头见到一个卖扇子的老妇人，见她好长时间都没有卖出去多少，便主动提出在扇子上题写几个字，顿时来买扇子的人络绎不绝。

有一天在闲谈中，我忽然想到了中国的四大名著，便问他读过《红楼梦》与《三国演义》没有。他告诉我，《红楼梦》年轻时翻过，但内容都记不起来了；《三国演义》读过，有几个故事还记得，如“草船借箭”、“东吴招亲”什么的。父亲告诉我，成语“赔了夫人又折兵”，就是讲刘备到东吴娶亲的事。停了一会儿，父亲又对我说：《三国演义》里写人与人之间都很有感情的，记得里面写一个人——刘备还是谁，送一个朋友远行，因为前方有一片树林遮住了视野，看不见朋友，刘备便命人把树都砍了。我听了，也觉古人如此重情重义，真是可贵。及至多少年后，我读《三国演义》时还把这个故事看了又看：“玄德立马于林畔，看徐庶乘马与从者匆匆而去。玄德哭曰：‘元直去矣！吾将奈何？’凝泪而望，却被一树林隔断。玄德以鞭指曰：‘吾欲尽伐此处树木。’众问何故。玄德曰：‘因阻吾望徐元直之目也。’”

他还告诉我一些字的“古音”，如“公车上书”的“车”字不读“che”而读“zhu”，并举例说“闭门造车，出门合辙”之“车”也读

"zhu"。还有"叶公好龙"的"叶"字读"she"。使我知道一些汉字的古今读音是不同的。

他偶尔会推荐报刊上的一两篇文章让我读。如1979年第7期的《人民文学》一到手，他读了后，对上面所刊丁玲的小说《杜晚香》颇为欣赏，在题目上画了几个圈，告诉我，值得一读。

父亲给我的文学启蒙，能够想起来的也就这些。现在看来，不过是一些基本知识，当然远远不能跟那些有家学渊源的学者从小所受到的熏陶相比，甚至可以说是不足为外人道，但是对于我却是弥足珍贵的，特别是那父子相伴谈话的氛围，让我陶醉，也让我一辈子怀念。我不知道父亲当年在启发教导我时，是否对我有过什么期许，但正是受他的熏陶乃至耳提面命，激发了我对文学的向往，我的语文成绩一直比较优秀，至今还不断从事文学阅读与写作——不是为了功成名就，而是为了始终保持生命质地的苍翠与滋润，我觉得这就够了，我因此非常感激我的父亲。

蔼如春风

怀念蔡钟翔先生

蔡钟翔老师逝世已近一年了，我从参加他的追悼会起就一直想为他写点什么，以寄托心中的怀念之情，可是一直没有理清自己的思绪。而随着时光流逝，过去的一点一滴却不时地涌上心头。

我和蔡老师的交往已近二十年了。那还是一九九〇年的春天，我在安徽乡间的一所中学教书，正急切地等待考研成绩的公布；有一天，我接到有“人民大学”字样的一封薄薄的信，心中顿时涌起一阵波澜，我激动地打开信件，一看却是一封裁去了信笺头上的单位名称的私函，落款正是蔡老师的名字。信中说，你的考研成绩出来了，各科目均过线，但名次不是靠前，而“文艺学”专业招生名额已满，如果你愿意，可以转到“古代文论”专业，但结果如何，须等系里通知云云。我一听，当然十分欢喜，当时我是十分迫切地希望离开乡村去读书，而且，我利用教书的间隙，读了李泽厚的几本思想史论、敏泽的中国古代文艺理论批评史及一些中国哲学史书籍等，对古文论也有兴趣，在大学时代也选修过这门课程，如果能跟从蔡先生读书是再好也不过的事了，我当即给蔡老师写信表示同意，同时在不安地等正式通知。

我的不安得到了证实，这件事后来没有下文。但是，我当时重返校园读书的愿望特别强烈，遂在一个月后自作主张北上人大，一窥究竟，也想争取争取。其时，蔡老师已应邀到我读本科的母校主持硕士生论文答辩，因此，我并没有见到蔡老师。只是在黄保真老师的主持下，进行了一次面试；说真话，因为我毕竟不是报考古代文论的，面试的成绩并不理想，而且系里说，转专业必须所考科目有两门是相同的方可，否则只能作为定向生录取，且要先找到定向单位接收，而我是一个乡间的教员，哪里能做到这些呢？虽然人大的老同学劝我南返找蔡老师，请他帮忙说项，让我去读我所报考的第二志愿——我的母校，但是，当时我的心里充满失败的情绪，只好自动铩羽而归。

这一次我虽然未能如愿以偿考上人大，但有了这一番经历，自觉跟我所报考的学校靠近了一些，也是有了一点收获，因此，我十分感谢蔡老师能亲笔为我写信。第二年，我重上考场，这次考试情况还与上次有些近似，我再次北上人大，这次我见到了蔡老师，他仍替我惋惜，并敦促我赶快联系第二志愿——东北师大，我听了他的话，专程赶到长春，幸好东北师大表示愿意接受我，我的心里算是稍稍得到安定。而这时人大这边也有了转机，同意正式录取我，我又一次来人大参加面试，其间也再次见到蔡老师，蔡老师当然十分欢喜。这接下来的几个月，算是我艰难的奋斗过程中难得的比较愉快的一段时光。

来到人大上学，三年里，我接触最多的有数的几位老师之一就有蔡老师。蔡老师个子虽然不高，矮矮胖胖，但的确是个蔼然长者，任何时候接近他都能够感觉到有缕缕春风在周围漾动，这缕缕春风虽然不是那么浩大，但的确是存在那里，我常想古人所谓“即之也温，叩之则有应”，说的就是这种情况吧。我虽然不是蔡老师的入门弟子，但是，因为我在课程里选修了一门“古代文论”，每周都同他的两名专业弟子去他家听课，也算忝列门墙吧，最起码是曾经亲炙，这一点，在我的读书生涯中是十分难得而珍贵的一页。

但是，因为“主攻方向”毕竟不一样，我对古代文论所知甚少，基本上没有什么学术基础，不但不能继承蔡老师的衣钵，就是他在学术上有哪些成绩我都不甚清楚。我只知道，他在古代文论学术界还是有一定的影响和威望的。这从他与其他两位教授合著的《中国文学理论史》煌煌五卷本一版再版，就可以看出；其次，在《古代文艺理论批评与研究》这样高规格的丛刊上发表过论文，而且曾任中国古代文论学会理事、副秘书长，中国《文心雕龙》学会理事、副会长，说明他还是取得了相当高的成就。每次去他家，总见他安静地坐在书房里，面前有一部打开的古籍，逝世前不久，他还在研读《六十种曲》；在他家上课，他总是给我们三位同学先沏上茶水，然后开讲，一上午或一下午几乎都不休息，从不马虎了事，而且还给我们布置作业，让我真正体会到读研的滋味，我很感激，也很敬佩他。

他的课给我印象最深的是讲司空图的《诗品》和石涛的《画语录》，他还带领我们结合中国道家的哲学思想讨论石涛的“一画论”，使我感受到他对这两位诗人、艺术家兼鉴赏家、理论家的欣赏。但最让我不能忘怀的是与他课余的纵谈。我虽然不是搞学术研究的，但平时也喜欢读一些学术性的文章（包括论著与随笔、杂谈），也知道一些学术方面的浅显的东西，就常用来班门弄斧，作与蔡老师闲聊时的谈资。而蔡老师不以我浅薄就不屑与我谈论。每一次一涉及，他就展开阐述一番。记得我问得最多的还是一些学者及其学术成果，和他们在“文革”中的遭遇，比如他在复旦读书时的老师郭绍虞、刘大杰，以及他的一些同辈学人。我们当然也讨论古代一些重要人物如王安石、苏轼、张居正等的成败得失，每一次都能听到他的独到见解，这些见解，如碎金、零玉一般闪耀在他的谈话当中，不时让我感到眼前一亮，随着时间推移，我越发觉得当时没有用笔记录下来，十分可惜。我只粗浅地记得一点，比如他最早跟我提到人文科学要长时间的积累，如春蚕吃叶，晚年吐丝，越老越好；比如历史上就有的对于清官、贪官看法的争议；比如苏联的大清洗与中国“文革”何者对民族元气伤害大。又如文人下海问题等等，都有涉及，都有见地，使我感到他关注的领域十分广泛，不仅限于古代文论。记得一次闲谈，不知怎么就谈到了做生意的事，他就跟我说，做生意要碰运气。他举了一个例子：清末一个商人，头脑并不精明，但他总是能发大财，比如有一年市面上白呢布大量滞销，价格很低，他却一下子买进很多，别人都笑他痴騃，但不久，连遭“国丧”——慈禧、光绪接连去世，他囤积的白呢布一下子成了抢手货，又大大赚了一笔。由此，他还谈到古代如范蠡、计然的经商之术，大多不出人贵我卖、人贱我买的路数，就这样他兴之所致、纵意谈来，给我启发良多。

少年人对未来总是抱有幻想，比如读书人素有修齐治平的愿望，我当然不敢有这么大的抱负，但多少还有一些梦在的。本想在蔡老师那里得到一些鼓励，但是，他从实际出发，并没有随意否定，当然也没有信口许诺，而是在言谈之中，透露出“治平”之世，知识分子用世之道更加艰难，体现出他难得的一份清醒。“请将万字平戎策，换作东家植树书”，在一次谈话中我发这样的感慨，虽然不一定是自诩，他竟然也没有嘲笑，却将话题转到写诗与做学问上。蔡老师知道我的爱好，第一次见面就说我是个诗人，真的让我感到汗颜，但他并不强迫我去做学问，他甚至主动向我了解诗坛上的一些情况，还与我讨论过当时流行的汪国真的诗，从他的谈论中，我隐约知道他的意思：流行必有社会基础，这一点值得研究，你的新诗创作，是否在追求艺术的同时，融入大众关心的一些问题进去呢？这个问题我倒是没有考虑，不过听了蔡老师的话，我觉得是值得思考的。

在谈话当中，我也断续地了解到他的一些生平与学术经历。他出生于上海，在荆天棘地一般的环境下长大，亲眼目睹日寇的暴行，每次见到太阳旗和日本兵都要被迫行礼的屈辱与亡国奴的阴影挥之不去。他谈到被迫学习日语，教日语的老师上第一课，就在黑板上写下“知彼知己，百战不殆”八个字，含蓄表达教学日语的迫不得已和爱国情怀，在他心中播下了爱国的种子。他积极参加学生组织，参加解放后的土改。到人大任教后，先是研究汉语，后转文论，“文革”以前，时间大多荒废，“文革”后才专心投入学术，才写了一些文字等等，使我看到一代知识分子的艰辛。他并不夸张自己在人生的道路上跋涉的艰难，反而为我们这一辈甚至更往后的一辈担心，为未来担心，认为社会竞争的压力更大，是否能有一个良好的心境去做学术真的很难说，如今他的话不幸言中。

三年读研，大多是在平凡、单调中度过的，我能够有机会多次与蔡老师接触，听他纵论古今上下，那一刹那，真是忘忧忘愁，极为愉快，使我寂寞的生活充实和丰富多了，想来真是要感谢他。想想也真是难得，不论何时，哪怕我偶尔路过蔡老师的寓所，一时兴起想去他那儿坐坐，登楼叩门，开开门来，蔡老师都带着亲切的笑容迎接我，坐在他四壁皆书的书房里，听他娓娓倾谈，感到光风霁月、山高水长，不安的心绪也矜平下来。我真的感到很有幸结识这样一位老人。从人大毕业后，我也不时去看望他，继续就古今一些话题闲聊，仍然有许多收获，直到他临终前，他躺在病榻上已不能动弹，还跟我提及从人大毕业的有成就的学者，他的思路仍很清晰。谈到王毅、袁济喜、吴方时，对他们的成就倍加称赞，对吴方的英年早逝尤其深致惋惜。

蔡老师为人淡定，喜怒哀乐不形于色，正如他逝世后，人大文学院为他所拟的生平简介上所言：“具有翩翩君子之风，胸怀坦荡，立身严正，虚怀若谷，克己奉公，与人为善，待人热诚，多为善举，与世无争，性格温润如玉，即之如沐春风。”我觉得这绝非虚言。这跟他一贯崇尚道家美学的人生态度有关。我不知道这样对生活、对学术都能真正做到淡泊为怀的学者还有几人，恐怕是越来越少了吧。他的去世，良可痛惜！

他曾亲笔题赠他的两本专著给我：《美在自然》、《中国古代戏曲研究》，很惭愧，我一直放在书架上，并没有读几页，或许在将来是要静下心来，认真读一读的，但是，即使不读或读不懂多少，他那蔼如春风的为人也将永远活在我心中。

一瓯清水剪层波

追忆黄保真老师

偶翻书，翻到林东海先生的《文林廿八宿 师友风谊》，读了第一篇写朱东润先生的《乔松本性》，文中说到朱先生曾托人给北京的几位门生带去他的书法作品，其中有给黄保真所书的绝句："持家作健近如何，辛苦米盐较计多。惭愧瘦单穷博士，一瓯清水剪层波。"我的目光久久停留在这几行字上，想起了二十多年前，与黄保真老师的一些交往，心里涌起诸多感慨。

我认识黄老师是在人民大学。但时间却是我来人大正式读研的前一年。那一年我第一次考研，也可以说是考取了，总分和各科成绩均过线，但并没有接到正式录取通知，而是由古代文论教授蔡钟翔先生给我来了一封信，说是我报考的文艺学专业录取考生已满，正考虑让我转到古代文论专业学习，但是否能行，须由研究生院决定。我立即回复蔡老师说愿意，却久久没有等到下文。我有些着急，便请假北上京城，赶到人民大学一探究竟。经我在人大读书的同学打听，才知转专业一事极为困难，因研究生院规定考试科目中须有两门课程相同才允许转，而我考的文艺学同古代文论专业只有一门课程是共同考过的，这事就难办了。但系主任陈老师见我已经来了，便说不妨安排一次面试，专考"古代文论"，看结果再定。我得知后，心里是十分不安的，因为我在考研时知道文艺学专业不考古代文论后便再也没有复习，所知非常有限。而这时蔡钟翔老师已应邀到我母校安徽师大主持研究生论文答辩去了，人大中文系指定的是黄保真教授来给我面试。我的同学立即找到黄老师的研究生一位陈姓师姐打听情况，并决定一起去拜访黄老师。我不记得是当天晚上还是翌日傍晚，我们一行三人从人大出发坐公交车进城，在我根本说不清方位的一个城区下车，来到一个旮旯里的小胡同，找到了黄老师。似乎是两间平房，已近盛夏，天气较热，黄老师让我们搬来几把椅子、小马扎坐在门前屋场上说话，除了室内有一点灯光，周围一片朦胧、幽暗。那一天，我们也见到了师母和他们的女儿，师母跟陈师姐说得很开心。我们约好第二天下午去人大举行面试，随即就返回了人大校园。前前后后，我糊里糊涂，如在梦中。

第二天黄老师在系里给我面试，也就是当面问了几个古代文论方面的问题，可以说，我几乎都没有回答得上来。我只记得他提到梁启超的《论小说与群治之关系》，还有我回答黄老师的一个问题，竟胡乱说是出自《仪礼·春官》，可谓驴唇不对马嘴。面试当然也就早早结束，我的心情不仅是失落，而且是惭愧不已。我有些后悔自己在大学阶段因为搞文学创作而忽略了古代文论的学习。面试结束，可能还有几句闲谈，大约我流露了来年改专业再考的念头，黄老师便谈到他教的人大下一届毕业生中有两位同学古典文学知识积累甚厚，其中有一个即将著书立说，言下之意是我明年的竞争对手亦十分强大。听了黄老师的介绍，我心情更加沮丧，甚至没有听从黄老师和我同学劝我从北京直接赶到芜湖母校，趁蔡老师在，请他帮助说项，让我入读“第二志愿”即母校的文艺学专业的建议，心灰意懒地回到我在家乡的工作单位，所谓“铩羽而归”，莫过如此。

但我心里一点都不怪黄老师。我是惭愧自己学识太浅。所以在来年，我第二次考研，在等待“放榜”的三月份，提笔给黄老师写了一封信。这封信侥幸保存了下来，这里摘录几句，可以看出我当时的心情：

在我心里，自从那天复试，我就把您当作最为崇敬的老师了，把您的今天当作我一生奋斗的方向！曹丕所谓“高山景行，私所仰慕”说的正是我对您的崇敬之心！不要说手捧您与蔡老师合著的煌煌五大册巨著《中国古代文学理论》，于我有汪洋浩瀚、不能穷尽之感，就是您发表的一些论文，就我所见的《道家、道教与中国古代文学》《荟萃·整合·过渡》《植根子史 博取西学》等等，也令我诵读再三，爱不释手……

今天……虽然我不但知道了您问及的《艺舟双楫》作者是包世臣，是我们安徽人，该书主要是讲书法艺术的，而且知道康有为还有《广艺舟双楫》；虽然我知道了王国维除了《人间词话》之外，还有《宋元戏曲考》《〈红楼梦〉评论》《叔本华之哲学及其教育学说》《古雅之在美学上之位置》《论教育之宗旨》等，还读了一些评述王国维的论文；虽然还读了一些文学批评史、中国思想史（主要是李泽厚先生的），中国哲学史，但是，我觉得我仍然只得之皮毛，仍然浅薄得不得了。我多么想早一天到人大读书……

这里提到的《中国古代文学理论》应是《中国文学理论史》，我大约只在人大同学处见过，回桐城后当然不可能有，到人大读书一两年后，才从蔡老师那儿买得一套。这套三人合著的古代文论史，黄保真老师撰写的篇幅最多。至于信中提到的黄老师的那些文章，我如今是一点印象也无。我现在手头除了这套“理论史”，黄老师的单篇论文只有载于《古代文学理论研究》（第七辑）的《论司空图的诗歌哲学》。在这种有名的丛刊上发表篇幅较长的论文也是很不简单的事，何况按时间推算，写作此文时，黄老师不过刚到不惑之年。

黄老师给我面试的第二年，我经过波折，如愿以偿来人大读研，见到黄老师的机会也就多些了。但是，真正见面好像也不多，原因是他正想调到海南师大去任教，已经不怎么授课了。他给我们这一届古文论专业的同学上了一段时间课，我们几个曾几次结伴去黄老师家拜访他，此时，他已不住在城里（黄老师在人民日报工作过，城里的房子是人民日报社分给他的），而是住在人大校园，大约是两居室。我们去他那里也就是随意漫谈，从时局到社会、教育、学术，都有涉及。师母有时也加入进来，大家聊得很开心。他们的小女儿正上中学，十分清纯可爱，在我们眼里，这是多么好的一家人。其实，师母一直没有工作，在那个年代，仅靠黄老师一人工资维持生计，确实有点吃力。他之所以想调到海南师大，据说就是因为那边答应解决师母的工作问题。有一次，我们几个同学聊得时间较长，就在黄老师家吃饭，吃的是饺子，自己动手包。我们几个同学除了我这个南方人不会包饺子，其他都会，我也试着包了几个，这大概是我第一次学包饺子。吃的时候，黄老师让女儿拿出橱柜里的一碟酱牛肉，但略有点尴尬的是，酱牛肉端到桌上，揭开盖子，从碟子里爬出许多蚂蚁，牛肉上也爬着许多……但我们为了不让老师、师母难堪，都说“没事、没事”，就蘸着醋，把这碟牛肉一扫而光。这可能只是一件偶然的事，但也略窥教授之家确实还是有点清寒。

黄老师是山东巨野人。我见到他的时候，他不过五十左右，正当盛年，言谈举止都很敏捷，风度潇洒，人也长得精神，跟他交谈，我是感到十分愉快的，而他又一直在等调令，让我们觉得随时都有分别的可能，我内心是有不舍的，有一次从他那里回来，我写了一首诗给他，以表惜别之心：

犹记第一次来京
一个乡下少年
满面迷茫惊恐
你平易温和的目光
是一道闪亮的缆绳

让他坚定如初
打开梦寐之门

我泅泳 登上金色海岸
沐雨栉风
在你深沉的眼意里
恣情于遥远海面
一片绮丽风景

南国信风一再登临
你的双桅船终于
开始沿碧浪航行
我的双臂化作羽翼
一只银色海鸥
绕桅而飞于你的航程

木棉烧红的岛屿
树起你新的绛色纱帐
崖下潮来汐往
案头盆景水仙滋润青葱
越鸟跳跃的枝头
一定有我的身影

在你朗朗讲书声里
岛上草木更加葱郁
你偶一回眸　会看见
那头乡下来的牛犊

在啃你洒过清露的青草
眼里闪着水晶

这首诗很快在校报上发表出来。此时黄老师还没有调离，我在内心仍希望他放弃这一决定。但他还是走了，到了海南。1997年底，我有一次海南之行，带上了黄老师在海南的电话，但是因为在海南时间紧迫，又怕打搅他，所以并没有联系他和去看他，失去了再见一次恩师的机会，颇为后悔。多少年后，我有一次与蔡钟翔老师谈起他，我问蔡老师，黄老师去海南这个决定对不对，蔡老师明白地告诉我：黄老师从人民日报调到人大，这一步走对了，但调海南，并非上策；他要在北京，学术环境条件更好些，会做出更多成就。确实，自从他调海南后，未见他有新的著述问世。而据后来见到师母的同学讲，师母在海南好像工作也不如意，人也比过去瘦多了。我听了后，当然在心里有点为老师惋惜。但其实这是不必的。我为写这篇文章，在网上搜索黄老师的信息，得知他已于2015年9月辞世，看他晚年照片确实像一个上了年纪的老者，一点看不出当年的风采，这也是可以理解的，毕竟过去了二十来年了。但也只是二十来年啊，时间改变一个人的手段太厉害了！

但他的口碑是好的，对于他的去世，同学们真心表示哀悼，对他的治学和教学精神一致表示赞佩。我想，他把自己的才华带到那个岛上，不仅仅是出于自身现实的考虑，可能也是有抱负的吧。

我再次读了朱东润先生给他题的四句诗，觉得生计问题也确实对于他有一种压力，所谓“持家作健”“米盐较计”云云，大概即指此，可知连他的老师都有些为他担忧。但朱老师说的“一瓯清水剪层波”，大约不仅指他的生活清寒，也有对他人生如“一瓯清水”的期冀吧。这种理解，也许是我的私心所愿。

愿您的灵魂在清澈的世界里永存，黄老师！

月光下的棕榈小径

我一直算不得是一名多好的学生，那原因似乎也“情有可原”——从小就喜爱诗歌，因而耽误了许多功课。幸好还能考上大学。在大学里，我也没有好好做学问或为将来做学问做准备，而是继续东涂西抹，写那些被自己视为“创作”的东西。

但母校的文科学系师资力量是素称雄厚的。就在我就读的语文系，也颇有几位在国内学术界知名的教师。其中的一两位我小时候就听父亲提起过。他们大多住在校园里的后山上——母校背依赭山，一道墙垣之外就是赭山公园。墙垣势若游龙，随山坡缓缓起伏，而墙内墙外都是绿树葱茏，几成一体。学校的艺术系也设在那里，时时听到琴音笛韵悠悠传出，自是有一种幽深神秘的意境。

这是我敬重向往的地方。它的左右两侧也有几条小径可以通达，小径两旁还生长有一株株茁壮挺拔的棕榈，长长的树叶辐射开来，几可拂拭一级级向上的台阶。我在课余也曾在这几条小径上溜达，并向散落在各处的教师住宅投注好奇崇敬的目光。但那时我感觉学术之于我是那么的遥远。

一天晚上我在寝室里自习。说是自习，也不过是乱翻翻当时出版的期刊或诗集而已。忽然，从敞开的寝室门口，径直跨进一个清瘦而高的身影，我定睛一看，竟是正教我们秦汉文学课的潘老师。我早已知道他是一位有名的才子，不到四十岁就在许多的国家级学术杂志上发表论文，引起学界的瞩目；现在，他从我仰望的讲台上来到宿舍，来到我的面前，我不禁感到惊喜。我请他坐，他也毫无犹豫地坐到我对面的床铺上，与我交谈起来。他问到我的姓名，是哪里人，对文学研究有无兴趣，我如实相告喜欢创作，以为可能会引起他反感，没想到他会说：好嘛，年轻人就应该写诗，我年轻时也写过；有人说，中文系不是培养作家的地方，我看未必，许多作家也正是中文系出身。他问我写了些什么，我拿出一个笔记本给他看，他认真地翻阅起来。我正为自己的稚嫩之作感到惴惴不安，他却指点着一页页说：这首还不错，这个题目好，这首立意不差，只是题目“塑一座精卫鸟”，“精卫”二字怕引起人联想到那个汉奸，不太好办。最后，他竟提出要将我的这本习作带回去仔细看看。已在学术界崭露头角的青年才俊如此重视一个大学二年级学生的“创作”，真是出乎意料，我感到既惊且喜且惭。但更令我感到惊讶的还在后头：一个星期后，潘老师在讲课当中竟然停下来谈起了我的“创作”，大加赞赏，大约说有才情，有基础，有的已相当成熟，如果加以努力，当会取得成就云云。我在下面听着，自是满心欢喜与感动，但没有出息的我却没有好好地洗耳恭听，不是因为我谦虚，而是因为有一件事分了我的心——那天早晨，我刚准备从寝室里赶往教室，却目睹校园里一件意外事件发生，我正急切地想告知我的同学，并鼓动他们去一探究竟，竟没有顾得上细致地听也没有认真思索潘老师对于我的评点，可见，当年我是多么的幼稚和孟浪啊！

也许是出于内心的歉意，过了几天，我便一边打听，一边沿着那通往西山的小径摸到了啸龙老师家。他开开门来，笑容满面地把我延至他家客厅。稍一坐定，我们的谈话便无拘无束地展开。我对他怎么走上学术道路感到好奇，他告诉我，他出生在上海，从上海复旦大学新闻系毕业后分至皖北凤台，担任过中学教师，后又到教育局工作，上个世纪七十年代末考入本校，师从卫仲璠、蒋立甫先生攻读先秦两汉文学。他介绍了他的两位导师（我都不认识，因为年事已高，他们都不再执教）的学术门径和成就，说："正是在他们的耳提面命，谆谆诲导和勉励下，我才逐渐懂得做学问之道，开始了对《诗经》、《楚辞》、《史记》，汉诗和建安文学的研究。"他也说到他几篇论文的写作情况与发表经过，时隔二三十年，我记得的篇名只有《〈九歌〉六论》了，因为这篇他提得较多，可以感觉到是他影响较大的得意之作。我还记得他说，写论文也跟文学创作一样，要抓住读书时的直觉，勇敢探索，迅速用文字记录下来，以后再扩展、补充，这有点像胡适先生提倡的"大胆设想，小心求证"。他还讲到他在学术上的愿景，从《诗经》、《楚辞》、《史记》顺流直下，打通整个文学史。我为他的学术抱负肃然起敬，更非常羡慕他有这样勇猛精进的精神。他还从卧室里抱来一大叠文章剪贴，说是他在研究学问之余发表的杂文，最初是应他在《市场报》做编辑的同学之邀而写的，还将继续写下去。他一边谈话，一边招待我喝茶，不知不觉一个多小时过去了，我朝室外的庭院望去，见那里已经洒满正午的阳光，而室内更是充满生机。

这是我第一次接触一个真正做学问的人，从潘老师那里，我感受到学术也并不是如我所想的那样枯燥，而也是可以充满激情的。这当然是因为潘老师本来就是很有激情的人，这一点在往后两三年内我进一步感受到，他无论对学问还是世事都保持着不随人俯仰的独立的见解与批评的姿态，这一点是极其难能可贵的。

从此，通往西山的那些棕榈小径在我看来，不仅变得熟悉了几分，也变得亲切起来。我多么想能不时地迈上这些小径，去拜访潘老师及其他老师，但我深知，他们都忙于教学与科研，也不便经常去打扰，同时，才疏学浅的我也无法与他们交流啊。有时，甚至在深夜，我走上小径，也不过独自徘徊，但闻一闻坡道上草木的气息，心情也觉是那么的舒畅。

但第三学年接近期末，却因为一门“唐代文学”的考试没有及格，让我一时冲动，在一个月夜一路疾行来到这山麓，冲上小径，跑到了同样居住在这里的刘学锴老师家门前。刘学锴老师是著名的唐诗研究专家，他的《李商隐诗歌集解》煌煌五大卷，已由中华书局出版，而我在中学时代也就曾读过他的《唐代绝句赏析》。这一次，我竟可笑地抱来了自己发表的几十篇作品剪贴。我叩门，来应门的正是刘老师，一个个子不高而清癯的老人（其实那时他不到六十岁），得知我是他班上的学生后，就将我延入唯一还亮着灯的他的书房，看得出来，他正在灯下忙于著述。我向他陈述我来的理由，说他这次考题出得不合理，很大部分都是默写诗句，显然失之偏颇，我们为什么就必须记得这些唐诗呢？唐诗那么多，我们可能记得这个不记得那个；班上有那么多人都没有及格，而且，据我所知，及格的未必就真的是唐诗学得好的同学，亲眼所见的是卷子发下来，坐在教室后面的同学纷纷翻书，这次考试显然有失公正，应当作废。刘老师以他一贯的平静神色听完了我的倾诉，对我说，系里已注意到有关现象，所以很久才公布成绩，但既然是考试，就得算数，不及格的可予补考。我向他呈上我的那些“作品”，并说我从小就读他的“唐诗赏析”，还不由分说就背诵李商隐的一首“无题”（“来是空言去绝踪”），意在说明我是喜欢唐诗的，也能背许多唐诗，怎么能连考试也不及格呀（考试不及格在我学生生涯确实是破天荒的事）。也许是这一番慷慨陈词起了一点作用，刘老师竟说：“我们可以再考虑一下，你的作品留下拜读，过几天你来取。”我遂辞出。走在那条因月光照耀而留下斑驳树影的小径，我没有觉察自己行为的冒失、可笑，心情仍如来时一样沉重，只觉脚下的台阶也参差不齐，高高低低，而清风拂来，棕榈叶一片沙沙作响，却似在安慰我。我遂踏着月色加快脚步回到宿舍。

大约一个月后，我的心情也平复多了。我再去刘老师家。这次我除了见到刘老师还见到正在择菜的师母（师母似乎比老师年轻得多）。

这一次，我们好像都没再提考试的事。刘老师还回我的作品剪贴，告诉我：也没有工夫细看，感觉还是不错的，既然已经发表了许多，你说喜欢唐诗，应该的。推荐你看看我的老师林庚先生的《唐诗综论》，会有启发。林先生也是诗人，后来在楚辞和唐诗研究上成就卓著。他一边说，一边从另外一间屋子里取来《唐诗综论》，我接过来翻阅起来，浏览了几页，就感觉到一种亲切有味的文风，直觉告诉我，这确实是本脍炙人口的好书。说着话，刘老师又从书架上取下一册他和另一位老师合著（注释）的《李商隐诗选》，说你既然喜欢李义山的诗，就送给你。他还打开书页，在扉页上题上“天意君须会，人间要好诗，录香山句”等字样并签名。我提到他的《唐代绝句赏析》，他又问我读了其“续集”否，我答没有，他复从书柜里找到一册，也在扉页题上了“转益多师是汝师”几个字，一边念着这句诗，一边解释其出处和含义，并说希望我也能如此，广泛学习，最后形成自己的风格、特色。

拿着刘老师送我的书，虽然考试不及格的疙瘩在我心里并没有解开，但走在小径上的脚步无疑也轻快了许多。后来，我虽然与刘老师再没有单独交往，但我积极地选修了他的课，并把他送我的那本《李商隐诗选》读了一遍又一遍，以至都有点迷恋李义山那一首首缠绵悱恻、深情绵邈的诗歌。

此后，我也多次往返于这几条棕榈小径。我登门拜访过翻译家力冈先生，他翻译的《静静的顿河》《日瓦戈医生》刚由漓江出版社出版，这位在“文革”期间饱经磨难的翻译家正声誉鹊起，他推荐我读艾特玛托夫的小说，还送了我一本译著《别林斯基传》。

往事如烟。大学时代生活日渐模糊在岁月的深处，说真话，现在要我准确地说出通往西山的那几条小径的方向以及各位我尊敬的老师住宅方位，已十分困难，但是，我始终记得那清幽的小径上棕榈树“嗖嗖”垂落的碎影，那一级级上上下下，甚至忽有忽无的台阶，那洒落在小径上的阳光与风声，尤其是那天去刘老师家“陈情”，回来时所踏的一路月光——似乎当时没有多么注意，而后来这月光却在记忆里越来越清晰，以致让我觉得我似乎一辈子都行走在了这条幽邃深远的月光小径上……

第四辑

这倒像我们的生活，看似天天都差不多，其实天天都在变化。这一切的变化，如果你不去注意，不去想它，你甚至都感觉不到；而一旦认真地回想起来，一切又都恍如隔世。

二十五年前的一天

上个世纪八十年代的一篇日记

我在大学毕业以前几乎很少记日记，就是偶尔记，也坚持不了几天。现在随着岁月变迁，这些日记也都毁掉了。但前天偶翻自己的诗抄本，却发现了写于 1988 年 4 月 6 号的一页日记，重读之后，这一天的情景就比较清晰地浮现在我眼前。

应该说，这一天是从“不顺利”、“不愉快”开头的。那年四月我都在芜湖市的一所中学——二十中实习，因为我即将毕业，走上工作岗位。这所中学其实是所职业技术学校，学生毕业后原则上是可以直接就业的。它比一般高中的录取分数线要低，学生的成绩当然都不是太好。这些十七八岁的男孩、女孩（以女孩居多）对学习也没有多少兴趣，没有几个愿意认真听课，上课时甚至连头也懒得抬，我很难从他们的眼睛里看到什么反应；课余时间，他们倒是喜欢围着我说说笑笑，尤其是那些女孩子，一个个唇枪舌剑，跟我抢白、逗趣，厉害得不得了，简直叫我招架不住。

这一天的日记一开始记载：“上午去二十中上课，讲解《威尼斯》。该校实习指导老师张志宽今天意外地没有来听课。课讲得不生动，似乎同学们听得也不带劲。”这里很大的原因，可能就是“师”生之间缺少了互动，当然也在于自己初为人“师”，没有经验。“课讲得不生动”，照说也没有什么，但我和我的同学是以三五个人组成一个小组去同一所学校实习的，小组有负责人，负有督责之权，所以一般都要随堂听课，课后讨论的。日记第二段记录："上完课去语文教研室，同组同学指出我上课串讲过多，有责我不负责之意。我愤然回师大。"确实有这么一回事，我记得当时我还反驳了指责我的同学，大意是我从小就酷爱读书，读了那么多的书，难道连这么一个课都讲不了吗？我的讲课方法是对的（意思是就应多串讲，给学生以知识，但我忽略了，这所学校的学生语文程度并不高，你串讲太多，人家听不懂，甚至会觉莫名其妙）！我那时是多么的自视甚高，自以为是啊！而且到了与人一语不合就拂袖而去的地步。我现在大约再也不会这样了吧？呵呵！

拂袖而去，自己也会是心情不好的吧？所以我在日记里写下"愤然"二字。但是，那时毕竟年轻，心情很容易"晴转多云"，也很容易"多云转晴"啊！在回校的路上，却有一件很小很小的"细事"挽救了我。是件什么事呢？日记里也有记录："路上，一十岁左右少年喊我'叔叔'，并要我给他系鞋带，我有些不解，但仍给他系上了。他道谢。"这确实是小事一桩，但是却让我永远记住了，因为我还从来没有遇到过这样的事：走在熙熙攘攘的街头，忽然有一个少年出现在我面前，停下来，跟我说，请帮忙系上鞋带，他自己立在那里，一动也不动，我感到诧异，所以，在为他系好鞋带后，忍不住要问："你为什么要我系？"因为在我看来，他完全可以自己系的。但此时，街头上那么多的人，这个少年不去找，却找我为他系鞋带，说明这孩子也看出我乐意帮助他！他对于我充满信任！这怎能不叫我感动，并进而领悟：我还可以为人所需要，我还可以对人有用啊！顿时，刚才在实习学校所遇到的不快一扫而空，我的心头轻松起来。年轻时的心情就是这样容易起伏波动。

我一直念念不忘此事。事隔七八年后，我还将这件小事写进了我一首题为"感恩"的诗中：

一个孩子在街头停下来
等待我给他系上鞋带

这是诗的开头两句，往下我还写了种种生活中的琐事对于我心灵的安慰与启迪。正如这个要我给他系上鞋带的孩子，不是他应感谢我(那是我可以做，也是应该做的)，而是我应该感谢他！

以上是这一天的前半天，后半天呢！同样记录下来了："下午睡至四时——二时方睡且昨天失眠。"昨夜为什么失眠呢？为爱情之不可得，为青春期的躁动，抑或为即将毕业而感到前程渺茫？不得而知。还好，还能够沉静下来读点书。日记接下来记着"读《歧路灯》数章。"如果真如日记所记读了"数章"，说明这天下午我还真看了不少呢！但是，《歧路灯》写的是什么故事，我现在是一点印象也没有了，如果不是有日记为证，我都不记得自己还读过《歧路灯》这部小说（虽然很可能后来也没有读完）。可笑的是，我在日记里还加以评论："此小说还有那么一点意思。"一副居高临下的架势，真是初生牛犊！不仅此也，还将当代作家的小说与之比较，认为："似乎当今小说也写不过它，更勿说（能出现）《红楼》《西厢》那样的作品了。"这是我持续很长时间的看法，就是在小说创作上"今不如昔"，近年似乎已在逐步修正这一观点，但是，也仍认为：中国当代小说要想真正超迈古人，还有一段较长的路要走。但也不能简单类比：毕竟一时代有一时代之文学。

这一天到此，先前的不愉快心情大约得到了进一步缓解，最后，却终得以"快乐"、"愉快"收场，为什么呢？请看日记最后一段：

"晚上，安大老乡黄××从实习单位（马鞍山市纪检）来玩。胡、江、黄及我去文化宫看录像《功夫皇帝》，写康熙'传位'十四子抑或'传位于'四子之事，武打。"

黄××与胡、江都是我高中的同窗好友。黄考入安徽大学，胡、江和我就读于师大。这一年，我和黄都参加实习，黄实习的地点马鞍山距芜湖甚近，自是要来看看我们的。记得当晚，我请他们吃了芜湖的特色小吃：炒面，然后正如日记所写，去看录像武打片《功夫皇帝》，地点是市文化宫，离师大只有一箭之地，都在波平如镜的镜湖边上。该片的内容日记也记得很清楚。整整二十年后，我重返江城，到镜湖边上走了走，哪里还有什么文化宫，早已经拆迁，改建镜湖广场了。我记得当年在这文化宫里不止看过一部电影（或录像），还记得在文化宫的入口还有一两只玻璃柜陈列着几本图书在这里出售。我曾经看到一部今人张舜徽的《清人笔记条辨》，很想买，可又觉得定价不菲（当年可是"穷学生"一个啊），徘徊许久，最后还是怏怏而去。

时间过得多快！弹指间，二十五年——四分之一世纪都过去了，时光带走了许多事物——我们的青春，我们的青涩，甚至还有我们的意气、豪情、理想，但是，它到底带不走我们的记忆。

记一次演讲

非官也非名人，我平生几乎没有演讲的机会。所到之处，既不会有人请去谈施政纲领，也没有人要我讲研究心得、创作体会或人生经验。说“几乎”，是因为勉强说来，我似乎也曾做过一次“演讲”，不过那是一次并不成功的演讲。

确切的日期记不得了，那大约是在我大学四年级的第一学期，深秋抑或初冬的一天，反正天气还不太冷。地点是在我就读的师范大学某系教室，邀请者即为该系的学生会。讲的内容是关于当代诗歌创作。

其实，我是没有资格讲这个题目的。但是，我那时——应该说在此之前不久，还是这所学校的诗社社长，只是到做“讲演”的时候，我已经“卸任”，由低我两个年级的一位同学接替了。但仍被当时的校园诗歌爱好者认为在诗歌创作方面较有“实绩”者。

这就要说到当时的大的背景。上个世纪七十年代末、八十年代初，大学校园开始广泛地集聚中国年轻一代的精英人物（在此之前，大学停招，能入大学者实在寥寥），思想空前地活跃，加上新诗界“朦胧诗”的兴起并广泛流行，给人以耳目一新之感，所以校园里产生了一批又一批最新锐、最有才华的诗写者和诗歌爱好者。他们简直是校园里的王子，其受崇拜的程度简直不下于现在的各种明星。我差不多是八十年代中期步入大学校园的，算是赶了个“尾声”。正像“九叶派”诗人杜运燮先生说他考入西南联大是无形中捡到个“大礼包”一样，我所在的这所师范大学其诗社号称为“全国四大高校诗社”之一，当时很出了几个省内外诗歌界响当当的人物。从小爱写诗的我也觉得真是一种巧合，一上大学，似乎就被校园诗人夺目的光辉所眩所迷，很快就接近他们而加入了“组织”——“江南诗社”，并偶有诗作发表于刊物。我的前任就是小有名气的一位诗人，他也很有组织才能，接连组织了两次全江城四所高校联合举办的“江南魂”诗会，影响很大。而且，他还很有理论素养，所写的研究大学生诗歌创作的文章被省外有名的文艺理论杂志发表。发表之前，他就以此为题在本校演讲过一次，效果很好。他毕业以后，我接手诗社，客观上说，此时校园诗歌已出现退潮迹象，加上我能力有限，所以本校的诗歌运动不仅未能更上一层楼，似乎有些难以为继了。

但即便如此，我沐浴前人的余晖，仍在校园里有一定“知名度”，所以，这个系（大约是教育系）的学生会要开展活动，仍将请我去做一次“演讲”列为项目之一。我一接到邀请，就极力推辞：一是我担任的“社长”职务已交下一届同学，二是我素来不是专注于诗歌创作，平时杂览闲收，在诗歌创作上并没有形成自己的观点，更谈不上有什么理论，我能给大家贡献什么呢？但是邀请方坚持要我去讲讲，说是就我所知随意谈谈，并且届时还要出海报。我更是反对在全校广而告之。但是，他们以为我只是“谦虚”，便仍然按他们的意思去布置。我也只得略略想了想该讲什么，还做了两页笔记，以为好歹要将场面撑下去。临近演讲日期，校园里果然贴出了“海报”，并在我的名字前，仍然署有“社长”头衔。我虽觉有一点不妥，但也无法更正。

到了做演讲的那一天晚上，却既没有人来通知我、邀请我，也没有人陪同我一道前往。说真话，我本来就有点底气不足，这样似乎就更没有多少底气了。加上出了宿舍区不远，就像是约好了似的，我即遇上了“新任”社长，这新任社长当即指责我已“卸任”，不应再用“社长”名义去演讲，我只得解释，但也解释不通，这样一来就更觉索然无味。

这样勉勉强强到了教学楼，主动来到演讲现场，一看，嗬，雪白的灯光下，竟来了这么多人，不禁吓了一跳。不仅教室里座无虚席，就是过道上也挤满了人，而且门口还有一层层的围观者。这阵势我从未见过，但这不仅未引起我的兴奋，增加我的底气，而且多少让我更加慌乱。我在心里直叫惭愧。这时想退也不可能了，主持的人已见到我，把我请上了讲台。我甚至没有看清黑板上写的演讲题目，就十分局促地把笔记本掏出来，放在讲桌上，等待主持人做开场白。主持人也没有怎么多介绍我，让我觉得我来这里多少有点“名不正，言不顺”的意思了，似乎更不知道从哪里说起，甚至不敢把头抬起来，与满屋子期待的目光对视。局促了半天，觉得无论如何总得开口，便照着笔记本念了几句，大意是说：校园诗歌已走过近十年的历程，似乎高潮已经过去，现在出现分化和衰退局面，大学生的创作不再局限于诗歌一域，更有向散文、小说发展的迹象，尤其是散文创作，方兴未艾，出了几个很有名的大学生散文作家。我本人当下也热衷于散文创作云云，连我自己都觉得这些不过是“强说之辞”，不敢说有多少道理。然则既然被赶鸭子上架，也只得这么说说罢了。

要命的是，由于自己本不是“神完气足”，加上神情不够自然，埋头看本子的时候多，讲话不很连贯，所以根本不能掌握、调动现场气氛，很快，下面听讲的人出现了窃窃私语，甚至有声音说：“他在说什么呀?”“一句也听不懂。他是哪里人?”我知道：坏了，我的方言口音太重，我讲话根本不登大雅之堂。随后，听众席中就出现骚动，听讲的人一个个拿着自己的书包、饭盒（这是随身携带的）从我的讲台下经过，溜出门去了。尤其是刚才还看见来了那么多很有神采的女生（有的平时在校园里就很受瞩目），现在她们可能看到我这么一位号称“校园诗人”的同学竟这么“老土”，没有一点想象中的浪漫风采，更是个个掉头而去，只剩下我仍然僵立在台上喃喃自语。最后，总算教室里的每个座位上都还坐着一位同学（但天知道他们在做什么，或许在读自己的书，或许是本系同学出于礼貌留在那里），我也总算克制着，勉强把“演讲”坚持到底——结果，我感到的沮丧和痛苦可想而知。

多少年后，我还偶尔想起这一次不成功的演讲。一开始，仍是感觉羞惭，渐渐地，我也学会了“原谅”自己——毕竟自己那时还是二十刚出头的青涩“青年”，所知甚少是必然的（就是现在我又能知道些什么呢？——虽然这么多年来自己一直在“学习”），现在想起来那一晚的情景则不免哑然失笑。

不过，八十年代大学生对诗的热情倒真是让人感慨系之，不知现在的高校大学生还如是否。

我的狂言选

少年轻狂，几乎是每个人都可能有的吧。青春年少，血气方刚，一个人如果各方面都还比较健全，加上有几分聪明才智，可能对他的人生都会有一番憧憬和幻想；所谓一张白纸，可以画最新最美的图画，差不多与此是同一个道理。有的人性情温和，或者过早地看到生活的艰辛，即使有什么志气也会含而不露，显得沉稳；有的人情感外露，有了想法就会抑制不住想向人倾诉，甚至脱口而出，不免被目为“狂”。

我小时候大概有点像后者。生在乡野，比身边的同龄人略为多读了几本书，学习成绩一直居于上游，受到一些称赞，尤其是看了古今一些英雄人物的故事，不知从哪里勾起了一股豪气，以为“大丈夫当如此”，总觉将来要过一种不平凡的人生，所以意气风发，实际上则是“少年哪知世事艰”，或者说“坐井观天”而已。当时也没有读过“郁郁涧底松，离离山上苗”之类的诗，不知道你所一辈子追求的往往是人家生来就有的道理，即使你每天都在奋斗又如何呢。所以发而为言皆为“狂言”也就是自然的了。许多“大话”都忘记了，屈指数来，也还记得三五句；虽然提起来不免脸红，却忍不住还要记录下来，以示自己也是曾经有过梦的，也是打上稚嫩痕迹的“热血”少年（青年）。

我口出狂言，大多是在三十岁以前。这也是自然规律，三十岁以后，人生风雨渐多，即使有锐气，人不磨之折之，天亦“钝”之。现在，那些“狂言”“大话”我是怎么也说不出口了。

最初说出的一句狂言，自己看来确实有点惊动世俗的意味，它是什么呢？其实也很平常，不过八个字：“为国为民，志在四方。”说说不算，还把它用毛笔写在纸上，贴在自家的墙壁，以便在怠惰的时候，策励自己。其时是十二三岁。说它平常，乃是因为“志在四方”，在古人看来，是一个男儿应有的志气。古时男子出生，以桑木做弓，蓬草为矢，使人射天地四方，寓志在四方之意。看，这都是一种风俗了，有何奇异的地方？我的狂言前面有“为国为民”四字，口气有点大，但那是由衷之言。我那时不知天高地厚地以为只有将自己的命运和国家、民族的命运联系在一起，才能成就不平凡的人生，不屑于为一己去“蝇营狗苟”；我甚至认识到说“国”说“民”，不说党派团体，乃是因为“国”与“民”是超乎任一团体之上的。这是我看重这几个字的原因所在，也是我的豪气即“轻狂”所在。而实践证明，现实生活中能有几人做到谋国不谋身，人首先要活着才能谈得上别的，而谋身容易吗？够你一辈子费神、折腾了，所以“为国为民”终究只是一句话儿。想来不是有点可笑吗？

但是，这八个字对我本人在一段时间内还管用，所以我在大学毕业以前，基本上没有什么狂言。硬要说有的话，是句比这要现实得多的“大话”，那就是我在跟我的一位同窗好友在江城的街上散步时，他问到我的人生目标，我答道，是使我写的文章跻身中学语文课本。我的同窗听了，略作思考后，点头说：不错，文章能上课本，那文章一定写得好、写得多了，不枉一生。其实，这句“现实的”大话又岂容易哉。现在，虽说我的同龄人甚至认识的人当中屡有文章进入课本的传闻，但那能不能真的经得起时间的考验而成为经典还很难说哩，更多的是因缘机巧而已，起码我都没有读过，何谈遍传人口——而我觉得，选入课本的文章标准就是这四个字，又何况现在的课本也多，变换也快。当然，我应当自愧不如而不应有什么“酸葡萄”效应。

大学毕业后，被打发到一个偏远的小镇教书，对于一个屡出狂言，而又“小能著文”的二十来岁青年人来说，心犹不甘，而又苦于无法改变命运，唯一的途径就是再去求学，重上学堂。于是一心一意考研。这时，才初步接触一些学术著作——大学时代都忙于“创作”去了，忽视了专业课的学习和学问的积累，这一接触却让自己颇感震撼：原来还有这么多的理论，而且是有意思、有堂奥、有嚼头的理论，我顿时觉得头脑里打开了一两扇窗。我如醉如痴地读起这些理论著作，而不再局限于文学作品，什么《中国美学史》、《中国文艺理论批评史》、《中国绘画史》、《中国哲学史》，都是这时候读的，每本书都读得兴会淋漓，尤其是李泽厚先生的三本思想史论与《美的历程》，更是高山仰止。沿着这些基本史纲，当然也读了其中提到的一些原典，都觉得好得不得了。星期天也不回家，搬把椅子在宿舍走廊前一遍遍地朗诵《文心雕龙》，也是只有在这时候才能做到的事。因为读书投入，除了本职工作，基本上不问窗外事，连衣服也不知道去买，有时实在没得穿的，就从父亲那儿抓取一件就穿上，真是成了一个痴子，所以身上的衣履不免都是破敝的，但是内心特别充实，所以那种豪气豪情（实际上是“痴气痴情”）又上来了，在日记中写下一句“狂言”：“破旧之衣裳岂能掩我不朽之光辉!”仿佛自己将来真的会“了不起”起来，还将“不朽”哩！现在看来，不朽在哪儿呢？

也正是开始读上述的著作，深契于心，所以考研的意义在我眼里也开始放大，考研不再仅是改变个人命运了，而变成了我要到北京求取真知。所谓真知是什么呢？那就是要弄清：中国过去是什么样子？为什么是这个样子？将来还将是什么样子？并把这话对我的一些好友与后来的同窗一再重复，真有点铁肩担道义的慷慨气概哩，中国是什么样子到底弄清了多少呢？如果说一点不知道那是假话，真懂了多少，只有天知道，所以这三个问号实际上也是一句狂言。

到了北京读研，不消说，眼前的世界大大扩大了，接触的学问与学者更多了，虽说此时，理想主义与英雄主义已开始在中国退潮，人们一个个都变得十分讲求实际，可是，由于我素来就有些轻狂，加上多年写诗多少养成了一些诗人气质，所以仍然常常情怀激荡，心高万丈，大有杜甫当年旅食京华时的样子，做起了“致君尧舜上，再使风俗淳”的陈年老梦；即使常常一筹莫展，被好友讥为“冠盖满京华，斯人独憔悴”，依然我行我素，大不与时代同调，你说荒谬不荒谬！跟人谈话，我又大发了呆气，说在京要读一流的书籍，结识一流的人物，写出一流的文章，做一流的事业。话是说得漂亮，然而还是诗人的激情抒怀，不免空洞、浅薄，一个字，还是“狂”。

虽然满怀理想，虽然做了许多梦，但那均停留于“理想”与“梦”而已，最多只能流露于唇齿与文字间，就像一串肥皂泡，在现实里就连一秒钟也固定不下来。我也不知道如何固定。这恐怕也是许多读书人的通病，所谓“书生意气”，就是指此。我唯一能做的，仍然只是读书，对“知识就是力量”信了真，日日埋首书堆，认为这才没有将时光虚度，虽然也已知道“刘项原来不读书”，但读书渐渐成了自己的一种生活方式——说白了，也就是“方式”罢了，然而我还不自省，以为书中真的就有一切，所以还发出青年时代的最后一句狂言：“读尽天下书必成器。”其实，这正是一句空话耳！试想你能读尽天下书么？那么，你的不成器也就注定了。所以，这句话也就从狂言变成了一句谶语。

从狂言到谶语，是我所始料未及的，但是，又有什么办法呢？然而，我对于我曾有过的这些狂言，也并不觉得惭愧。

吃面记

面条的由来，我想应该追溯到古人用面粉做“面疙瘩”，有时也叫“馎饦”即汤饼。这应该有点近似今天的“刀削面”。宋欧阳修《归田录》：“汤饼，唐人谓之不托，今俗谓之馎饦矣。”据说，之所以取这么个名字乃因“面疙瘩”被揪（削）下来扔到开水锅里发出“不托”“不托”（扑通、扑通?）的声音。后来，有人将面疙瘩拉长拉细，这便成了面条。

我家乡是以产水稻为主的，小麦大麦只是为辅，但有小麦大麦，便有面食，其中就有面条。但我小时候却并不喜欢吃面条，也许是吃大米饭习惯了，另外是吃米饭总会有菜，而面条往往是没有的；虽然那时粮食紧张，即便偶尔家里是用鸡汤下面，我也只是食尽一碗即止。另外一个原因，我们那时吃的是挂面，咸津津的、味重。我总觉得主食不须味重，比如米饭，只要清香就好。

我家隔壁的队屋一度就开过面坊，做挂面出售。请的师傅也就是本村（生产队）的“社员”。他每天下午和一大缸面，揉好后放在那里发酵，第二天一早把面一坨坨抻好，挂在两根细竹竿上，再一上一下插到几个大木架上，放在外面晾晒；晒一天，面就干了，再下下来弯折好，就可以出售了（或拿面粉来换）。有时候放学早，我会和村里的小伙伴来面坊捡拾洒在地上的碎面，就直接塞到嘴里当零食吃。

后来，公社办的加工厂里有了机器切面，面坊就关闭了。

我真正吃面是从上大学开始。到大学里报到没两天，有时错过饭点，我就见高年级的同学三三两两趴在临街的水泥墙头，对街上的人喊话做什么交易，原来他们是买面条吃。因为校园地势高，而街道地势低，翻下去到街上的面铺里吃不容易，同学们就想出了这个办法，用一根绳子系一个网兜，将瓷碗放在里面，钱也放在里面，垂直地吊下去，街上的面铺（不止一家）就会出来一个人（一般是当垆的妇人），把网兜接住，拿进面铺；一会儿面做好了，用瓷碗盛上，再放到网兜里系在绳子上，一拽上来，吃饭的问题就解决了。

我觉得这是好办法，很快就如法炮制。拉上来的面条整齐地折叠在碗里，上面浸着一层清汤（可以看出是加上了一点香油），我吃起来觉得比较爽口；如果上面再添上两根青菜，则更觉有味。而且价钱也不贵，记得只要两毛钱——这是上个世纪八十年代中期的价格。所以，每当错过饭点或不想去食堂就餐，我们就只好趴到墙头上喊街上的老板娘，没多久，双方就认识了。她们大多是附近郊县农村出来谋生的。

有时，我们晚上觉得肚子饿了，也会翻过墙头，坐到面铺或墙根下来吃。除了吃面，偶尔也加上几块香干子或臭豆腐，那么，这顿夜宵就更有滋味了。做生意的看有利可赚，就进而在我们墙外架起了“小炒”摊，点着石汽灯，燃起通红的炉火，一般的炒菜也都能吃上了，还可以点要啤酒，这就更加惬意，如果手里有几个闲钱的话。

我们学校所在的江城是江南有名的鱼米之乡，可以看出，在和平年代，生活还是很容易富足的；晚上，街上一直人群熙攘，要闹到夜半以后，所以街上的小吃摊比比皆是。只要有钱，在街上几乎什么时候都可以找到可口的热食。面条、馄饨不用说了，还有挑着担子沿街兜售的“酒酿元宵”——很小很小的元宵，却很诱人（我的一位学长还为“酒酿元宵”写过很美的诗句）。面条除汤面外，还有炒面，也都能在露天街头随意吃到。

说起吃炒面，我自以为还有一小段颇可笑的经历。在江城四年，我老早就发现街头小食摊上有用平底锅翻炒的炒面，见那一根根干面乱如麻线，加上其中可能放了酱油，颜色黄中带黑，闻着有一股烟气，吃起来不知是什么“怪”味，多年一直不敢问津，怕被败了胃口，甚至见人点了炒面，埋头在摊子边吃得不抬头，直感奇怪。直到大学的最后一年，和学友们一道上街，他们劝我也尝尝炒面，我还退避三舍，一再推辞；有一次，实在推辞不过，就抱着“第一个吃螃蟹的人”才有的那般勇气，硬着头皮答应尝尝，并声明只吃半份。我吃了两口，觉得并无异味，只是多少还是有点油烟气，其实味道很不错，就将那半份吃完了。有了这一次尝试，下次再跟同学蹓小吃摊，我就能将一整份全部吃完了。再下一次，我哪怕独自上街，也愿要份炒面来吃了。再后来，我也劝起了跟我一样对炒面敬而远之的同学：“你尝尝，尝尝，就几口，就半份……”并夸张自己很享受的样子；有的同学终于被我“拉下水”，只有极少数执意不尝，我至今为他们抱憾。

到了北方，我才惊讶地发现，世上竟然还有这样一种面条的做法：拉面。我吃拉面，最先就缘于好奇，只见卖拉面的小摊上只有一个案板，一口滚开的汤锅，案板上放一大坨和好的面团而不见现成的生面条，吃的时候，由师傅将整坨面都拿在那里又揉一遍，接着把它拉长，越拉越长，绕过来挂在手指间叠成几股，再拉，越拉越细，最后掐断，放在开水锅里一煮，不几分钟就可捞起，搁在碗里，浇上另外盛放在一只桶（或锅）里的汁水，再撒一点葱花牛肉片，一碗拉面就告做成。我觉好新鲜，就买了一碗尝尝，没想到，味道还真不错，面条“筋道”而又柔韧、汤水鲜而微麻，很对我的胃口，从此，我见到拉面就想要吃上一碗，过过嘴瘾；单身时凡是没饭吃的时候，都是上街买上一碗拉面了事，至今一直如此。而且，我还学会了像北方人那样，一边吃面，一边嚼几瓣生蒜，更觉得有滋味，甚至发出这样的奇问："为什么拉面这么好吃？"甚至扬言：逢拉面必吃。

散文家梁实秋先生似乎对拉面也颇钟情，他在《面条》一文中一开头就写到拉面，写得比我有文采多了。他说他小时候在北平家里专门有"厨子"为他家做拉面："一家十几口，面条由一位厨子供应，他的本事不小。在夏天，他总是打赤膊，拿大块和好了的面团，揉成一长条，提起来拧成麻花形，滴溜溜地转，然后执其两端，上上下下地抖，越抖越长，两臂伸展到无可再伸，就把长长的面条折成双股，双股再拉，拉成四股，四股变成八股，一直拉下去，拉到粗细适度为止。在拉的过程中不时地在撒了干面粉的案子上重重地摔，使粘上干面，免得粘了起来。这样的拉一把面，可供十碗八碗……"是矣，拉面的做法尽在此矣，梁先生写得准确、生动，尤其是那"重重的"一"摔"，使我想起来每次吃拉面都要听到一阵"震天"的案板响。

我总觉得，面条和豆腐都是聪明的中国人的一大发明——我虽然没有考证，但敢肯定面条一定出自中国，因为吃面条只能用筷子，而只有中国或受中华文明辐射影响的邻近国家的人民才用筷子。面条的做法是如此简单，却又可以做出如许多花样，正如豆腐，这些都只有讲求实际而又勤劳智慧的中国人才能做到。

从此，面条我是百吃不厌。

馄饨记

我们伟大的祖国的确是一个处处有美食的国度，各种食物数不胜数；同样的一种或几种食物，做出的食品花样百出，而且食用起来也很方便，不必如西餐要有刀、叉等多种器具。比如同是面食就能做出多少式样，和水煮的就有各种面条、水饺和馄饨。其实这三样最初可能是同出一源，就是拿面团揪成一片一片下锅——开水锅里煮，后来才分成包馅不包馅的两大类罢了。西汉扬雄所作《方言》里提到"饼谓之饨"，馄饨是饼的一种，若以汤水煮之，则称为"汤饼"。这也说明面条、水饺和馄饨"同源说"之不虚。

中国美食大多有一个甚至多个富有诗意的名称，各个还附会有美丽的传说，这也是文明历史悠久的明证之一吧。比如馄饨的名号就较多，江浙一带大多叫馄饨，广东则称云吞，湖北称包面，江西称清汤，四川又叫抄手，还有新疆的叫曲曲，不一而足，让人产生丰富的联想。至于为什么这样叫或那样叫，各有说法，有"馄"和"饨"谐音两个少数民族部落（匈奴有浑氏和屯氏两个部落）的，有借自道家以之象征天地混沌未分的，有西施做给吴王夫差吃以讥其混沌（糊涂）的，也可以说莫衷一是，似乎可以并存。相对而言，我更喜欢"云吞"、"抄手"这两个叫法。你试想，"云吞、云吞"，馄饨如云，好吃有味，直欲一口吞下，多有想象力、诱惑力（云则让人联想到馄饨的柔软、柔和)；“抄手”呢？抽象一些、费解一些，不要紧，也可以解释为要将盛放馄饨的碗盘端在一只手上，另一只手拿着调羹高高地抄起，有滋有味地品尝，这不也很恰当吗？总之是形容馄饨受到人们普遍的喜爱。

馄饨在我家乡却是叫“水饺”或“饺儿”，这似乎有点直白和“俗气”。水饺在北方就是指饺子，但我家乡几乎没有吃饺子的，人们说“下碗水饺”，则就是指煮一碗馄饨无疑。

想起来，这馄饨还是我少年时代唯一在饭店里吃过的食物。那时候，县城里（更不要说乡下了）几乎没有几家饭店，有饭店一般也没人摆酒席——谁有这个实力呢？所以仅有的那么两家饭馆只出售一两种食品：包子和水饺（即馄饨）。我记得有一家在一条老街上——据说这老街的有些建筑是从明清保存至今，不消说已经破旧了。有一次到了饭点上，我和父亲想找个吃饭的地方，找来这里，只见空荡荡的屋子里摆着几张八仙桌，几乎没有什么食客。我们说要吃饭，店员（女的）用生冷的脸色说：“没有饭，只有饺儿。”没有怎么办呢？饺儿就饺儿吧。“交钱!”店员说，我们遵命交了钱，女店员从一个匣子里拿出几枚竹牌，说：“到街对过去端。”为什么要到街对面去端呢？我们有疑惑，但不敢问。在交钱的时候，我瞥了一眼他们的工作间，见一个妇女正在包馄饨，面前一叠馄饨皮，另外一个脸盆里装着和好了的肉馅，她用一只筷子飞快地挑（或者说是“蘸”一撮肉馅，轻轻往皮上一贴，一卷，一枚馄饨就做成了，撂在一边，快得简直目不暇接，我不禁惊讶，也很佩服。同时见那肉馅也还厚实，猜想味道不错，果然，端来一尝，新鲜、柔润而带有好闻的香味，称得上是一种享受了。这家饭店上个世纪九十年代初还在，我还去吃过一回馄饨，但味道已感平平了，是不是日子好过些以后，我的嘴巴变“刁”了也未可知。

我在家乡吃过的馄饨不超过十次。后来在江城上大学，平时偶尔也到街上吃馄饨，甚至早上也是吃馄饨，次数就多了，总觉得外地的馄饨没有家乡的熨帖有味，想这不完全是吃多了的缘故。心里正念叨着呢，却忽然就有机会来了。有一度，校园管理不是很紧，外面的小商小贩允许进校园做点生意，特别是卖小吃的食摊如面条摊、馄饨摊都能进来，在宿舍楼下借着路灯摆开做起夜宵来，这可以弥补食堂的不足，也适应正在长身体阶段的大学生的需求，所以学校里也没有人来干涉，更没有人轰赶。我甚至看见我们的杜校长（后来他调到省政府任副省长去了）腋下夹着皮包，还站在众多学生当中，伸头看那面条摊、馄饨摊上的营生。那馄饨摊最简单，就是一副挑子，一头是锅和锅下的炉灶，一头装的是食料。我自然是选择去吃馄饨。吃了两次后，第三次是深夜去的，已没有几个食客，“摊主”和“食客”自是免不了要有一些对话，那位五十多岁，面色黝黑而和蔼的老汉话一出口，我就知道他是我同乡——一个县的或者最多不过是邻县的，一问果然，彼此当然都很高兴。老人连忙说，放下，放下，我给你从新做一碗更好的；我连说不用，他却夺过了碗，搁在一边，同时又忙活着另煮上一碗，而加的香油更多，味道果然更滋润而醇厚，我和他告别时，连连道谢。

这样一来二往，我们就比较熟了。我知道他是罗岭人，是我们县最南端的一个山乡，以出过一个著名的黄梅戏表演艺术家而闻名遐迩。我问他来到这个城市几年了，赚到钱没有，他回答两年，没赚到钱。我一时充作大人样，问他有什么需要我帮忙的，他顿了顿，含混地说：他住在郊区，每天来回挑这个馄饨挑子有点吃不消，不知能否找个地方，晚上好搁这个担子，我首先想到我们宿舍，那肯定不行，继而一想，我正负责一个学生社团，在我们宿舍楼的地下室里有一间屋子，但是钥匙在学生会，不在我手里，我只能问问。他一听，说可以去看看吗？深夜收摊后，我领他到地下室，一看果然是锁着的，但他看见楼梯下面正好有一个角落是空的——但楼梯周围漫有脏水，甚至有垃圾，我怕不行，他却说可以试试。于是，那一夜，他就摸黑（十二点以后熄灯）将馄饨挑子挑到那里，我心想，他是实在觉得那挑子太累人了。这样过了三天，但第四天晚上就出事了，这位老人找到我，跟我说：挑子不见了。我随他过去看，果然什么也没有了。老人很焦急，我却既惭又愧又一筹莫展，只得安慰他，说我去问问。我其实也无从问起，最后，就再也没有见到这位老乡。直到今天想起来，我还是既惭且愧，同时也有愤慨：谁这么缺德呢？如果不愿意人家摆摊，可以当面交涉嘛，我甚至认为这样对待一个无助的老人多少也让母校蒙羞。不过，也许是校外的什么坏人或者小市侩干的也未可知，这事到底是个小小的谜。

这也是我吃馄饨的一次难忘的经历。二三十年过去了，这位老人还健在吗？经历了这次打击后，他怎样生活的呢？这同样是个悬念。

“台上群玉班，台下都走散，连忙关庙门，两边墙壁都扒塌，连忙扯得牢。只剩下一副馄饨担。”每当我读到鲁迅先生引用过的这句乡谚，我就想起那位老人，觉得“只剩下一副馄饨担”固然尴尬，但他连馄饨担——这吃饭的家什也没有剩下，更是何其尴尬呀！而这尴尬，我是有份的或者说有责任的呀！

我的种痘

读鲁迅先生所作的《我的种痘》，我想起我的种痘。

与生于一九八〇年以后的人不同，那时每一个人都要接种牛痘，无一例外。“为什么呢?”时年五六岁的我也不忘这样问妈妈。妈妈告诉我：每一个人来到世上都要出一回“麻子”，只有出过“麻子”，才能真正算一个人；据说有的人到临死的时候也要把“麻子”出了才能死，就是皇帝也不能免。哎呀，这么厉害！我听了这番话后，不禁模糊地想：这岂不是要从阎王或某个天神那儿领取做人的牌照么？当然我没有说出口，只是“心想”而已。那么就种吧。说这话的时候，大约是村子里已风闻赤脚医生这几天要来村上给我们种牛痘了。

于是，我便等待赤脚医生来给种牛痘。在这期间，我又有新的疑惑，我问：那会很疼吗？妈妈又告诉我不很疼的，只是在种的地方——手臂上会留下点疤痕。妈妈一边说一边挽起衣袖给我看，果然，她的胳臂外侧有几粒蚕豆大小、花瓣一般的疤痕，虽然坏了皮肤的完整、平滑，倒也不很难看。但我到底有些害怕了，妈妈似乎看出了我的心事，说：如果不种牛痘，出的“麻子”会变成“天花”，也就是满身满面都出痘痘，弄不好就会落下遍体的麻点，也就是“花”了，这是没有办法治的，所以叫“天花”。过去，种牛痘不够普遍，所以有那么多人都是“麻子”。原来如此，我是心服了，决定无论如何要接受种痘。

似乎没有几天，赤脚医生就来了，两三个还是四五个，我忘记了。但我清楚地记得，那是一个黄昏：一轮昏黄的太阳就将从村庄的西头落下去，却把一抹余晖涂抹到村道上。几个穿白褂的人忽然出现在村口，一个孩子发现后，立即大喊：赤脚医生来了，来给我们种痘了！顿时，我们这些正凑在一起做游戏的小孩就像受惊的鱼儿一样，掉头就逃，一轰而散。有的很快缩回家里，有的却迎着夕阳，飞一般地越过一列矮墙，转眼就不见了，仿佛来人是要把小孩子们捉走卖了似的，任凭赤脚医生在后面怎么召唤也没有用。但是，我们终究是没有逃脱得了。赤脚医生随后便挨家挨户地动员，并当场就种上牛痘。当赤脚医生出现在我家里，我虽然还是有些忐忑不安，但仍乖乖地把光光的手臂伸给了他。我不知道那位赤脚医生是否因此给予我表扬，类似于鲁迅先生小时因表现不错，给他种痘的“医官”（鲁迅先生这样称他）摸摸他的头说“乖呀！乖呀”的，我想是没有，他正忙于操作：从箱子里拿出小刀、针管什么的，用刀子在我的左臂划出几个薄薄的小口——出了血没有，也不记得了，然后给它注了一点液体——想那就是痘浆，然后大约是用纱布包了包，对我们说了些注意事项——几日内不要沾水（尤其是生水）之类的，就“完”事大吉，开拔向下一家。我托着我的胳膊郑重地过了一夜，第二天又嬉戏如常了，随后有没有一点异常的“反应”，我同样是不很记得了，有也大约只是微微有点发烧吧，完全可以忽略不计。几天后揭去纱布，我看种痘的地方结了痂，痂脱落后，留下的瘢痕并不十分明显，竟不如妈妈手臂上的那疤好看，我似乎还觉得有一点失落哩（甚至疑心人家没有郑重其事地对待我的种痘）。

这就是我的种痘的全过程，而且仅此一次，不像鲁迅先生说的要种好几次，当然也没有什么隆重的“仪式”。

但是，即便种了牛痘，也还要出“麻子”。我出了没有，是怎样出的，我是毫无印象了，听妈妈说是种痘前就已出过，我便更加放心，大有一种领取了“免死牌”似的庆幸。但我弟弟出麻子一事我却是记得的。先是发烧，妈妈以为是普通的感冒，但三四天后还不退，始觉不对，而且看到他身上布满了小红点子，遂想起是不是出麻子。一想村里正有一两个孩子在出麻子，便更加肯定，于是便按照出麻子来对待，那就是要捂，不能见风，而且饮食也有忌口，当然也不能用手去抓它——据说为了防止孩子乱抓，还有大人将孩子的手捆起来的(这似乎异地皆然，因为我曾经读到老托尔斯泰的回忆文字：“我已经一岁多的时候，为了不让我抓疹子，捆住了我。”)。果然，几天后，弟弟的烧退了，身上的红点也消失了，他过了每个人一生必过的“出麻子”这一关，而且没有后遗症，我们都为他欢呼：他的做人也因此稳当。父亲似乎还特意买了肉，用来补补他因忌口而造成的营养上的亏缺。

多少年后，我才知道，这出麻子与种牛痘所针对的“天花”其实是两码事。所谓“麻子”就是“麻疹”或“疹子”，是儿童最易感染的急性传染病，发病时先发高烧，上呼吸道和结膜发炎，两三天后全身起红色丘疹。而“天花”是人或某些哺乳动物都能感染的传染病，病原体是天花病毒。症状是先发高烧，全身出红色的丘疹，变成疱疹——这一点与“麻疹”相似，所以人们常将二者混淆——天花的疱疹很可能变成脓疱，中心凹陷，十天左右结痂，痂脱落后的疤痕就是麻子。而在我家乡没有人能将二者区分，以为出麻子就是得了天花，这也是情有可原，不是专家，谁能分得那么细，何况麻疹说不定也可以转化为天花呢？——这是我的猜疑，未经医学界人士裁决——所以过去每当有人出麻疹便如临大敌，也就可以理解了，我小时候不也见过有好几个人都落下满面的麻点的吗？这到底是不够美观。鲁迅先生在《我的种痘》中提到他的一个女学生：“颇为漂亮的某女士缺课两月之后，再到学校里来，竟变换了一副面目，肿而且麻，几乎不能认识了；还变得非常多疑而善怒……”这是非常可惜的，幸好我当年没有见到一个人新近变成这样的，这不能不感谢英国医师爱德华·詹纳，是他发现挤牛奶的妇女感染牛痘后不再感染天花，1796年尝试接种牛痘到人体而获得成功，逐渐推广开来，至1980年10月，终于在全世界消灭了天花，种痘之法也就不用再实行了。

后来，我从资料上得知，我国早在宋真宗时代（998—1002）即发明了人痘接种法，即从患了天花的人身上接种疫苗到他人身上，但此法不安全，有时可以引发天花。天花大流行，是要死很多人的，这在世界各地均有记录。据说清朝就有两个皇帝——顺治和同治死于天花。国人自是敬畏不已，所以每见有天花流行，除了医生诊视，有一系列“避痘”法（宫中更是如临大敌），剩下的一途就只有求神拜佛，于是便有一位大神诞生于世，那就是“痘神娘娘”，各地都还建有痘神庙。就在七八年前，我随亲友到本县一个大镇上游览，临别时从镇子的后街经过，即将出镇，见那街口竟有一座建筑青砖到顶，顶上还有一道类似“照壁”式的墙，两侧翘壁飞檐，屋檐下镶嵌有一匾，匾上镂刻三个大字：“痘神宫”，我就知道这是为什么而建的了，只见高墙下的大门紧闭，周边也无足迹车辙，非常冷清。我也知道这痘神已被冷落久矣，我的心里也一点敬畏感都没有——如果我早生二十年，这敬畏怕是一定会有的吧。

感谢科学的胜利！别了天花；别了牛痘；别了，痘神娘娘！

闪电·游泳

墨西哥诗人奥克塔维奥·帕斯有首名作《生命是闪电》，虽只有短短八行，却真如一道闪电在我心灵的世界划过了一道光亮。

在海洋的黑夜里
只有鱼儿或闪电
在树林的黑夜里
只有鸟儿或闪电

在躯体的黑夜里
骨骼是闪电
世界啊，一切都是黑夜
而只有生命是闪电

这首诗的核心意思当然就是最末一句也即诗题所示：生命是闪电。它讴歌生命虽然短暂（相对于自然界，个体生命当然是短暂的，确实可谓迅疾如闪电），但它的能量却又是巨大的，它瞬间爆发出光华，有力地穿透黑夜，照亮这个世界！这是多么值得自豪的事。在这首诗里，诗人似乎把一切置于生命的对立面：“世界啊，一切都是黑夜。”想想也是合情合理，生命是无往不受局限啊。为了表达这个意思，诗人由远而近运用了一连串的比拟。我们不妨由近及远来赏读这首诗。诗人告诉我们：骨骼就是我们人体里的闪电（多么形象的比喻，而且极富动感）。接下来就好理解了，在黑森森的树林里，疾飞的鸟儿多么像闪电，而远方的海洋，一条条自由地游动的鱼儿，看起来也像是在飞翔，也像是闪电。八句诗四种物态，一气呵成，把一个生机勃勃的世界带到我们面前，让我们感受到生命的崇高、辉煌、伟大！而且生命是世界上一切崇高、辉煌、伟大的根源！

读这样的诗，真的是令人神往！真的令人神超心越，浮想联翩……

我初读这首诗，不仅感受到一种强力的冲击，而且还唤起了一种亲切、甜蜜的回忆！

因为第一句：“在海洋的黑夜里/只有鱼儿或闪电”，尤其是其中的三个“关键词”，让我觉得是那么熟悉、亲切：海洋、鱼儿、闪电，让我想起与这三者联系比较贴近的一次“体验”。不过，我要把“海洋”这个词暂时“缩小”一下，换成：“湖水”。

那是上个世纪九十年代的中期，我住在北京军事博物馆对面的一个小区。军博附近有一座公园，就是有名的玉渊潭公园。那时的玉渊潭公园在我看来，多少还保持一点自然、“古朴”的风貌，不像现在到处都是人工的痕迹。走进去，会看到小桥流水、丘岗丛林，而一座大湖也似不受拘束地袒腹在蓝天下面；中间有一座比较高的拱桥，风雨经年，台阶被侵蚀、已有部分缺损，连桥基也似乎有些残缺。但正因为这里的一切是那么自然、朴素，所以四近的居民和游客都喜欢来此游玩、小憩，游人总是很多，有许多就在湖堤上席地而坐，个个意态安然。尤其是拱桥附近，更是麇集着人群，因为可以在这里游泳、戏水，几乎不受限制。游泳的健儿在桥的东西两侧劈波斩浪，而他们的亲友在岸上观看着、守护着，给他们鼓劲，这是一幅多么温馨而动人的画面！

我那时学会游泳已有几年了，正在有点上瘾的阶段，自然不会放过这样的好机会。夏日里，特别是星期天，一般总要跑来游一回。在家就换好泳裤，一到园内拱桥边，将外衣一脱，就可以纵身入水；在那一刹那，真有一种栖息在树上的小鸟飞离枝头般的轻快感。何况湖中有那么多少男少女，搅得浪花四起，欢声笑语融成一片，再加上湖面风光旖旎：游人、游船、远树、湖心岛、夕阳、飞鸟……结合成一幅画卷，让人心旷神怡。每次我游累了都要游到桥洞下，扒在桥础上，休息一会儿；有时还在那里帮那想穿过桥洞而又怎么也不听使唤的游船一把。总之是玩得很开心，身心得到极大的放松。

但是，“故事”来了。那年盛夏的一个星期天，天气特别燥热，就是待在绿荫掩映的宿舍内也会动辄一身汗。正午已过，骄阳刚刚减却一点它的炎威，我就生出了到玉渊潭里泡一泡的念头。我跟合居一个套间的同事小王说好一起去，但他正忙，要一小时后才能出发。一个多小时过去，我们穿好泳衣，准备行动，发现天气更闷热了，但是天色却有点阴暗，一看窗外，天上作起了很高的云头，而且来势正猛，很快就遮满了东边的天空。毫无疑问，一场暴风雨即将来临。还去不去游泳呢？我们都有点踌躇了。但一想到一周没有下水了，而且连泳衣也穿上了，那么还是去吧！于是匆忙下楼，推出自行车，快速向玉渊潭驰去。

进入玉渊潭，天色更暗了，天上的乌云正急骤地铺展开来，而且像战场上的浓浓硝烟一般，正不断地升腾、爆炸。这时，冷风也吹来了，吹得湖边的树叶吱吱地叫，在枝头不停地翻转，仿佛总想脱身飞走；湖水也像要逃避什么恐怖的怪物似的，不停地拍击堤岸，也想越堤而遁；游人如四散的鸟儿，纷纷向岸边奔跑，很快，园中就很少见到人影儿了。还要不要下水？我们不约而同地问道，但又都说，既然来都来了还是下吧！于是“扑通”一声跳入湖中。

这时，湖水里倒也还出没着三五个不怕死的人，其中两三个脑袋低低地伏在水中，脸上显然有紧张的表情。“哗啦——”一声巨响，云中爆开一道闪电，雨点便如无数鞭影掠地而来。我和同事分散开来，向远处游了游，湖水汹涌澎湃，把我猛的一推，又啪的一声在头顶四合，打得我双耳轰鸣。接着，湖岸上又是一声巨响，裂开的闪电将整个天空布满电光，让人不寒而栗；天上的云朵聚集得越来越多，仿佛地壳破裂，无数岩浆的巨流在喷涌、翻滚。我浸在水里，确实也有了一阵惊慌。要不要迅速地跳上岸，逃到什么地方避一避？但我见湖上云起云飞，怒涛翻腾，也找不到可以庇护的地方呀！再说，雷电爆炸，站在某棵大树下也不安全！还是硬着头皮继续泡在水里吧！这时，烟云弥漫，仿佛就围拢在湖的周边，而雷声接二连三，不间歇地炸响，云层间有巨大的火龙在狂怒地奔窜，仿佛要把囚禁它的天笼撕裂，好让它腾飞而去，但它没能飞去，就把愤怒的火花向下喷发，那声势仿佛要把湖水掀个底朝天，要向每一个敢于挑战它的人示威，并将他击垮。

我和湖里的人顶着雷，一次次把头没入水中。我多少还有些担心，会不会真有闪电的巨爪伸到水中把我们攫住呢，如果被雷电击中，那是怎样一副惨象，会不会变成一具焦炭，那样不仅得不到同情，反而会被嘲笑吧（谁让你来逞能呢）？不！我要坚持下去，临危脱逃，估计自己的心理更难过得去。我再一次迎着浪头拍击而去，心里似乎有点亢奋起来。在浪涛间沉浮，似乎也有了一种豪情。我忽然想起，水中还有那么多的鱼儿，它们怎么安然无恙？我更想到海洋里有那么多的大型鱼类如鲸、鲨、海豚等，从来就没有听说它们有被雷电殛死的呀！我们人类也曾经是水族，我们也不会被击中！这样一想，我心里更加放松了，我尽量舒展开双臂，像鱼儿张开鳍翅，贴着浪涛滑翔，也在浪涛与浪涛的间歇抬头吸气。这时，湖上仍然是一派紧张的气氛，湖水仍如炸窝的野马，个个踢打着四蹄跳跃，几股浪花碰撞在一起，把我打得晕头转向，狼狈不堪。头顶上雷声霍霍，闪电如鞭子一般在天上到处挥舞，仿佛要把所有的云赶尽，雷声发出阵阵隆隆的回声，这一切仿佛是天神在创世纪，是孙悟空在大闹天宫，是云师电公雷母在驱车混战，情景倒真是壮观。但是二十多分钟过去，一切也不过如此，天地并没有碎裂，也没有翻覆，我和其他几位游泳者逐渐气定神闲，似乎都觉得适应了这些。于是，我更自由地打开身体，像鱼儿一样在浪丛中穿越，甚至翻过身，平躺在湖面上，一任浪涛推拥。而天空云丛仍很低，闪电仍在湖岸四周闪耀，这时我忽然想到我如果能化身为一只飞鸟多好，那样我就可以像海燕一样飞到云丛中，与乌云与闪电搏击；想着想着，我仿佛感觉自己真的不是在湖里游泳了，而是正在云丛间穿越、翱翔……

我不记得我当时想没想起帕斯的这首《生命是闪电》，那一段时间，我正痴迷于他和他的诗，这首诗可以说是熟悉得很；现在想来，我倒是无意中体验了这首诗所描绘的情景。我又想起《尚书》上有“纳于大麓烈风雷雨弗迷”的话头，这也许是对于圣人的考验，自不敢当，但多少年来，我都骄傲有过一次与之类似的体验——我总觉得，我那一次在风雨交加、电闪雷鸣中劈波斩浪，验证了诗人所言，生命也可以被锻造成为一道矫健的闪电——

文学书简

我常庆幸自己生活在这样一个科技昌明的时代，通信技术的发达使信息的接受和传布变成一瞬间的事，这多么令人惊叹。现在已不能想象，要告知亲友一件什么事，必须写在纸上，通过邮局寄出去，三五天或七八天才能到达。站在这样一个科技发展的高起点上，我们似乎已经可以想象人类的未来。

通信技术的发达给人类的生活带来了巨大的变化：空间缩小了，一切似乎都变成即时性的事。但是，凡事有一利也有一弊。有了先进的通信工具，人们之间的沟通、交流变得更加直截、简洁，但是已经没有人安静地坐下来，面对一叠白纸，把自己的生活状态详细描绘下来告诉给远方的亲友，把自己缠绵悱恻的情怀倾诉于一纸书信，人们也很难体会等待一封从邮局送来的书信会怀着怎样的急切与激动，更难从一封手写书信的笔墨字迹上领略到写信人的个性情采与心情……虽然这些“不足”无论如何不能与现代通信技术带来的巨大便利相比，但多少也是一种遗憾吧。

回首人生，我的成长和写作经历几乎总是伴随着书信——一封封纸质书信展开的。我从小就喜欢涂鸦些文字，并千方百计让它们像鸟儿一样飞出去，飞往全国各地的报刊去觅一个自己的小窠。这也是我与外面的世界建立联系的方式。其间的桥梁没有别的，只有书信。我甚至渴望踏上这样的虹桥飞向外面的世界。于是，我就给各个报刊的编辑写信，也开始不断收到他们的回信，到大学毕业前后，我已积累了厚厚一叠文学报刊的编辑回复给我的信件，放在一起，大约不下百封吧。可惜的是，我后来又北上读书，一时没有来得及整理带走，就放在家里，因为屋子漏雨淋湿了家中的书刊，我的母亲不知道这些书信的重要，遂将这些信件与淋湿了的书刊一起当废品给处理了。我得知后，只能用“痛失”二字来形容我的心情，比丢失最珍爱的珠宝还让我难过。

这些书信可以说是我攀登文学这座大山所踏的蹬痕，折射出我不断“进步”的历程。我从这些书信上受到了诸多教益。今天我更悔恨自己没有及时将这批信件带走，以致我现在只能靠记忆打捞这些书信的一点点影子。它们像久违的故人一样，在我眼前闪烁着朦胧的面影。

现在记得起来的我最初的投稿大约是在一九七八年。当时在读小学四年级。先是受村里一个“右派”的影响，给《人民文学》写了一份稿子，未得任何回音，只得降格以求，投给级别低一点的刊物。我给省城的《安徽文艺》杂志寄去了一束诗稿，不记得是民歌体还是自由体，我以为仍像前几次一样会泥牛入海，没想到有一天班主任老师忽然把我叫到办公室，笑眯眯地把一封鼓鼓囊囊的书信递到我手上，我拆开一看，是我投去的稿子原封不动地退回来了，但还附有一张薄薄的铅印退稿笺，落款却是三个手书的字“刘祖慈”。我当时还不知他是一位著名的诗人，只觉得他的字写得非常流利、漂亮，心中油然而生敬意。后来，我再次投稿给这家杂志，接到的仍是同样的退稿笺，这样的情况大约有五六次之多，只偶尔在这样的笺上还看到刘祖慈先生用他的钢笔行书写下的一两句话，大多是讲明稿子不能采用的理由，或许还有一两句赞赏与鼓励的话，似乎是说一个小学生能写到这样也不容易。我做梦都想有作品发表在这家我从小就熟悉（父亲订了好几年）的杂志上，当然会继续投稿，但结局几乎差不多。大约在初中阶段，我接到的已不是铅印的退稿笺，而是通篇由刘祖慈先生手写的书信了，虽然也只有几行文字，写在一张小小的信笺上，但每次他都会指出稿子某一不足的地方。比如他说像我这样的少年人，不应该写乡村酒馆之类的东西，大约他是希望我写儿童诗吧，起码是写写学生生活，可是我几乎从来就不会用童稚的口吻写诗。我虽然不是完全同意他的看法，但还是注意了一点，即采用孩子的视角，写了一首《为了第二个黎明》，刘先生接到以后，来信说准备采用，可是，直到我初三那年仍不见刊出。最后接到他一封信，说是刊物（此时刊物早已改名《安徽文学》）改版，诗的版面大大压缩，故所留的诗不拟再用；为了表示歉意，特赠本刊小说精选集一册云云。这对于我虽然谈不上是多大的打击，但多少也有些失落。此后，我升入高中读书，忙于功课，好像也没再给他投稿，直到八五年，我已在大学读书，便又给他寄去诗作，很快接到他的一封回信，说他已调入文学院，不再负责《安徽文学》的编辑工作，寄来的诗转给了《诗歌报》的周志友先生，他也是一位很好的诗人，他会跟我联系。果然不久，我就接到了一份《诗歌报》，上面登载了我的一首诗。但我与刘祖慈先生的书信往还并没有继续下去。

其实，早在一九七九年，我与发表作品就仅有一步之遥。我投稿给省城的另一家刊物《文艺作品》。这本刊物大三十二开，颇有点小巧玲珑的味道，当年我有机会读到这本刊物，也很喜欢上面的一些作品。我知道著名画家韩美林，就是从读到这本杂志上介绍他的苦难人生的文章开始的；有好多期的封二、封三都刊载有韩先生的画作，画的都是稚态可掬的小动物，十分令人喜爱。我投稿后，接到这本刊物的一封信，说写得不错，准备刊用，又问还有没有其他作品，可一起寄来。这令我十分兴奋，花了两天时间，突击创作了几首，寄去，结果却是与前一次的投稿一起“石沉大海”了。我后来想，如果不寄去后面的稿子，是不是还有发表的希望呢？我只得进一步降格以求，恰在这时我获悉本县竟然也有一种不定期的小报《龙眠文艺》（后来也改为刊物）出版，不禁暗自欢喜，遂将几首习作寄去。也久久没有得到回音，觉得文学的高山真的难以攀登。正在失望之际，却在八〇年夏天在父亲的一位同学家偶然发现，已有一首小诗刊登于这份小报，那喜悦的心情自是难以言表。翌年春天，在地区的报纸上再次发表一首短诗，从此艰难地走上了投稿和发表之路。

也就在这前后，我得知本县出了一位已在国内诗坛崭露头角的诗人——陈所巨。我搜罗到了他的十几首诗一一拜读，自是欣赏仰慕，遂情不自禁地提笔给他写去一封信，表达对他的崇仰。没想到很快接到他的一封回信，说他也已知道我了，我发表在《龙眠文艺》的诗歌还是经他略作修改后发表的，并鼓励我在学好功课之余，努力写出好作品（记得他还特意表扬我诗写得清新）。这封信洋洋洒洒写了两页(用的是三百个字的格子稿纸)，字体不拘一格，十分洒脱，一看就能感受到一种自信的力量。他在信的结尾还邀请我去他工作的单位——县文化局去做客。我真的于翌年春天去找他了，得到他的接待可以说也是一种礼遇，终生不忘。此后，我大约还给他写过信，他也回了，着重谈要把功课学好，不要因为写诗荒废了课业。我明白他的良苦用心，并以切实的努力回报他——顺利地考上了大学。他接到我从大学写给他的第一封信，很快就回信给我，说得知我上了大学，他特别高兴。信中有句话我终生难忘："从此你的人生之路不再是羊肠。"对此我虽然将信将疑，但对他给予我的鼓舞还是满心感激。我们之间有许多次交往，有些谈话对我还是很有影响，但言犹在耳，斯人已逝。

在读初中时，我也向其他刊物投过稿。其中有《江淮文艺》，也是省城的一家文学刊物（想那时文学刊物还真是多啊，现在《江淮文艺》《文艺作品》都早已停刊了）。上面不仅有散文、小说、诗歌，还有戏剧，而且每期剧本占的篇幅都比较大。我在初中二年级时给他投了几次诗稿，好像一开始也是没有回音，随后就接到毛笔手书的退稿函，并附赠有类似于今天中国作协出版的《作家通讯》一类的刊物，上面刊登一些作家写的创作经验谈与评论文章。我从陈所巨先生那里得知，这家刊物的诗歌编辑是张正道先生。陈老师说，张先生跟他提起过我，准备发表我的一首诗，还说《江淮文艺》稿费比较高。果然，我接到张先生写来的用稿通知，这年年底，我的一首诗便登出来了，并得到十二元稿酬。这在一九八一年，对于我这名初中学生，可是一笔比较大的财富。另外一家刊物是安庆的《振风》，没有正式刊号，不是公开发行的那种。给我写退稿信的是黄旭初先生。一般也是在铅印的退稿笺上附缀上几句话，往返两三次后，也终于获得发表一首诗的机会。不过我在稿费问题上闹了个小笑话。因为以前我在接到样报样刊的同时或不久就收到了稿酬，这给我造成一种错觉，以为稿费是文章一登出来就会给的，所以当一两个月还没收到稿酬时，我便给黄先生写了一封信去催，结果黄先生回信说我性子也太急了点。这真让我感到难堪！我真是太幼稚了！不过此前黄先生来桐城，我正好在陈所巨先生处与他邂逅，陈先生还让我陪他看了一场让我终生难忘的印度电影《大篷车》，也算是有了一面之缘。

我在高中读书时给新疆的《绿风》诗刊投过稿，那时是著名诗人杨牧在那里担任主编，我知道他跟陈所巨先生关系挺不错，所以在投稿时，打出了我是陈所巨的学生的旗号，结果稿子虽没有采用，却得到杨先生热情的回信。先后有两封，都是写在十六开的新疆石河子文联的专用信笺上。杨先生的信字体较大，略近正楷，可以看出他是一个比较豪放而又严肃认真的人。我在大学里，再次投稿给他，并在信里问他是否还记得我，他很快回信说当然记得我这个“桐城派”中学生，他的幽默让我感到温暖，并有那么一点小小的得意。

大学时代，我投稿的数量急骤增多，也陆续接到一些编辑的来信，大多是简单的用稿通知。现在记得的有《滇池》的李霁宇先生的两封，《青海湖》马学功先生的一封，另外还有《安徽文学》贺羡泉、孙民纪先生，《飞天》的张书绅先生，《山花》的陈佩芸先生，《广西文学》凌渡先生，《文学青年》的叶坪先生以及其他报刊的老师。那时，辽宁铁岭办有一家刊物叫《青年散文家》，其编辑给我来信，赞赏我投去的散文写得不错，甚至要我在本校组织几位作者给他们写稿；在准备第二次刊用我的散文时，不知何故，出刊的日期一拖再拖，这位编辑仿佛了解一个青年写作者的心情，便将已打好的清样寄来给我收藏，这是我平生收到的唯一一件“核红”清样。我已记不得这位编辑的名字，或许他原本就没有写自己的名字也未可知。

就在这时，我与广西民族出版社的何德新先生建立了联系，而且通信长达两年多。我不知道他是这家出版社的正式编辑，还是临时借调人员。有一天，我接到他的一封信，说他要编一本《大学生散文选》，希望我提供一篇作品。这当然让我欢欣鼓舞，立即予以响应，并很快写了一篇寄给他。他来信说写得不错，准备采用。这时，我告诉他，我将有散文在《广西文学》发表。不久，他来信说，他去了这家杂志社，拿到了样刊，问我是否要先睹为快，但我不好意思劳烦他，便说反正会接到样刊，就不必了。我在信中谈到我从小的“创作经历”，说曾受教于诗人陈所巨门下，他来信赞扬说，怪不得你有这么好的文笔。他也跟我谈到他的近况与创作历程，讲他发表了哪些作品，并很快寄来了一套“广西诗丛”，其中有知名诗人杨克、黄堃、蒋丽萍等人的，好像还有林白薇即后来的著名小说家林白的一本。何先生的一本是《秋之素描》。每册诗集都不厚，不到一百个页码，但确实都比较有质地的，代表了广西诗坛当时的成就，《诗歌报》等业内媒体发了书讯、书评，何先生来信还为这些报刊在介绍这套诗丛时把他的名字放在第一位感到不安。从此，我跟何先生的书信往还更加频密，我们真的像没有见过面的一对好兄弟，可谓无话不谈。何先生写作之余一直醉心于研习书法，钢笔字、毛笔字都漂亮极了，可以说，我从没见过给我写信的人能写得这么一手好字的。至今似乎也还这么认为。他后来全是用毛笔给我写信，在传统的红色竖栏信笺上，他写得十分潇洒流利、圆润自如，一写就是五六页，几乎看不出一处败笔、弱笔。他告诉我他出生于瑶家，他对他的家乡充满无限的眷恋；他之写作，是为表达对于这片土地的一片深情，为她的每一点进步而感到欢欣，为她遭遇的每一点苦难而悲伤。他有时还把他的行踪告诉给我。他鼓励我读书，要多读西方的名著和文艺理论，并将他选编的《名人情书选》寄给我一本，过后又寄给我弗洛伊德的书。他也谈到他的苦闷，他对时事的关心。他每次书来，我也以毛笔作书奉答，但我的毛笔字稚拙不堪。当我感到经济困难的时候甚至向他伸手求援，他很快就给我汇来了二十元钱。他还给我寄过他的照片，一个身穿风衣的青年站在山野间，风吹乱了他的头发，但他的目光在专注地凝望着远方，确实是洒脱的年轻诗人形象。后来，有几个月我们断了音讯，但随后又有书信从广西梧州飞来，他在信的一开头就说："你可能根本想不到我现在在什么地方"，接着告诉我：他本想在南宁谋个职位，接收单位都说好了，但中间还有种种阻力，现在梧州教育学院编院报，并向我约稿；我给他寄去一篇散文诗，他很快就刊登了，但他也直言我写海没有写大山写得好，好像还给了几块钱稿费。我们又通了几次书信，这时，我已届大学毕业，何去何从，一切都是茫然，终于回乡任教。教书之余复习考研，无暇他顾，我们的音讯彻底中断。直到新世纪来临，因为网络的发达，我在网上搜索到他，才又联系上他。这时他的书法艺术又有了新的精进。他在梧州一家报社当老总，但已过了知天命之年，言谈间似乎没有当年那么意气风发了，这也是可以理解的，何况他早已成家立业，一双娇女都已长大成人……

时间骎骎而逝，但我也感到无悔，一路风雨兼程，我和我的同时代人特别是文艺青年都曾有过激情飞扬的岁月，我们都曾胸怀天下，指点文坛也指点江山，甚至曾经踌躇满志，当然也曾郁闷彷徨。我们的青春年华并没有空度，我们努力过，成功过，也失败过，这一切似乎已经足够。何况作为写作者，我们还多多少少都有一些文字留了下来，更有一封封文学书简记下了我们跋涉的脚印。遗憾的是，我得到的那些凝聚过激情和梦想的书信一封不剩地丢失了，估计早已不存于天壤之间，尤其是德新君（他在信中一再要求我不要称他为老师，足见他的谦逊）那些写得如此漂亮甚至有些华丽的信件，真的应当保留下来，以见证我们的青春岁月与成长经历（他正好比我年长一轮），也见证他的书法艺术的不断精进。可惜，现在连一封也踪影全无，这是让我时常觉得对不起他的地方！

在此我只想对曾经给我写过信的每一位编辑老师郑重地道一声感谢！虽然我差不多都没有见过他们，透过这些书信，我们在这茫茫人世有过联系、交集，这未必不是一种非常的际遇。能够得到他们的鼓励和支持，我是幸运的，幸福的，虽然我后来并没有多大出息，但是他们不仅给了我书信，也给了我无比的信心。

家　书

我遗失了许多书信，特别是二十岁前后许多报刊编辑给我的信件，现在想来真是追悔莫及。但在大学时代我给家里写的一批书信，因为父亲和弟弟的着意保存，于二三十年后竟然得以重睹，这让我喜出望外。

我早知道父亲把我的每一封书信都仔细地收藏起来了，我自己却一直并不在意。因为我知道，我那些书信一般都是匆匆草就，想到哪儿写到哪儿，并不讲求文辞，也没有刻意写出什么有意思的内容和思想，常常不过是向家里告急求援——要钱，所以一直不去管它，即便丢失了也不觉可惜。但前年回家，弟弟把这批书信都找出来了，说将来说不定还可以成书；交还给我以后，我大致重读了一遍，却多少有点惊异，因为发现这些信件竟也比较多地谈到了我当年的精神感受与日常生活状态，并不是那么干巴巴的几句话或完全空洞无物。

幼稚总是难免。因为我上大学时还不满十八岁，而此前的应试教育也并没有让我积累多少文化知识，不可能像古代的学士文人那样，一封“尺牍”也写得那么文采斐然，意韵深远。因为是家信，也不掩饰自己对于世俗功名的热望，书信里甚至几次出现“出人头地”这个令现在的我很反感的字眼，幸好我深知这几个字在我并不是意味着要爬到什么位置，发多大财，而是总梦想在文学创作上取得骄人的成绩。

那时，我的文学梦做得很美，如在入学当年的十一月二十二日的家书中就说要“在三四年级成为一名作协会员”，入学第二年就要实现人生的第二大转折——“在全省诗坛初露头角”；在后来的一封家书中又说：“我不甘心落于人后，虽然我只须保持目前状态，也要（会）好过得多。我要的是出人头地，我不允许有人走在我的前面，这就要艰难得多。”还骄傲地说“我本属马，当骐骥千里”，甚至宣称“要在中国的文化史上留名”……这些煌煌大言，今天读来当然只有汗颜，真是“少年哪知世事艰”，“文坛”北望气如山啦！但是，文坛也不是个仅凭本事就能登上的地方，何况还没有多少本事，仅有一腔热情呢？

当然，聊以自慰的地方也是有的，那就是我虽然一贯大言不惭，但也不是“徒托空言”，而总是勉力为之，甚至到了焦思苦虑的地步，而这几乎贯穿了大学四年的全部生活。我几乎在每一封家信里都会谈到自己的学习与“创作”情况。在第一封家书中，我就告诉父亲：我虽然不准备考研究生，但决心像考研那样苦学、苦练，因为文学需要博大精深的知识素养。我常常在信中谈到我又买了多少书刊，一九八五年十月三十一日的信中说：“这两个月，我光买书就花去了三十五元钱。”八六年五月五日信又说：“您的钱一寄来取到手，我就径直去书店买了七八块钱的书。”回想起来，大学四年，我每学期大约都要买百十本书，多为中外名著，尤其是漓江出版社出版的诺贝尔文学奖作家丛书为我所最爱，我几乎见一本买一本。这对于一个出身寒素的学子来说，确非易易。在同一封信里，我还告诉父亲，“我一般晚上都干到十一二点”，“整天到晚手不释卷”。应该说，正是在这个时期，我才算真正迈入了文学的殿堂，领略到文学的天空闪烁着多少辉煌的星座。

我也不断向父亲报告自己在创作上的斩获：“本校校报的老师对我很好，我的诗一送去，他就说发表。”（84.12.22）“最近，《诗歌报》即将发我的诗。”（85.10.11）“这学期我已写成散文《今夜的星》《山月》《月光小巷》《树》《鱼》《船》等，诗已写十几首，而且质量可观。《今夜的星》已被广西民族出版社收入《大学生散文选》。”(86.5.5)“《青海湖》第十期，《滇池》第十一期都有我的诗作。”(86.9.2)“《滇池》第三期上的诗已发出来了，《飞天》杂志留的诗还没有出来，等出来了一并寄与您看，还有《青年散文家》上的散文等。”(87.4.10)“最近，我将有一点作品要发表……《绿风》诗刊第三期、《飞天》第五期，《山花》第六期将发二首，另外，《安徽文学》所留二首，《宣州报》二首，《草原》一首等没有定（下日）期……”(87.5.5)“《青年散文家》又发散文一篇，俟闲暇时，当寄您指教。《广西文学》曾发我散文《望月》，现在又留《山籁》二章。”(88.3.20)应该说，我的大学学习生活也算得上是紧张充实，在写作上也确实有一定的进步，甚至可以说是取得了一定的“实绩”，虽然这点“实绩”跟自己所设定的理想还差之甚远，但作为一名并没有多少功底，更没有显赫家世背景的乡村少年来说，也颇不易。要说明的，如果不是重读这些家信，我已忘记《草原》杂志准备发表我的作品（另有一封信说是两首），因为我根本没有收到过样刊、稿费，估计是没有发出来吧，这倒是一个小小的遗憾。我在信中还提到我的写作计划：“今天，我有一个很大的志愿，写一篇长达十万字的散文《童年漫长》，写我的童年，从我童年的角度，写出时代的变迁……写我对故土的一片割舍不开的感情，虽然我生活的故乡，有许多不尽（如）我意，但对故乡，我还是如爱母亲一样地爱她！”没有想到，这个计划直到二十多年后才算完成，近十多年来，我断断续续写出了一批有关故乡、童年的散文，并结成了一个集子出版。我只能说自己太鲁钝了，但又为自己不改初衷而略感欣慰。

在书信中我也写到我在学校的日常生活，有的还比较详细，这一点似乎超出了我现在的记忆，这是令我今天读来格外感到欣喜的地方。如写到刚入学时，我“参观现代化教学设施，参观富有 180 万册藏书的图书馆”；“经常包场看电影、滑冰，而且学校成立了交际舞扫盲协会……国庆节我校师生还在一起开了舞会”。舞会的情景已毫无印象，我只记得学舞也常作逃兵，有一次遇见校刊的凤老师，他还告诫我：多接触现代生活，这样对写诗有利。另外，还有“镜湖荡舟”、“赭麓爬山”、“天门山扫墓”以及去采石矶采风，都在书信中一一闪现。特别是八七年清明节，我曾有一次绩溪之行，此行的有一些内容我已淡忘，但在书信中有记录：“到绩溪县时甘坂（我的邻村）李新根老兄带我访问了文化馆、丝绸厂，其馆长与我‘会谈’，并赠《绩溪文艺》数本，丝绸厂厂长向我介绍了厂史；另外，绩溪县志办公室主任更是比较全面地向我介绍徽州的风俗民情、建筑以及工农业生产，他夸奖我比一般作家访问还要细致，不是走马观花。”云云，今天读来，不觉莞尔。当然，我也在信中常向父亲诉苦，就是经济拮据，常常是捉襟见肘，穿的是带去的旧衣，有时裤子磨穿了也没发觉，有时不得不向同学举债。从这些文字里，也多少可见当年高校的生活水准。如在第一封家书里我就说到，外地（如上海）大学，每月伙食费要三四十元，我校补贴较多，但伙食不好，饭虽够吃，但菜的质量较差，三角钱只能买点肉和着豆干、豆子，所以仍然每月要拿十几块钱买菜票。八五年十二月一信说：“这学期我买了一件皮夹克二十四元，一件军褂十二元，一条裤子十元，一双皮鞋二十九元，一双绒面鞋六元，球裤一件七元，两双袜子四元，两条毛巾二元……还有肥皂之类……而近来我一再陷入困境，手头拮据至无钱洗澡、无钱发信了。”呵呵，读到这样的文字，让我不由感慨，自己的父亲还有一份工资，那些父母都是农民，甚至有的从小就失去了父亲或母亲的同学真的不知道如何供孩子把大学读完。当年生活的艰辛可见一斑，希望现在的农村学子不再有这样的艰困。

“少年心事当拿云，谁念幽寒坐呜呃。”二十岁人，志存高远，对未来充满绮丽的梦想，但是，因为各方面的限制，并没有能插上腾飞的翅膀，仍然日日在地上徘徊，自是不免心生惆怅，这样的情绪在书信中也时常有所流露，其中还涉及两性情感。其时，我听从了一位中学老师的牵线，接受了一位在初、高中都是同学的女孩做了女朋友，终于在情感上伤害了他人，也伤了自己。我有许多书信与父亲谈论此事，拿不起也放不下，实在充满了烦恼，可以看出，这在一定程度上也耽误了学业和诗艺上的进步。事涉他人，在此不再赘述。或许正因为有此情感挫折，我对人生的孤独感有了更深的体会，觉得无人真正理解自己，包括自己的父亲。我甚至在家书中控诉起父亲过去对我的一贯严厉，内心深处总觉得父亲还把我当作顽童，所以我在心中常常谈到自己高远的志向与不灭的志气，甚至也阐述自己的情怀："我这学期思想变化较大，对这个世界的认识更进了一步……我对人类，对大自然的一切充满情思和晶莹的爱心……""最近我接触了一些艺术系的同学，她们的艺术气质以及纯洁的心灵，使我照见了自己的影子。我感到我还是不那么孤独的。""（现在许多人）那种为人类所应有的正直、善良的品质，正在逐渐丧失，正是这些令我感到痛苦和寂寞。"这些可能都是因为有所触动而生发的，其中也有我负责的诗社内部总有几个人整天在那里搞小集团互相倾轧而带来的苦恼；在一些书信中，我对社会上的阴暗面也有所抨击。

翻阅这些旧家书，我仿佛又回到了大学时代。那确实是我的世界观、人生观养成的时期，为我后来的学习、工作、写作打下基础的一个时期，我自信而又时感苦闷，努力而又常常彷徨，确实带有一个人从懵懂少年过渡成长为多愁善感的青年的一些特点。可以自慰的是，我总算没有太浪费上苍赋予我的大好青春，也没有完全辜负父母的期望，在自己的青年时代获得了许多美妙的感受与收获，虽然与理想中的一切差之较远，但我仍要说：我差不多做到了自己能做的一切！因此，我倍加感谢我的父亲，他给了我在书信中倾诉自己的经历、情怀、抱负的机会，感谢他对我的鼓励，也感谢他有心将这些书信保留下来，使我得以重返青春时光……

读者来信

说来惭愧，写作几十年，我只收到过寥寥几封读者来信。

但正因为少，在我心里，更显得特别珍贵，当然也就难以忘怀。

我收到的第一封读者给我的信，还是在高中读书时，也可以说是高考前夕。那一年，我在本省的“青年报”上发表了一篇散文，以一名高中生的程度来看，写得还算过得去，其实也比较幼稚。但没想到，几日之后，该报还发表了对该文的两篇短评。当然都表示赞许。不久，我就收到了寄自本省宣城地区某中学的一封信，署名“宛陵”，自言也是一名高中生，即将参加高考，因读了我那篇散文所以想与我联系。我当然很高兴，便作了回应。很快，“宛陵”又有信来，介绍自己也喜欢创作，已在《黄山》等杂志上发表短诗，并随信寄来了这本杂志。我也寄去自己的诗作。从此，一来一往，我们通了好几封信。那时，我已知道“宛陵”是宣城在古代的名称，认为这一定是这位中学生的笔名；这倒是让我每次读到他的信，都会生出对于宣城的想象。我们在信中谈理想、谈学习、谈创作，似乎还谈到对大学生活的憧憬，字里行间渗透着热情，甚至有那么一点罗曼蒂克了。或许是怕我会发生误会而有什么想法，他在一封信里告诉了我他的真实姓名，并说他是名男生。他这一说，反而让我多少有点失落，虽然我一直猜测，他很可能是名男生，并没有把他想象成一名女生，但是不是也有格外的期待呢？这种心理多少也是微妙的。不久便是高考，我们自然中断了联系。上了大学，同学来自全省各地，我就向宣城地区的同学打听他，一打听，竟然查出他也在同一个城市上大学，是在远郊的师专。不记得我给他写了信没有，但我随本校诗社负责人罗巴师兄前往师专进行联谊活动时，我就请人去找他，他便过来和我相见了。他个子不高，一看就是一个老实朴素的山里孩子，一点也看不出我所想象的才子的风采，说真话，我是多少有点失望了。此后我们还来往了两次，他也到过我的宿舍，但最终还是断了联系。友情没有延续，我一直觉得是我的不够热情，当然我也可以拿精力有限等来宽谅自己。

上大学的第一学年结束，我侥幸在一家全国级的散文刊物上发表了一篇散文。这让我很振奋，因为当年这家刊物名气相当大。果然，不久我就接到武汉某中专学校一名叫张萍的女生和青岛某学校一名似乎叫“韦骅”的学生来信。信的内容都差不多，都表示喜欢我那篇散文，以文会友，愿意和我建立长期的联系，共同探讨散文写作。我也分别给他们回了信。我不记得青岛的学生再次写来信没有，但张萍回过一两次信，谈到她的一点人生经历。虽然异地的女孩总很容易让人产生遐想，自己也正处于十八九岁情窦初开的年纪，但因为忙于功课与“写作”，身边也人事纷纭，似乎也顾不得多想，看信上也探讨不出什么有价值的内容，遂淡了下去，乃至不再复信。这多少也是一种遗憾。

跟读者通信比较多的是在大学三四年级。三年级时，我再次在上面提到的那家散文杂志上发表散文，这篇文章引起了在上海市延安中学读书的一名女生的关注。她给我写来信，信的内容也是从介绍自己谈起，署名“阿瑛”。我积极作了回应。很快，她又有信来，表达自己接到我的回信时的心情。但主要是谈自己在学校参加各种活动的感受。我不知道她是在描绘她的想象，还是她实际到过的一个地方，只记得她写到小院、假山、流水、梅林，她如何在林中散步，如何在假山下徙倚眺望，如何手扶古梅，嗅着梅香，如何踏着缤纷的落英与同学们在草地上聊天，在溪畔背诵诗句……娓娓道来，文笔十分细腻，字也写得纤细，略有点扭曲，似那偶或摆动的静静的垂柳。读着这样的文字，一幅古雅的画面浮现在我的眼前，觉得她和她的同学那些举止颇有点像古代的仕女或贵家大小姐了，不知不觉为之吸引。我在回信中对她大加赞美，从她的回信中我又仿佛感受到她的羞涩与谦逊。她还在信中透露她的父母对她的宠爱，老师对她的期望。我记得她告诉我，她的父母都是普通工人，整天如何忙碌、艰辛，然而她又分担不了，只能暗自心酸得流泪。她对她的闺房——小阁楼也有描述，大到房间的布置、窗帘的颜色，小到台灯的灯光、小物件的摆设，每一样都说到了，使我感觉到任何事物都渗透着她的情思，我看到一个豆蔻年华的少女心思是那么绵绵密密。我大为感动，也再次毫不吝惜地大加赞美。在后来的通信中，她也流露出对我的关心与想象，有互相一直这么通信下去的愿望，我也委婉地表达了对她的欣赏，但从没有说出要做男女朋友的话，因为我知道，她也即将面临高考，这关系重大，不敢造次。但我在毕业前夕也玩了一个小小的花招，我把我的一张照片底片寄给她，说是请她帮忙洗两张相片，以应付办理毕业证件时之所需。虽然这是实情，但多少也有让她看看自己长的是怎样一副“尊容”的意思，或许能打破她的想象，也就自然结束了这一番通信联系，因为我知道我要回到原籍回到乡下，我并不愿意有太多的牵挂。但没想到她寄来照片时对我还是表扬了一通，说尤其眼睛长得如何如何……我本想让她也寄张照片给我，但左思右想，还是没有说出口；直到我离校的前一个月，我竟意外地收到她主动寄来的一张侧面小照，是坐在一块岩石上，在凝神看着什么或在沉思。是侧影，所以五官眉目也看不真切。这时，我正忙于办理毕业离校的一应事务，无暇顾及其他，也就没有再给她写信。如果没有记错的话，我毕业后还收到她的一次信——如果是如此，那我先前就一定给她留过家庭住址。我记得她没有提考上大学的事。我不记得我回信了没有，我想是没有吧，因为那时我一心想的就是飞出去。但是这些凝结有一位少女朦胧而美好情愫的信件，厚厚一叠，我珍藏了多年，有时重新读来，还是为之吸引并感动。我把这些信带到北京，甚至想再次找到她，重新建立联系，可惜岁月倥偬，世事变幻，遂一直没有去做；千不该万不该的是，我还拿这些信给我在本校交的女朋友看——多少有炫耀的意思吧，我原以为这有什么呢，十分纯真的感情嘛，但结果这些信不翼而飞，消失得无影无踪，现在想来不仅惭愧，也不免令人怅恨久之。

作为一个名不见经传的写作者，在写作上一直没有取得足以骄人的成绩，早年竟然受到一些读者的关注，甚至还有读者写信来，虽然前后也就这么几位，在我也是一件三生有幸而值得珍视的事。他们的来信，给在写作的寂寞的征途上摸索前行的我以莫大的鼓舞与安慰，所谓“空谷足音，闻之跫然而喜”，真是如此！这几位读者其实都走进了我的心里，我对他们都充满美好的想象，我想象他们的形象，他们的生活，我也想与他们一直保持联系，了解他们的生活——现在也还不时会想象他们后来的人生……对这几位“我的读者”，现在我最想说的是：我感谢你们，希望你们有一个不一定辉煌，但一路有美丽风景陪伴的美好人生！我祝福你们！

我将来还会收到读者来信吗？哪怕只有一封，我也会快乐无比。但是我基本不抱这一希望了：一是我写不出什么足以震撼人的伟大的作品，现在的作品无限巨多，即使有点可读的作品问世，也很快在铺天盖地的出版物中湮没；二是，现在人们也不用手写书信的方式联络了……那么这几封“读者来信”对于我或许真的成了绝响。

京城搜书记

旅食京华二十春，我最感舒心快活的就是买书方便。京城是人文荟萃之区，尤其是十年前，大街小巷还随时可看到书店，你想买、想读的书，只要不是太生僻或是那孤本珍本，用心搜罗，总会如期或不期来到你的案头。

我还未到嗜书如命的地步——那样的人是要把每月的工资甚至家中的积蓄扫数送到书店才肯甘心的，就是平平常常不断购置，现在也有五六千册之巨。看到四壁插架的图书，我总觉得是一帮良朋好友相聚。虽然，这些书未必都读了，但是每一本买来都曾久久摩挲，以至它们的品相、装帧设计都是那么的熟悉，甚至多少年过去了，我还能够一一说得出它们的来历。

每次逛街，我的主要目的就是搜书。但是有时不经意间遇到的好书，更是令人欣喜——其心情真不啻与“美人”的一次邂逅。

排在寒斋书柜最上层的书，都是我在人大读书时到海淀图书城买来的。人大跟海淀图书城很近，步行也要不了一个小时；因为靠近几所大学，这里一度很是繁荣，楼上楼下，一家家书肆都挤满了好书，可以让人尽情地挑选。可惜的是，我只是一个穷学生，总是囊中羞涩，只能偶或“光顾”一次，左挑右选出几册，喜气洋洋而归。我在这里买到过罗尔纲研究太平天国的几本论文集，三联书店老版，价格极低，真是有捡到大便宜之感。还买过《张载集》《陶成章集》《杨炯集》《王维选集》——都属上个世纪八十年代初由中华书局、上海古籍出版社出的“中国古典文学基本丛书”或“中国古典文学名家选集”系列图书，买的时候还是按当年的定价付的书款，自然是物超所值了。外国文学也买了好些，记得有加西亚·马尔克斯的《霍乱时期的爱情》与索因卡的《雄狮与宝石》、帕斯的《太阳石》等。这三本书的作家都先后获得了诺贝尔文学奖，在我心中的分量自是不轻。可惜这几本后来都不知为谁借去，从此杳无踪影，尤其是前两种，我至今再也没有配上。

到了从人大毕业，我买的书已经要用四五个大纸箱来装。而毕业后，我心心念念还是到海淀图书城去把一直想买的书买来；第一次拿到工资，就跑去把那套煌煌二十册的《资治通鉴》搬回了家——当时还是集体宿舍。有了工资，买起书来要“阔气”一点了，买书所到的范围更加扩大，于是更频繁地跑书店，跑琉璃厂（以前也去过多次）。中华书局、上海古籍出版社所出的书仍然是最集中的目标，而商务版的“汉译名著”也一本本来到我的架上。《哲学史讲演录》《西方哲学史》《美国的民主》《论法的精神》，不但买了读了，而且觉得这些是可以再三阅读的好书，真是大开眼界。

还没有成家时，星期天没有事，总喜欢约上一二好友，骑车到大街小巷乱转。每见到书店，总要停下来，钻进去到书架上寻觅、翻阅，偶有一两本自己喜欢的书跳入眼帘，便感到格外惊奇。在真武庙附近的一家新华书店，我买了一套“大师哲理美文系列丛书”，在月坛南街路口一书店，我发现了一套“上海译文”出的“世界文学名著珍藏丛书”，盒装精装本，积存多年，价格也还是当时的价格，我当然要毫不犹豫地“慷慨解囊”了。还有的书店，非常偶然地撞上，买下一两本书回来，我都记不起它准确的位置了，这样的“美”的邂逅事后很容易使人产生恍若隔世的幻觉。甚至在偏僻的小巷，也会遇上一间小小的书屋，推开玻璃门，就闻到一股浓浓的书香；当班的还是十七八的妙龄少女，几本有品位的图书与清纯的少女，都给人温馨的感受，更是一种难忘的际遇。

对于爱书人来说，买到一本好书，发现一个好书店，真是无与伦比的快慰的事，那心情只有用“如获至宝”四字形容。更何况，有些书店是我眼看着建立起来的，有的书店几经搬迁，我都追踪前往，如有名的“万圣书园”，最初在三义庙附近开业时，我就误打误撞地闯了进去，在一间二层楼上的长长书架上买得一套《蔡元培全集》，它以后搬到北大附近，我也多次前往，买得《奥义书》等。

住处附近如果有一两家书店那是再惬意不过的事。每天傍晚，饭后散步，走到这里，总是要进去盘桓一阵，临末带走几本好书，一天的劳累或烦恼都会烟消云散。我在靠近城中心位置住的时候，不用说，几乎每天都要逛逛书店书摊；迁居到了石景山，以为这样的享受几乎难得，没有想到小区背后的街上竟有两家书店，真是令人大喜过望。《天工开物》《说文解字》等是在街西买的，而街东的那间小店呢，因为跟店主套近乎比较成功，却用多年积存下来的“样书”换得了一套孙犁的“耕堂劫后十种”。后来，快到地铁车站处也新开了一爿小书店，在这家店里，我用所在单位出的书换回一套十卷本《世界诗界》，有种喜出望外的感觉，因为那阵子我正想写信给花城出版社邮购这套书哩。这些书仍在我的架上，现在我还常常翻阅，但是这些书店没过多久却一家接一家消失了。

办事路过书店，照样不能放弃觅书的机会。在月坛公园附近的一家书店里，我意外地发现了意大利诗人蒙塔莱的诗集《生活之恶》。虽然封面有些旧了，仍急切地把这唯一的一本放入书袋，回来后也不知读了多少次，每次读都有新的收获。有一次在西四转车，意外地发现这里有家新华书店，规模还很大，更令人高兴的是，书丛中有一本崭新的《瓦尔登湖》，人民文学出版社出的“网格本”，定价才六元三角，而且还是诗人徐迟的译作，拿到艺术研究院，也获得友人的称赞。在和平门南边的新华书店，碰到的是北岳文艺出版社出的《阿达拉/勒内/纳契人》和《奥威尔文集》。还有王府井大街路口也曾有过书店，我在那里买了一套《卡夫卡全集》。连北京音乐厅楼上楼下也曾开过规模不小的书店，我买的是王夫之的《读通鉴论》《宋论》。而在一个春夜里，我和几个朋友看电影路过灯火辉煌的东单，也与一家书店不期而遇，我买得一本《我的藏书票之旅》。

早年，单位里还组织过图书现场销售，好几家书店来赶场，我更是近水楼台不放过得月的机会。《叶芝诗全集》和一套四卷非常精美的《加缪全集》也就成为我最心爱的藏书之一。为了促销，也为了推动平民阅读，北京每年都要主办几次书市，集中地展销一些图书，书店一般都设在公园里，我自然也不会错过。

一个个书店都曾留下我的屐痕，更重要的是，获得了一次又一次书香的熏沐，遇到这样一个文化繁荣的时代，总是让人感到“与有幸也!”但是，正如“忽如一夜春风来，千树万树梨花开”，而忽然一夜秋风至，千树万树梨花落，曾几何时，北京的街头已很难看到一家两家书店了。据说，现在人们都喜欢在网上订购图书，如果是那样，倒也罢了；怕的是，人们接受现实生活中的“教训”，从心底认同“读书无用论”，不愿意买书、读书了。如果是这样，则中国的前途堪忧。

宋代的诗人梅尧臣曾有这样的诗句：“较量人世无穷乐，罗列平生未见书。”不断地搜罗平生未见书（其实，凡是没有读过的书都是“未见书”，不在乎是否珍本孤本），是平凡的人生当中唯一可以珍视的乐事啊！我怀念那些年，每走几步就遇到一家书店的盛景！

北京的旧书摊

我刚从一处旧书摊上回来，手里提着一包淘选来的旧书，一到家就忙不迭地把书擦干净，然后净手，这才坐到窗下，喜滋滋地翻阅起来。这些书里有名著，也有名不见经传但我喜欢的，都是由正规出版社于几年前、十几年前乃至三四十年前出版的。经过挑选，一般品相上好，读起来似乎比刚出版的那些崭新的图书还要容易“入港”，一个礼拜天很愉快就被打发。

算起来，我入迷般地逛旧书摊已近十年，十年来买了多少书，不知道，怎么也有数百册之多（乐观的估计有七八百册，至少也有四五百册）。之所以说“一处旧书摊”而不说“一家旧书摊”，乃是我去的旧书市场很大，怎么说也有三四十家摊位。想起来也是“天助我也”，对于我这“不可一日无书”的一只不大不小的“书虫”，正当北京街头的实体书店一家一家歇业之际，我却意外地发现在一家菜市场的二楼竟开有整整一层楼的旧书卖场，岂不有“雪中得炭”的意外之喜。

我住京西鲁谷。这处旧书摊（我在日记里常称“旧书肆”）几经迁徙，大多在我自行车的十分钟车程之内，但有一段时间却挪在二十分钟以外了。我最初发现它是在玉泉路的花鸟鱼虫市场，准确地说是在这市场对面，但这里一楼菜市场也卖花鸟虫鱼、古玩字画，所以也有人把它称作“花鸟鱼虫市场”，或许两家本是一家也未可知。我一次偶然迈进去，从楼梯口直到里面的大厅，竟摆满了书架、书摊，有的还用铁丝网隔成一个个隔间，虽满眼都是灰暗、破旧，却让我大为惊喜：这里竟还有这多人在卖旧书，还有这多人在其间出入买书，真是跑进宝山了。于是我在一家家摊位、隔间里溜达起来。但我很失望，这里几乎没有我特别想要的书，所看到的都是平常之物，稍有几本出色的，也都在可买可不买之列。我决定不买，宁缺毋滥是我买书的原则，便空手而归。

但是过了几天，我在双休日里觉得过得实在寂寞无聊，便又骑着车闲逛，到了卖旧书的场子，入门仔细搜索。这一次大约是买了十几册。其中有我过去就买过而后来到了北京便丢在老家的。似乎收获颇丰。接下来又去了好几次，也都各有所得。让人感到高兴的是书价都很便宜，一册普通的书不过三五块钱，好一点、厚一点的也就十元、二十元左右，这于我几乎不算什么负担。（这样的价位至今没有多大变化，这或许是我喜欢逛旧书摊的原因之一吧）我记得在这个地方买过《龚自珍全集》（上海人民版）和王昆仑的《红楼梦人物论》等，但也因价钱谈不拢而错过了一套十六开本《诺贝尔文学奖作品选》（五卷抑或六卷），其中的诗歌卷我在最困难的日子里曾经读过，有些诗歌我家中的各种选本未见有收，我应该买下，何况小说部分，我未曾读过的较多。这个卖场楼下的院子里也有地摊卖书，我在那里买过几册杂志和一本《傅雷家书》，当年读过初版本，这次买的是增订本。

好像没过多长时间，我再去访问这处卖场，却已人去楼空，一问才知他们都搬到八宝山地铁以北的古玩市场去了。两地相距不远，我急忙赶去，果然，在这个市场居中一独立的长形平房里，旧书肆已经开业，每家都是用铁网隔成小单元，显得比原来的卖场整齐多了，而这座平房四周都是卖古玩玉器的店家，每一家的门额上还挂着“稽古”之类的牌匾，跟玉器店相连的一长溜屋子也专卖旧书（一个一个都是单间）。我在这两处流连徘徊，各有所得。往后两三年间，我偶得闲暇，便骑着自行车来这里寻寻觅觅，这正如燕子衔泥筑巢一般，把一本本旧书衔回来筑我的书巢。记得最清楚的是在这里买过一套崭新的《全唐诗》和《古希腊悲剧喜剧全集》，这都是大书啊，前者煌煌二十五册，后者七册装帧极为豪华，而且价格都很便宜，都在二百元左右，真是有不是“淘书”而是“淘金”之感。随后，我还买到了《全唐诗外编》两册，并购置了许多外国文学名著，包括作家出版社出的那一套“诺贝尔文学奖精品书系”，人民文学出版社出的《奥尼尔文集》（六册缺一）等，可见收获之大。但也有因价格谈不拢，失之交臂又事后惋惜的，如《舒芜集》《聂绀弩集》等。然而好景不长，这块卖场又得迁转，这次迁往玉泉路的青塔，离我家稍远，每次前去搜书，都在心中踌躇半天——毕竟逛书店也是要花费时间的，下定决心后，把车子蹬得飞快——这回的卖场更大，所有的摊位摆在厅堂两侧，中间还稍嫌空荡。在这里我也买了不少书。有湖南人民出版社出的“诗苑译林”中的几册，其中《东方故事诗》《最后一个吟游诗人的歌》因印数少比较罕见，何况前者还是译者的签名本，殊为难得。其他的还有三联书店出的“读书文丛”、“文化生活译丛”也都搜了不少，现在已经“消失”的外国文学出版社（其实是人民文学社的副牌）当年出的《大师与玛格丽特》《契弗短篇小说选》《富贵梦》（茨威格著）等也都得于此。另外，我虽然早已有了一套《鲁迅全集》，但因太喜欢他的著作，还一本一本收集了他的单行本，那种著名的一九七三年版本。

这个卖场两三年后，又被人赶出来了（想是业主待价而沽，有人出大价钱租这个场子，其何乐而不为?）。这回是迁往西五环边上的衙门口鑫谷市场，主体是在楼上，也有几家在楼下，乃至室外小棚棚里。另外，好像是从上次迁徙，有的旧书卖主就没有跟往青塔，有几家在“花鸟鱼虫市场”，有几家在我第一次所到的卖场隔壁，也是我不时地要前往“访书”的。鑫谷市场似乎离我住处更近一点，我也去得更加频繁，除了偶尔一两回空手而归，其他都略有收获——随着家中的藏书越积越多，可买的似乎越来越少，值得一提的是将漓江出版社出的获“诺贝尔文学奖作家丛书”又配了几种，如《伪币制造者》《新娘·主人·十字架》《巴比特》等，另外新近获诺奖的作家著作如《金色笔记》《飙车》等，此外爱伦堡的《人·岁月·生活》也一本一本在此配齐，每有意外收获，都让人格外高兴。

因为频繁出入旧书市场，我很快就与一些卖家厮混熟了，不仅见面时客客气气，点头问好，有时还开开玩笑，而且知道了一些人的姓氏与来自何地。他们大多是湖南人、河南人和山东人，在家是农民，来京做了这一行，对图书、书画、古玩的行市已颇精通，说来头头是道。据说，在十多年前，他们还真是有人做“发”了的，原先这市场上好书也多，特别是中国文史方面的图书乃至线装书，现在几乎所有做旧书生意的人也都在“孔夫子旧书网”上开了网店，所以经史子集哪怕是现代版在摊位上也难得一见。另外，我知道了他们的作息规律，早晨八点前后，每家携带新收到的旧书来市场，这时顾客也多，一摞新到的书（包括字画）一搁到摊前就有人围上去，翻翻检检，淘淘选选，人人在找心目中的宝贝，希望能捡个“大漏儿”。正是因为互相已熟悉，我便常问他们家里还有书否，有的热情大方，欢迎我前往挑书。我深入这些“旧藏人家”三五回，见他们都另租有一间两间书库，庋架所藏，满满当当，俨然一个什么单位的图书室，我拿着他们递给我的手电仔细挑选，每次都买二三百元的图书回去，这些书我还记得有《唐诗纪事校笺》等由中华书局、上海古籍、岳麓书社等出版社出的中国古典著作。

逛旧书摊丰富了我的藏书自不用说，也是一种很好的休闲方式，对我的读、写帮助很大，我乐此不疲，并且总想进一步扩大旧书搜罗范围，所以后来我还慕名前往潘家园旧货市场和报国寺去买旧书，但收获都不是太大。报国寺据说是“鬼市”早晨三四点钟就有人在寺外摆摊卖古玩，其中也会有旧书，但这个时间点我怎能赶去。我去的几次都是下午，整个寺区里，几乎都是卖古董的，只有几间屋子专卖线装书和连环画。线装书价高不须说了，连环画每册也是五十元以上，都不是我感兴趣或敢问津的。我只从仅有的几个普通的旧书摊上买了《柳河东集》《不下带编》等书，回来作为纪念而已。潘家园旧书市只在双休天才有（平时也有几家），就在市场的一角在地上摆一大圈，来挑挑拣拣的人倒也不少。我去了两三回，也只买了几册比较便宜的一般的常见书，稍稍罕见的价码都高，倒是有一巨册《海子诗全编》我没买，至今觉得有点可惜，五十元已相当便宜了，现在哪里去找哇。潘家园旧书市场，我其实在上个世纪九十年代路过此处时就去过一次。那时我还没有迷上逛旧书肆。我记得那次去时天已黄昏，贴墙根设有一排固定的书橱，暮色渐浓，摊主正纷纷把书往书橱里归置，我匆匆一瞥也无可选，只拿了一本宗璞的《南渡记》，以一元的价钱收入囊中。出园门正是上灯时分，街上车灯璨若银汉……此情此景，今天想起来，真是如在梦寐矣。

菜市场

从前人讲“开门七件事：柴米油盐酱醋茶”，其实讲得并不全面，因为还缺重要的一样：菜。只要是操办饮食，总不能少了菜，即便是俭素的一餐，恐怕也得有几头蒜、几片辣椒或黄瓜。

要吃菜就得种菜、买菜。城里人没有土地，菜当然只能买。我二十几岁做了城里人，最初吃了几年食堂，随后也不得不加入买菜的行列。要买菜就得去菜市场。有时逛菜市场也是蛮有意思的。看着鲜嫩的白菜、洁白如玉的藕、红色的辣椒、青翠的芹菜，也满觉赏心悦目，何况还有在水池中游动的鱼，活蹦乱跳的虾，在箱子里或丝网里沙沙爬动的蟹，笼中的鸡鸭，加上整个市场里人头攒动、摩肩接踵，再也没有什么地方比这里更能显示生活的气息以及生活的意义。我记得还有外国诗人写诗来咏赞它的，如英国诗人吉卜森曾道：“闲步在灯下货摊旁，我的双眼/尽情地饱餐色彩的富丽和鲜艳——/红番茄胜似喀拉喀托喷的火焰/橘子像往昔提尔城的落日光景/而苹果绿中透金，像天堂的林间……”

我在北京住过几个地方，当然都去过这些地方的菜市场。最初是军博对面的皇亭子，出门向南，拐到马路对面就有菜市场，一道窄窄的街巷，有肉铺，有熟食店，还有一家小饭铺。再往南，有个更大的市场，有卖蔬菜、水果的，有卖日用杂货的，还有卖衣服的。我只记得有一次去那里买了一把菜刀，大约那时自己刚刚立灶开伙，接着又到别的摊位去置办物品。所到之处，摊主对我亲切和蔼得近乎小心翼翼，我起初不明所以，后来低头一看才恍然大悟：嗐！我手里拎着一把菜刀，可不叫人害怕吗？

后来，我到月坛南街住了一年多，从月坛桥往北，在红绿灯路口右拐有一个很大的集市。一开始我们并不知道那里有集市，看到邻居从那里买来菜，才知道了。他们还告诉这是个早市。这是我第一次听到“早市”这个名词。但那时年轻，早上贪睡，赶到那里，只剩下几个摊位和遍地的残枝烂叶了。有一天下决心起了大早，到了那里，看到有那么多车载马拉的蔬菜正在成堆成堆地售卖，卖主站在马车上还亮着嗓音吆喝，更有那么多的人——老太太、老头子为多，在讨价还价，大有“分田分地正忙”一般的气派，心里多少有些震撼，甚至生出诗一般的感慨：生活啊，真是热气腾腾的广阔的海洋！

自从上个世纪末，我迁居石景山鲁谷，二十年再没挪窝。刚来的时候，这里才开始兴建，高楼还不是很多，还有许多地方蒿莱未辟，四五年后才形成整齐的街市，故而菜市场一开始也没一个定准的地儿。大约如作家贾平凹在其散文《十字街菜市》中所说的：“大凡背街僻巷，有一处开阔地面的，一家在那里放起菜担，便有七家、八家的菜担也就放起来；不久，越放越多：一个菜市就巩固了。”或许事情并非这么简单，在哪里放菜担，是要经过市场管理者首肯或指定的。也许正因为此，这二十年来，我住处四近的菜市总是变动不居。

我记得最初鲁谷六合园一带，只有靠近南边铁路线附近的一东一西有菜市场。东边的那个在一排住宅楼后面，是一片空旷的场地，像是自然形成的自由市场，露天，这儿一堆那儿一行，卖菜也卖日用杂货。我刚搬来不久，周边环境不熟，这样的自由市场很容易引起我注意，也吸引我前来。我在这里买了锅碗瓢盆，从而将厨事开张。至于菜蔬，我第一次买了竹笋来吃就是在这里，因为不知道是买粗壮的好，还是纤细一点的合适，一直拿不定主意，最后是赌一把似的买了棵粗壮的竹笋，认为反正尝试一下无妨。不过一年，这块露天的自由市场就消失了，那块地方建立了水泥的拱形门，四周砌起了水泥墙根，上面围起了铁栅栏，里面安设了许多健身器材，变成了一个休闲健身场地。几年前，我还带孩子来这里玩，每次她都要把各个健身器材尝试一遍。夜色中活跃着市民在认真地锻炼的身影，平时还有小伙子在这里龙腾虎跃地打篮球。

六合园西边其实有过两个菜市场。远些的那个靠近衙门口村，也紧邻一座铁路桥，桥这边有一个院落，有的摊位在室内，有的就在院子里，院子里更多是水果摊和一些面食、熟食、点心。我都“光顾”过，但不一定都买过东西。在院内靠近一侧洗车行的隔壁，我买过几尾鲫鱼。而印象最深的还是在这个院落的入口，有人用车子推来一个大开水锅，现场蒸煮老玉米卖，我当即买过两根就地大嚼，感觉又香又甜又黏，味道真是不错。

在衙门口与六合园之间，接近小河沟的地方，原也有一块空旷场地，利用旧有的建筑也形成一个院落式的市场，里面也是什么都卖，我不仅在这里买过活鱼活虾，还买过活鸡。这是在一条马路的东边，而对过的西边也有市场，但基本上是露天或仅搭几个帐篷，主要卖杂货。这儿生意似乎不及菜市红火，总有几位中老年汉子坐在一堆货物前抽香烟。我在这里一顶帐篷里买过砧木和铁锅。东边菜市场，最妙的是在它的一角，竟然还有人隔出了一小间屋子，里面摆有几架子书，当然大多是盗版书，武打言情之类的，但也有“一篇跳出”式的好书——《白鹿原》。我问主人这是做什么用的，她——是一个漂亮的小姑娘，大约是刚从乡下来不久——回答说是出租的；这姑娘也不知是受雇于人，还是自己想出了这么个挣钱的主意，更不知能不能挣到钱，似乎只有几个青少年在书架前觅书，而周围的环境总是乱糟糟的，一片喧腾。不用说，也没多久，这个场子连同这片房子也都消失了，这片地儿现在栽植了一片树林，为城市增添了绿地，这自然也是很好的事情。

六年后，我离开了六合园，搬到铁路线以南的吴庄住了几年，一般买菜当然也就在那附近。住处马路对过，原有一个很大的室内市场，仿佛是设在某个大库房里，另外又用塑料棚搭建了一片，四周比较封闭，夏天走进去，不仅感到炎热，还会感到气闷头晕。最外一层即搭建的那一部分大约专卖茶叶和五金电器、陶瓷用品；上一个台阶，则是一圈水果摊子；靠里面占地最多的是菜市。一家一个铁台子，上面摆满猪肉、米面、蔬菜，顾客在台外，卖家在台子里，倒是像模像样。我在这里买过鲜鱼、鸡胗——那一段时间，我喜欢吃辣椒炒鸡胗，大约七元钱可买一斤。卖鸡胗的是两个东北小姑娘。我跟她们交谈，她们对我携带的书刊颇感兴趣，提出向我借阅，我不记得借给她们没有。这个市场不久也拆了，好像就在原地又形成了露天市场，一道道地摊，走起来像迷宫，不过地方更大了，可以骑自行车进入市场转悠，只是入口处有水果摊，各种水果码得高高的，总让人担心把它撞翻了，但机动车、自行车进进出出，竟然相安无事。这片菜市场好像仍然没有维持多久，接着又盖上了简易的大厅，里面却卖起了家具。我在这里买过几件家具。也就过了一两年，这里的一切都被荡平，盖了一个比较大的超市和一个加油站，过去的一切当然又都消失得无影无踪了。

我在这里住了几年后，又返回原来的六合园小区。这时，从紧邻的一座公园往北走一点，是楼房拆迁后腾出的一片场地，暂未盖房，又做了临时小商品市场，几乎什么都卖，当然也卖蔬菜、食品。我在这儿没买过什么菜，只从点心铺里买过几次“锅巴”。但这个市场也存在时间很短，如今这里已是高楼林立。买菜则是出门往西，有一个十字路口，那附近总有露天菜摊。后来，有一个商场停业了，就改为正式的菜市场。这个商场的东半部，我记得还做过服装店，而店里除了销售衣服，竟还隔出一块地儿出售图书，这图书却都是正版书，似乎还有那么一点品位呢，现在想来这简直有点不可思议。最近这几年，我大多是从这个菜市场买菜和其他食品。它也在不断变化，比如半年前，它刚把隔壁的一个小超市合并过来，形成了一个更大的菜市。离此不远我工作单位西侧原有一个一眼望不到尽头的菜市和日用杂货卖场，前不久被改为他用，其中就有不少商户迁到了这里。

我所目睹的周边的菜市场变动就有这么多，让人感觉世事如流水一般，没有停顿的时候，也许我们真的处在急剧变化的时代。菜市场更像“恣意”奔流的溪水，这儿打个回漩，那里形成一个深潭，过不久又在别处汪成一个浅滩……而其中的水或许还是原来的水，或者“主流”是一直存在的——我记得有许多熟悉面孔在好几个地方出现过，我问其中一个卖鲜鱼的商户，他是否曾在别处卖过，回答“是的”。这倒像我们的生活，看似天天都差不多，其实天天都在变化。这一切的变化，如果你不去注意，不去想它，你甚至都感觉不到，而一旦认真地回想起来，一切又都恍如隔世。